El Gnomo Que Un Día Se Volvió Hechicero

A. Fuentes V.

Dirección del autor y editor: Manuel Carpio 99, Encino 504, Santa María la Ribera. Cuauhtémoc. C.P. 06400. México, Ciudad de México.

Título: El gnomo que un día se volvió hechicero

Ilustración de la cubierta: Citlali Ortiz Garduño

ISBN: 978-607-29-4300-1
Primera Edición: 2023

Este libro se imprime bajo demanda desde Amazon KDP.

DEDICATORIA

Dedicado a toda la gente que me apoyó hasta este momento, y en especial a mis primeros lectores, Moony y Alejandro, que me acompañaron de cerca en el proceso y me ayudaron a darle vida a la aventura de Oda.

«¿VIVIR...? CREÍA QUE ME ESTABA PROHIBIDO...
NADIE NUNCA ME DIO ESE DERECHO. PERO SI
SE ME PERMITE TENER UN POCO DE
ESPERANZA... ENTONCES, ¡QUIERO VIVIR!»

EIICHIRO ODA

Primera Parte: El Riesgo

LA CUEVA DE LOS NUEVOS

1

Falco Dronon, el nombre del gnomo del que se había esculpido una estatua de piedra en la entrada. Falco Dronon, el minero más importante de Jacabaum. Su larga barba llegaba hasta el suelo, tocando el pedestal del que se sostenían sus grandiosas botas mineras. Sus brazos, musculosos y firmes, sostenían dos picos: el primero apuntaba hacia el suelo, el segundo lo recargaba sobre uno de los dos hombros que se unían con su ancha espalda, la cual cargó por años el nombre de Jacabaum por los siete pueblos y Norda, la ciudad. Su calva brillosa denotaba sabiduría, grandeza y sinceridad, la sinceridad con la que sus ojos acusadores miraban aquella escena a la entrada de la Cueva de los Nuevos.

Un viejo minero de la población subterránea gritaba cosas que a oídos sensatos no tenían sentido alguno. Gritaba sobre gente que no existía, sobre guerras inventadas y sobre la maldición que les había caído a todos.

Uno de los dos guardias lo apresaba con sus trabajados brazos mientras la gente de alrededor murmuraba cosas. Murmuraba con curiosidad, murmuraba con ignorancia y parecía disfrutar de la situación extracotidiana que estaba presenciando.

—¡No! ¡Les digo que no! El tiempo se nos acaba, debemos de encontrarlos, debemos de estar preparados para lo que nos va a llegar.

El guardia más gordinflón sacó su cuchillo curvo del cinto. Ahora la piel del anciano podía ser cortada por la herramienta filosa que se acercaba a su tráquea.

—¡Cállate *olvidado*! —gritó el otro guardia en frente suyo, apuntando con su cuchillo a la boca del gnomo anciano.

—¡Ya mátalo! —exclamó alguien de la multitud.

Fue desde atrás, perdido entre tantos gnomos, porque si alguien hubiera sabido quién fue... hubiera corrido la misma suerte.

—Míralo, piden tu muerte.

El guardia que señalaba al anciano alzó los brazos pidiendo al público que aplaudiera a su ritmo.

Plas, plas, plas, se oía. Se oía hasta los mercados que estaban algo alejados de la zona de trabajo. Plas, plas, plas. El guardia volvió a acercar la mano hacía el olvidado, ahora sin el cuchillo, y le soltó una cachetada que se opacó con los aplausos.

Salió un arma de donde no supieron, pero sí de quienes; era el arma de los inspectores, el juego había acabado. El arma giró y giró en el aire y se clavó en el corazón del anciano, que hasta ese punto sólo podía lloriquear como un niño que no puede jugar a lo que quiere.

Los guardias alzaron las manos; sus armas cayeron y sus corazones bombeaban duro. El anciano se desplomó de frente, golpeando cara contra el suelo terroso y clavándose aún más el arma que se le había encajado.

Todo esto pasó en cinco segundos, en los que también se habían posicionado otros cuatro inspectores rodeando a los intérpretes del maravilloso espectáculo. El ruido de los aplausos había parado al instante.

—¿Por qué no esperaron? —dijo uno de los inspectores, el jefe, saliendo de entre la multitud.

Su voz metálica salía de la máscara roja que llevaba puesta.

—Se estaba volviendo agresivo —apuró uno de ellos, el que había pedido los aplausos.

Sus manos temblaban arriba de su cabeza con las palmas hacia el de la máscara metálica.

—Es un código amarillo —dijo otro inspector, uno de los de máscara azul, a las espaldas del otro guardia.

El inspector rojo se acercó al anciano, que jadeaba y jadeaba cada vez más lento. Su máscara comenzó a acercarse a la cabeza del moribundo.

—¿Cuántos años tienes?

El anciano abrió la boca, pero tosió como un demente y luego su cuerpo tembló y tembló. El inspector se dirigió al guardia más nervioso, al que estaba a punto de desmayarse. Sería mejor para él si resolvía su duda.

—Doscientos veinti…

Su voz vibraba tanto como un instrumento de cuerda al tocar la melodía de los mineros.

—Doscientos veintidós, mi inspector —completó el otro guardia, el gordinflón, con la cara colorada y la barba goteando de sudor.

—Anótalo —dijo el líder del escuadrón a otro de máscara azul que estaba a su derecha.

Con la punta del pie empujó al viejo poniéndolo boca arriba. La expresión que tenía horrorizó a unos cuantos, a unos cuantos que miraron el sufrimiento de aquel compañero. Después, el inspector sacó su círculo afilado de las entrañas del anciano. Gotitas brotaron del pecho y ensuciaron la gris barba y la opaca tierra de un escarlata brillante.

—Llévense a estos dos también —ordenó, a la vez que usaba un pañuelo de tela para limpiar su arma.

El guardia que temblaba tenía la mirada fija en algo: era curvo, filoso y tenía mango. Sus oídos comenzaron a oír moverse a aquellos gnomos con la máscara metálica, ya que sus armaduras lograban emitir un ligero ruido en el silencio puro. Bitis, bitis, hacían al acercarse. Los mineros a su alrededor estaban pasmados, ni una sola palabra salía de sus bocas, ni un solo ruido hacían con sus cuerpos, y ni pensar en hacer algo de eso porque estaban advertidos.

—Eres un código amarillo solamente —dijo el inspector de la máscara roja—. Te sugiero que ni siquiera lo intentes, te puedes salvar de ésta todavía.

El guardia tembloroso retiró la vista del arma. Miró los dientes de sierra que estaban pintados en la máscara metálica del inspector.

En unos minutos uno de ellos cargaba el cadáver; los otros dos escoltaban a la pareja de guardias hacia las escaleras para salir de la cueva. La multitud se dispersó en silencio cuando vio que se alejaban lo suficiente. Y los murmullos se hicieron chismorreos, los chismorreos se hicieron gritos, y los gritos se volvieron la normalidad.

Se acomodaron en la fila y volvieron a esperar su turno para entrar al trabajo.

2

Los ojos acusadores de la estatua no se daban cuenta que alguien estaba mirando su cuerpo, alguien estaba leyendo la inscripción que ponía en el pedestal, y con esto a ese alguien los ojos le brillaban como mil estrellas en la noche despejada.

Aquellos eran los ojos de Oda, que acababa de entregar su moneda de oro para ingresar a la mina. Él conocía al anciano que estaban humillando allá afuera, había hablado con él en un par de ocasiones, unas insignificantes conversaciones de paso en el tiempo que la fila avanzaba para atravesar la Puerta Nueva.

Se llamaba Renof Dastrero y había estado trabajando en la mina desde que Oda había ingresado como primerizo. Al ser tan viejo, sus brazos habían crujido cargando una de las carretas y había sido enviado a la zona de lixiviación para no tener que usar algún tipo de fuerza física.

Oda en ese momento no estaba pensando en Renof Dastrero ni en el barullo que se traían allá afuera, sino que estaba leyendo y leyendo la frase que Falco Dronon había dejado para todos: «Hay muchas maneras de llegar al lugar, así que no te conformes con sólo una».

Lo miró al rostro, un buen rostro esculpido en piedra, y se lo imaginó diciendo aquella frase legendaria. Se lo imaginó rondando por los pasillos de la cueva y diciendo a algunos trabajadores frases tan motivadoras como esa.

Vio los dedos que agarraban los mangos de aquellos picos. Se miró las peludas manos y las hizo un puño. Le miró la sonrisa con la que adornaba aquella digna barba y sonrió de igual manera.

Todo el mundo se calló de repente. Durante ese silencio Oda percibió una voz. Volteó hacia la entrada, los guardias no estaban donde solían estar. Mirando al otro lado de la puerta de metal Oda vio a una gran multitud que observaba algo. Un minuto después, un gnomo llegó corriendo desde las oficinas centrales y se puso en donde los guardias debían de estar.

La fila se compuso y avanzó mientras él estaba ahí, parado a la sombra del gran Dronon. Ahora que buscaba a alguien no podía fantasear más con aquella estatua. Cuando logró encontrar al octogenario a la cabeza de la fila, vio que su rostro parecía haber visto algo horrible. ¿Qué había sucedido allá afuera?

—¿Listo para la jornada? —preguntó Mic.

—Sí. Sí.

Lo miró y su cara se puso pálida cuando se percató de la gran vena saltarina sobre su frente. Una vena que solía brincarle en momentos de gran impacto.

Caminaron en silencio hacia el otro extremo de la mina. Oda no sabía qué decir ya que, por lo general, Mic ponía el tema de conversación. Los demás vigilantes observaron a la pareja de mineros pasar por los largos pasillos de las cuevas primerizas. Vieron la vena saltarina de Mic y se impactaron tanto como Oda lo había hecho antes. Uno de ellos dijo a otro en voz bajita alguna oración con la palabra «anciano», otro de ellos respondió con la palabra «inspectores».

Oda se detuvo. Sus piernas se congelaron a la mitad del camino y un gnomo que venía tras de ellos chocó contra su espalda.

—¡Camina mejor, estúpido! —le gritó la víctima, metiéndose en la cueva sesenta y dos de la derecha.

Si a Oda le hubiera pasado eso en otro día, su mentor lo hubiera cuestionado y le hubiera dado una palmadita para que estuviera mejor. Pero esta vez tenía que prescindir de esos cariños, porque éste había sido el día que Renof Dastrero había llegado a *la olvidada*.

Su cabeza ya no estaba presente en ese momento y era muy difícil sacarla de ese recuerdo. Aquella gnómida se llamaba Hele Sariana. Ella le había dado el paseo por las instalaciones la primera vez que entró, hacía casi veinte años. Era una gnómida comprometida que siempre se preocupaba por el bienestar de su equipo de trabajo. Siempre veía que no estuviera en mal estado la armadura complementaria y siempre se las ingeniaba para que los picos viejos se refundieran para recibir unos mejores.

Cuando sucedió aquello, Oda ya sabía lo que iba a ocurrir. Había pasado varias veces arriba, en el Bosque de Jacabaum, en donde su madre lo escondía (después de chocar narices) y le repetía que todo iba a estar bien.

Sin embargo, el mirar cómo enloquecía su primera jefa, cómo sus ojos se dilataban y cómo comenzaba a desvariar hasta que su lengua se secaba lo destrozó. Fue en aquellos momentos cuando vio por primera vez a los inspectores en acción; los de la máscara azul rodearon la zona y el de la máscara roja la asesinó. La rodaja filosa (que llamaban *piar*) se embarró de la sangre del pecho de la señora Sariana. Luego, como si nada de eso hubiera pasado, sus subordinados la llevaron hacia afuera, donde nadie la vería nunca más.

—¡Qué días han pasado! —dijo alguien a sus espaldas.

Su ronca voz sacó a la pareja del trance e hizo que se pusieran aún más alerta. Los dos mineros voltearon y el agigantado Tas Yaren les sonrió con los ojos cejudos.

—Qué días, jefe —respondió Mic lo más serio que pudo.

—No pasa nada, gnomo, que aquí estamos en confianza. Cuando crucen aquella puerta ya será otra cosa, pero ahora, en los pasillos, ya les he dicho que se dejen de esas chorradas de saludos.

—Qué días, jefe —dijo Oda.

—Antes de que se me olvide, ¿ya avanzaste algo a tu propuesta? ¿ya pudiste saber por dónde va la cosa?

—Sí.

—Desde que te dije sobre esto han pasado años Oda. Puedo ser benigno, pero no me gusta que me tomen de las barbas que pueden picarle a uno los ojos, ¿entiendes?

—Sí, entiendo.

—¿Y tú, Mic? ¿Cómo miras al nuevo mentor? ¿Crees que está haciendo un buen trabajo con su alumno?

—Por supuesto. Aunque déjeme decirle que se acerca mucho a la orilla. No vaya a pasarse de la raya, porque habría serios problemas.

—¿Y no queremos eso?

—No, señor.

—Correa es diferente porque él es hijo de uno de los científicos del cuartel. Así que, quieras o no, le debemos mucho a él que estén empezando a comprarnos la *yarenia* más que antes.

—Anotado señor. Ahora debemos apurarnos, que ya sabe el percance que hubo…

—Trabaja y trabaja.

—Descansa y descansa —dijo la pareja de gnomos a la vez que lanzaban su puño derecho hacia el frente y se tapaban la oreja izquierda con la otra mano.

Oda y Mic pertenecían a los más afortunados que podía haber en aquel gremio de mineros. Los dos habían podido pasar el concurso de picada y habían logrado entrar a uno de los más privilegiados cargos que podía tener un minero: ser *negro*.

Cuando uno era *negro* tenía ciertos atributos que lo distinguían: primero, podía hablar con el jefe sin algún problema, indicando su rango con una insignia negra en el pecho; segundo, recibía una paga que sólo la igualaban los contadores y negociantes de las oficinas centrales; y tercero, podía picar en la Zona Negra.

Los dos gnomos saludaron al portero de la entrada, al anciano Barol Wateno, un pobre gnomo que por azares del destino cayó desde un alto sin llevar protección. Ahora sólo podía mover su cuerpo arriba de la cintura y girar la cabeza hacia el lado derecho.

—¿Qué pasó? ¿Por qué la cara tan pálida?

Mic le sonrió.

—Inspectores.

—Oh, pues ya casi me toca, ya casi tengo los doscientos años.

—No diga eso señor Barol, usted puede vivir hasta ochocientos si los siete lo desean con ansias.

—Pues ya veremos. Por lo pronto, a trabajar.

Accedieron a una bodega intermedia, donde podían ponerse sus armaduras complementarias y tomar sus costosas herramientas para ponerse a trabajar. Ahora, lucían como seres de cuentos que sólo a un olvidado (o a un humano) se le podían ocurrir: con el casco cuadrado enmarcando su rostro, la pechera reluciendo el hierro y los protectores de ingle haciendo sudar sus partes íntimas. Avanzaron hacia el otro lado.

—Trabaja y trabaja —dijo Mic a Correa y su alumno que bajaban las escaleras.

—Descansa y descansa —le respondió de vuelta. Oda se había detenido.

—¿Qué te pasa? ¿Sientes algo? —le dijo, procedió a darle una palmadita.

—No, sólo que olvidé hacer algo en mi casa —excusó: no sonaba nada convincente.

Al bajar las escaleras y girar dos veces a la derecha en los descansos, se topaban con la pared de obscuridad a unos mil pasos de distancia. Era por lo que la Zona Negra había recibido su nombre del mismísimo Falco Dronon. Esa misteriosa obscuridad había interrumpido el trabajo de Falco por décadas, hasta que los *negros* tuvieron que seguir con su obligación.

Decían que al atravesar la pared de obscuridad uno moría al instante. Otros tantos decían que tan sólo te volvías muy loco y quedabas atrapado en su interior. Por supuesto, eran mitos que habían forjado los gnomos de toda la mina para entretenerse un poco ya que una línea separaba el pedazo seguro del pedazo no seguro. Era una línea larguísima que iba de extremo a extremo y protegía a los mineros de posibles accidentes referentes a la obscuridad.

—¡El jefe me dijo que no picaras tan cerca! —gritó Mic a Correa.

—Pues que venga y me lo diga, que para eso soy *negro*.

—Nada más te paso el aviso, desgraciao.

Al alumno, de nombre Biso, le hizo gracia este comentario y soltó una risita.

Durante todo este trayecto Oda se sintió rígido, como si esa armadura no fuera la suya. «No, contrólate, ya pasó aquello, no pasará hasta dentro de mucho», se engañaba. Se engañaba porque tarde o temprano al señor Barol le tocaría su turno. Y eso era sólo de su sección, ya que había mucho viejo picando y haciéndose tonto en las cuevas simples. Pero es que no estaba bien su armadura, se sentía dura, se sentía sólida, como de una sola pieza.

—Disculpa Mic… —dijo Oda, o eso fue el inicio de su intención, porque un escalón mal bajado provocó su caída por los últimos treinta escalones.

Primero cayó sobre su codo y sangró, después le tocó a su espalda, que rebotó y rebotó contra cinco escalones hasta que Mic lo detuvo con el pie. La punta del pico, que Oda llevaba en la mano izquierda, había sido elevada hasta que se estrelló contra su pecho metálico por la gravedad, casi llegando al cuello, haciendo un choque que vibró por toda su armadura.

—¿Pero qué pasó, gnomo? Ten más cuidao antes de dar los pasos, que en un momento te me vas a morir y los siete no quieren que suceda eso.

—Sí —dijo Oda.

3

El minero recibió la moneda del guardia y atravesó la Puerta Nueva. Mic Nart se había quedado a revisar unos papeles y Oda estaba muy cansado y adolorido como para esperarlo. En gran parte por la caída que se metió que, aunque fuera tratada por el servicio médico, le seguía doliendo.

Su casa quedaba en la parte oeste del Pueblo Subterráneo de Jacabaum. La manera más corta para llegar era por un costado de la zona mercantil. Sin embargo, en altas horas de la noche sólo hacían compañía lámparas en postes (no necesariamente prendidas) y uno que otro gnomo necesitado y con falta de moral hacia el prójimo. Así que Oda siempre decidía irse entre aquellos comercios enteramente alumbrados, donde algún local nocturno podía seguir abierto. Así tuviera que caminar media hora más, lo creía conveniente para poder llegar a salvo y descansar en su cálida vivienda.

Llegó a su casa, se quitó la ropa sudada y la lanzó a una cacerola con polvos jabonosos. Desnudo, y con algo en su mente que no se podía sacar, se abalanzó hacía la cama. Esperó a que su cuerpo cayera dormido mientras pensaba en lo que había pasado ese día. El ratón que luego se paseaba por ahí no estaba en esa ocasión, así que lo que fuera que tenía que escupir no iba a poder platicárselo a nadie.

Cerró los ojos y esperó. Esperó y esperó, luego pensó en su mentora. Pensó en el anciano de la fila y en el señor Barol. Dos de ellos estaban muertos, Barol estaba con un pie en la tierra fértil. ¿Y él? ¿Él dónde estaba? Estaba mirando a Falco Dronon, por supuesto. Pero por él no sentía lastima como por los otros dos. Por él sentía valentía, por él sentía seguridad. ¿Por qué con los demás no? ¿Por qué le daban tristeza y rabia los otros dos ancianos? Seguramente era porque no tenían una estatua en su nombre, seguramente era porque no habían sido importantes, y al no ser importantes su vida había sido triste y su fin olvidado. ¿Acaso era eso?

«Desde que te dije sobre esto han pasado años Oda. Puedo ser benigno, pero no me gusta que me tomen de las barbas que pueden picarle a uno los ojos. ¿Entiendes?».

El gnomo se sentó al borde del colchón. Sacó su pipa, su tabaco y su *gema de calor* de uno de los cajones de su cama. Se dispuso a fumar en la obscuridad.

Inhaló y exhaló. Miró hacia donde estaba su mesa de madera vieja, en donde yacía su juego de cartas repartido entre dos personas. Estaba seguro de que debajo había una hoja de papel. En ella ponía una oración hasta arriba: «Mi propuesta para avanzar en la minería de la Zona Negra es la siguiente…». Abajo había un listado con sus posibles propuestas, cada una de ellas tachada sin ser terminada.

Su mente volvió hacia Falco Dronon. Se lo imaginó en su casa fumando de su pipa de *adantín*. Vio que estaba jugando cartas con el señor Barol, con la señora Sariana y con el señor Dastrero. Él tenía una mano pésima, pero aún así quería lanzarla al fuego. Los otros tres miraban con seriedad las cartas en el centro. Después, todos bajaron sus cartas e hicieron el intercambio. Por una carta el señor Barol había ganado la partida.

—Parece que gané —dijo Barol; su sonrisa de viejo mostraba la falta de dientes.

Un extraño viento se coló por la ventana e hizo que una pila de hojas blancas se regara por la sala de Dronon. Los otros dos viejos perdedores voltearon a ver el desmane que había provocado la naturaleza mientras Barol se quedaba con todo lo que había en la mesa (un conjunto de monedas de oro y dos diamantes pequeños).

El señor Dronon se levantó de su asiento, calmado y con una ligera sonrisa en sus labios. La calva le brilló a la luz del fuego cuando se agachó y comenzó a recoger las hojas. Eran hojas llenas de listados, por ambos lados. En ese momento, Oda oyó un chillido.

Oda se alegró de no tener que pensar mucho en el juego de cartas que había imaginado en su mente. Ahora podía levantarse y pelar algunas manzanas para su amigo roedor.

Prendió la vela que había sobre su mesa, donde también estaba el ratón. Fue a la cocina por un cuchillo, miró la casi vacía cesta de fruta y cogió una redonda y jugosa manzana. Se sentó y contempló la manzana a la luz de la flama. Ésta brillaba como la calva que se había imaginado. Apretó el filo del cuchillo contra la piel rojiza y miró al ratón.

—¿Quieres? —le dijo.

Y comenzó a descarapelarla lentamente dejando caer las capas sobre la propuesta en blanco. La nariz del ratón se movió de un lado a otro y sus bigotes erguidos vibraron sobre su hocico.

Oda se levantó, fue por un plato de madera vieja y se sentó en la silla opuesta. Acabando de pelar la manzana se la sirvió a su amigo; él siguió con la pipa entre los labios.

—¿Qué dices? —preguntó al ratón. El gnomo miró las cartas que tenía en su lado de la mesa. A simple vista era una mano perdedora. El ratón mordisqueaba la pulpa de la fruta con placer—. ¿Soy de los que ganan el juego? ¿O de los que se dan cuenta que tienen tantos papeles que no se preocupan por perder una vez?

El ratón dejó de morder y caminó sobre la jugada contraria. Esparció las cartas con sus patas y dejó a la vista la propuesta de Oda. Después comió la cáscara que Oda había tirado antes. El gnomo estiró el brazo y arrastró la propuesta sobre la mesa hasta tenerla cerca.

—Mi propuesta para avanzar en la minería de la Zona Negra es la siguiente… —Hizo una mueca y presionó con el pulgar el contenido de su pipa. Después de hacer un tsss, procedió a encenderla de nuevo —¿Por qué es tan difícil? —le dijo al ratón—. ¿Por qué no puedo tener una estatua y una frase motivadora?

El ratón regresó a mordisquear la comida del plato; al parecer, estaba bastante buena. Oda exhaló humo. «Hay muchas maneras de llegar al lugar, así que no te conformes con sólo una», pensó.

Había estado intentando que algo se le ocurriera, pero hasta ese momento su cerebro no daba con una. No daba con una maldita ruta por la cual seguir picando. ¿Cómo se conformaría con sólo una, si esa todavía no existía? Azotó los puños contra la madera y la pipa se le cayó de la boca, el ratón se sobresaltó y las cartas en su lado del juego se desperdigaron por la mesa.

¿Quién sería capaz de tener más respuestas que él? ¿Tas Yaren? No, él parecía muy erudito, pero por algo le estaba pidiendo propuestas… ¿Mic Nart? Tampoco, él estaba en una posición que lo dejaba menos sabio. En una posición que lo dejaba menos sabio...

¿Y si iba con el sabio de Jacabaum? Quizá él supiera ayudarle con sus propuestas a cambio de dinero. Había ahorrado mucho, mucho más de lo que alguien pudiera pensar. Lo guardaba en la bodega de su casa, en uno de los barriles que antes había tenido agua. Miró al ratón que llevaba la mitad de la fruta roída.

—Gracias, te debo una.

4

Con una bolsa llena de dinero, la pipa entre sus labios y el ratón gris subido en su cabeza, Oda se dirigía a la casa de Roy Peral. Este señor, único sabio vivo avalado por las autoridades, tenía su casa muy cerca de la salida de la cueva.

Las luces del pueblo eran lo único que se movía por esos lares, proyectando la sombra de Oda hacia las casas más costosas del subterráneo. El ratón se aferraba a sus negros cabellos con una determinación mayor a la de Oda. A lo lejos, estaba la calle que buscaba, donde unas casas de dos pisos, con entradas elaboradas por famosos artistas y ventanales de *falaquera*, se miraban como lo normal. Pasó los nombres de las puertas de aquellos grandes, uno a uno, hasta que llegó a leer el nombre que buscaba: Roy Peral.

El nombre estaba grabado en una placa de oro sobre una puerta rectangular de madera de adantín. Del marco de esta puerta brotaba un techecillo color verde que parecía ser de *falaquera* pintada. Oda asió el anillo (en el centro de la puerta) con suma delicadeza y apenas apretando los dedos. Parecía como si creyera que al tocarlo fuera a quemarle la piel. Inhaló y exhaló tabaco, luego tocó la puerta.

—Ni te molestes. Llevo esperando aquí desde hace un día —dijo una voz femenina.

El gnomo volteó hacia la izquierda; una gnómida de cabellos canos estaba sentada a varios pasos de la puerta, recargando su espalda en el extremo de la fachada. Leía un libro y, francamente, parecía no importarle que alguien más estuviera ahí.

—¿Un día? —dijo Oda, la pipa se le cayó de la boca y su tabaco se regó por el suelo.

La gnómida bajó el libro. Cuando descubrió su rostro Oda lo sintió familiar. ¿Acaso la había visto en algún lado? No creía haberlo hecho, no era alguien de la mina ni de los mercados.

—Le toco cada quince minutos. Me acabas de hacer el trabajo.

La gnómida volvió a lo suyo y Oda miró la puerta con las cejas arqueadas. Todavía tenía dos horas para llegar a su trabajo a tiempo; además ya estaba ahí. Si se iba, probablemente sería una persona que gana el juego de cartas, pero nada más. Así que volvió a coger el anillo y azotarlo, ahora más fuerte que antes, con una fiereza que sólo se le había visto al romper rocas.

—Te digo que no sirve.

Lo hizo por treinta segundos seguidos hasta que oyó movimiento dentro de la casa. Alguien había carraspeado, estaba seguro de que era el sabio. Se oyeron pasos acercarse, pasos arrastrados y gastando las suelas del calzado. Miró a la gnómida que lo miraba de regreso; entonces Oda se escondió al costado derecho de la casa.

Su corazón latía con fuerza, su cerebro temía que lo que hubiera hecho hubiera faltado al respeto al sabio. El ratón brincó hacia su bolsa, después olisqueó el dineral que había dentro.

—Tienes razón —susurró Oda.

El gnomo se asomó por la esquina y vio a la gnómida frente a la puerta recién abierta. El libro que leía estaba siendo separado de página por su dedo índice. La gnómida era vieja, pero tenía una vitalidad muy parecida a la de su jefe. Ella le dijo algo al señor Peral.

—¡Largo de aquí! —gritó el sabio.

Azotó la puerta en la cara de la anciana. Ella se acercó a Oda.

—Todo tuyo, yo tengo prisa.

Y se fue en dirección a la Cueva de los Nuevos.

El negro apretó los puños, frunció el ceño y se colocó frente a la puerta. Sostuvo el anillo otra vez, miró el dinero y procedió a golpear agresivamente la madera. Volvió a oír los pasos arrastrados y su instinto le dijo que se fuera de ahí, pero su cerebro no podía hacerlo (o más bien no quería hacerlo). Siendo sincero, esa noche no había podido dormir nada bien; soltó un bostezo justo antes de que el sabio le abriera la puerta.

—¡Te dije que no…! —exclamó el sabio—. ¿Tú quién eres?

—Od-Oda.

—No me suenas de nada, adiós.

Y procedió a azotar la puerta de la misma manera bestial que había hecho con la anciana.

Los puños de Oda seguían apretados, su ceño estaba arrugadísimo y su cabeza le había empezado a punzar (como las veces que su padre lo regañaba). Tocó de nuevo, la última vez que lo intentaría. El sabio abrió la puerta.

—Si vuelven a molestar tú y tu madre, les juro que llamaré a uno de los inspectores para que los arresten.

—Yo sólo quería saber su opinión de algo —apuró, mirando los viejos pies del sabio llenos de pelos blancos y sobre unas sandalias bastante descuidadas.

—Ya estás advertido.

—Tengo dinero para pagarle.

Agitó la bolsa y el ratón chilló dentro de ella. El señor Peral miró la bolsa y luego a él.

—No tengo tiempo para tus estupideces, gente importante vendrá pronto. ¡Largo!

Cuando estuvo a punto de cerrar la puerta por última vez, el gnomo no se pudo contener.

—¡Es sobre la obscuridad de la Zona Negra! ¡Tengo que saber cómo picar sobre ella o cómo desaparecerla! —Oda calló, lo siguiente que dijo fue casi inaudible—. Tengo ideas.

—¿Qué me estás tratando de decir? ¿Quieres hacer imposibles? No me vengas con cuentos de humanos ahora que estoy preparándome para una reunión muy importante.

—¿Podemos usar armaduras? —dijo Oda, sin pensar.

El sabio lo miró con extrañeza. Cerró los ojos y se hizo a un lado. Oda lo comprendió enseguida, recogió su pipa del suelo y pasó.

—Disculpe… en primera instancia, que sea tan imprudente con todo esto… pero me está matando y necesito resolverlo ahora mismo… No puedo descansar y quiero despejarme las dudas sobre la obscuridad… ¿Por qué no se han usado… armaduras para cubrirse de la obscuridad?

El anciano se sentó en una silla de su comedor. Éste estaba repleto de macetas con manzanilla, ortiga e hipérico que lo ocultaban casi al completo. Tomó una pipa de madera de roble de uno de sus libreros y se puso a fumarla. Y a fumarla y a fumarla.

El reloj de pared a su derecha (uno muy antiguo pero igual de bueno que el suyo) le decía que aún le quedaba una hora y media. Si corría llegaba en veinte minutos, tiempo suficiente para calmar su ansiedad.

El señor Peral fumaba su pipa fijando su vista en él. Oda no sabía qué decir, así que evadió la mirada y aprovechó para leer los títulos de los libros superiores de detrás del sabio a un lado de la ventana.

Cosas como *Manual para talar correctamente* o *Todo lo que uno debe saber antes de fabricar su pipa* se le hacían muy comunes para gnomos de la edad de Roy Peral, gnomos que ya no tardaban en llegar a su fin. Pero otros títulos no los había visto antes, tales como *Lenguajes de gnomos y cómo hablar otros*, *Deidades de humanos* y ¿qué hacía ahí el ratón?

Y resultó que el ratón ya no estaba más olisqueando el contenido de su bolsa, sino que había hecho una expedición por la casa de un sabio sin su previa autorización. Se había sostenido de los lomos de los libros gruesos y había escalado hasta llegar hasta arriba, donde un libro (sin nombre y con cubierta roja) hizo que resbalara y cayera hasta abajo.

El gnomo minero volteó a ver a Roy Peral mientras éste seguía observándolo a través de las hojas de ortiga y disfrutando de su tabaco. No tenía que darse cuenta de que había metido a un maldito ratón a su casa, sino tendría serios problemas con los de las máscaras.

—¿No tienes nada más que decir? He estado esperando esas ideas maravillosas que tanto pregonabas en la puerta de mi casa —dijo Roy Peral, dejando la pipa en su boca como un digno gnomo debería hacer.

—Señor Peral… si usáramos una armadura que pudiera reflectar o cubrir al cuerpo para que no fuera dañado… podríamos avanzar mientras minamos en lo…

El señor Peral lo interrumpió sacando una fumarola agresivamente de sus labios arrugados.

—¿Y exactamente cómo piensas construir esa «ideal armadura»? ¿Acaso piensas que por el hecho de pensarse se puede hacer?

—No señor, pero quiero saber...

—Tú lo único que debes saber es que la obscuridad absorbe la luz, sea cual sea su origen, aunque se reflecte o no, y que es muy peligrosa como para acercarse. ¿Crees que al mismísimo Falco Dronon no se le ocurrió eso? ¿Crees que no se le ocurrió también atacarla con fuego o con las gemas? Son cosas que no entenderías aunque te lo explicara.

El sabio se levantó y abrió la puerta de su casa. Oda se dio cuenta que el ratón estaba de nuevo en su sitio.

—Mientras menos busquemos, en menos problemas nos metemos, niño. ¿No tenías que ir a trabajar pronto?

Oda vio el reloj, entraba en una hora y media.

—Sólo… —dijo Oda, lento—… recuerde la frase más famosa de Falco Dronon. Debemos buscar más caminos.

—¡Y por qué crees que murió semejante imbécil! —El señor Peral se sacó la pipa de la boca y la mantuvo sostenida en su mano izquierda—. Yo le dije que dejara ese problema de lado y él seguía y seguía buscando formas.

Oda recibió esa noticia como un cubetazo de agua helada en todo su cuerpo, como una patada estéril en los testículos o como la vez que descubrió a su padre riendo con otra gnómida. ¿Acaso el gremio le había mentido acerca de la muerte de Falco Dronon? ¿No había muerto olvidado como todos los gnomos?

—¡Vete de aquí! No quiero armar un escándalo más grande que éste. No me importa el dinero, así que te lo puedes quedar también.

El joven gnomo fue empujado hasta la salida de la vieja casa de Roy Peral y, cuando pudo retomar su conciencia de vuelta, se dirigió a su trabajo.

LA GRAN IDEA

1

Oda y Mic picaban de forma habitual en la sección uno. Los sonidos metálicos de sus compañeros se oían en la lejanía, pero Oda no los percibía. No los había percibido desde hacía varios minutos, desde que había entrado a la Zona Negra y había mirado la obscuridad como si hubiese sido la primera vez. Mic Nart parecía querer saber su respuesta de alguna pregunta que le había hecho. Sin embargo, el aprendiz también quería saber algo.

—¿Sabes de alguien…? —cuestionó Oda, pero a la mitad la seguridad se le había esfumado.

—¿Sé de alguien?

Mic giró la cabeza.

—¿Sabes de alguien que…haya tocado la obscuridad?

—¿Por qué la pregunta?

El mentor siguió picando.

—Por nada, sólo que… ¿sabes de…? —El mentor se le quedó viendo y después soltó la punta de metal hacía una gran piedra que podría contener yarenia—. Es una tontería… ¿pero sabes cómo murió Falco Dronon?

—Tienes nueva armadura… ¿estás bien? ¿es por eso? La otra se echó a perder con el aceite viejo, si es por eso que estás diciendo estas cosas…

Oda miró al suelo, luego volvió la cara.

—Sí. Estoy bien.

—Falco Dronon murió olvidado a los doscientos cinco años. Casi dos años después de que nacieras.

—Es que… ayer me enteré de algo.

Descansó ambos brazos sobre el mango de su pico vertical y miró al octogenario a los ojos. Estos eran claros, de un café muy tenue.

—¿De qué te enteraste ayer?

—Fui a hablar con Roy Peral y…

—¡Eres un imbécil! —exclamó Mic Nart. Primera vez que gritaba a Oda de esa manera; los otros dos mineros detuvieron sus picadas al oír esto—. No debes de hablar con él. ¿Recuerdas que al jefe le ha costado mover la yarenia por años? —Oda regresó los ojos al suelo—. Fue por el señor Peral. Parece ser que por él el gobernador no le dio el permiso para moverla como los demás minerales. Pensé que al entrar te lo había dicho.

—Sólo me dijiste... —Hizo una pausa—. Que tenía enemigos —dijo, desganado.

—¿Para qué diantres fuiste?

—Me dijo algo...

Oda hizo otra pausa. Recordaba la sensación del cubetazo de agua fría recorriendo su cuerpo. Tuvo el impulso de llevar la mano derecha a su ingle y la izquierda a su corazón.

—¿Te atendió?

—Falco Dronon murió por tratar de quitar la obscuridad.

Señaló, dudoso, la densa tragaluz a su costado, pero no se atrevió a mirarla.

—¿Qué?

—Trató de que los gnomos pudiéramos seguir minando a pesar de ella.

La punta de su pico estaba polvosa, muy parecido a como él se sentía en ese instante. Luego, como un loco, centró su atención en el pecho metálico de Mic. Al final, con mucho esfuerzo, le vio el rostro enmarcado en el casco.

—¿Eso te lo dijo el sabio?

Su vena saltarina parecía querer brotar.

—¿Sabías que los gnomos nos podemos morir tan rápido como los humanos? A pesar de vivir mucho más tiempo que ellos, somos igual de frágiles.

—Vuelve al trabajo.

Le dio unas palmadas en la espalda que reconfortaron su mente (como siempre lo hacían); sólo que esta vez esa paz no duraría mucho.

2

—¿Dónde andabas? —preguntó al ratón que había regresado a su casa y ahora movía su naricilla encima de la mesa de madera.

Se levantó de su cama (excusa perfecta para hacerlo) y le dio de comer las manzanas hervidas que no se había podido terminar. Cogió la cachimba de la mesa y la encendió para fumarla. El ratón recibió con entusiasmo la cena de su visita y se abalanzó al plato con hambre. Oda se sentó frente a él, recargó su barbilla en sus manos y lo observó.

—¿Crees que el sabio tenía razón? Trabajando en lugares como una mina pudo haber muerto Falco Dronon, pero ¿por qué ocultarlo?

El amigo peludo lo vio, el gnomo le extendió la mano derecha; el ratón la olisqueó y luego se subió a la palma por el dedo gordo.

—¿Debo hablar con él, verdad? ¿Con Roy Peral?

El ratoncillo chilló. Oda recordó a los inspectores. La piel de la espalda se le erizó cuando pensó en un piar atravesándole la columna. Apretó el otro puño e inhaló humo. De un manotazo tiró las cartas que estaban de su lado del juego, las cartas de una mano perdedora.

—Parecía ser muy amigo de Falco Dronon. ¿Te imaginas que estuviera cerca de eliminar la obscuridad? ¿Te imaginas que podamos seguir su trabajo y completar su misión? —El entusiasmo comenzaba a notarse en su voz. Las patas del roedor recorrieron su brazo derecho y escalaron por su cara hasta llegar a la cima de su cabeza—. ¿Crees que sea conveniente hablar con él mañana? ¿Antes de ir a la cueva? Me advirtió que…

El roedor brincó hacia la propuesta en blanco de Oda. Él la tomó y la observó. Ya no quería que eso estuviera ahí eternamente, así que la arrugó y la lanzó al fuego de su estufa. Se dirigió a los cajones de debajo de su cama, tomó una pluma y tinta y empezó a escribir: «Mi propuesta para eliminar la obscuridad es…»

El ratón mordisqueó la manzana y luego bajó de la mesa. Sus patitas pasaron por encima de las cartas perdedoras de la mano de Oda.

—Deberías pasearte más seguido por aquí, me ayudas mucho. —El ratón salió por el agujero de la puerta de la bodega, uno que el negro no iba a reparar en mucho tiempo—. Nos vemos luego.

El gnomo remojó la punta de la pluma en el tintero y escribió: «…seguir con la investigación de Falco Dronon».

3

Oda se levantó una hora antes de lo habitual, quería tiempo para hablar con el sabio. Aunque sabía que él no tendría tiempo para él, hizo el intento. Corrió y corrió por las calles de la cueva y se metió a la ruta que llevaba a la salida. Cuando leyó el nombre en su placa de oro, tocó la puerta y esperó bajo el verde techo costoso.

El esperar jugó con su mente, a la que vinieron las máscaras rojas y azules y las armaduras de defensa de aquellos servidores de la ley. Oda no quería morir y quizá el sabio ni le abriera la puerta. Cuando tuvo las intenciones de pirarse, Roy Peral abrió.

— ¿Otra vez tú? ¿No te dije que no hay nada que se pueda hacer? ¡Largo!
Escupió gotitas de saliva que le cayeron a Oda en la cara. A éste no pareció importarle.

—¿Y si Falco Dronon estaba más cerca de… lo que usted cree?

—No estaba ni estará más cerca. Falco era un pendejo con mucha suerte que un día agotó. Vete de aquí.

—Falco Dronon se metió en la obscuridad ¿no?

—Se metió en donde no debía como tú lo estás haciendo. Si no quieres que te denuncie a tu gremio por molestar a un alto rango, será mejor que te vayas de aquí.

El sabio intentó cerrar la puerta, pero Oda actuó sin pensar y puso el pie en el marco para que no acabara de cerrar. Sostuvo su pipa con la mano derecha para que no se le cayera como la última vez.

—¡Hay que encontrar más caminos! —gritó.

—¡Segunda advertencia! ¡Largo de aquí o te vas al confinamiento!

Lo empujó y azotó la puerta en su cara, encabronado.

Oda temblaba y, al mismo tiempo, se sentía poderoso. Nunca le había gritado a nadie de esa forma, ni siquiera a gente más pequeña que él, en ningún lado. Pero ¿por qué no lo había hecho antes? Una mancha rojiza en forma de rostro en el suelo le respondió la pregunta. Oda la hubiera esquivado hacía una semana, ahora le pasaría por encima y se dispondría a ir al trabajo.

4

Oda llegó a su casa y corrió a tomar su pipa para relajarse. Cavilaba sobre lo sospechoso que era ese tal sabio. Y sabía que debía de hacerle caso, por algo era el que era; pero seguía sintiendo esta necesidad de acabar su propuesta, una necesidad que debía de satisfacer pronto porque no había dormido bien las noches anteriores.

Se fue a la cama para ver si podía conciliar el sueño. Inhaló humo de su pipa y la dejó en la mesa. Al cerrar los ojos, el rostro anciano del sabio se le apareció frente a uno de sus peculiares libreros. Luego se le ocurrió algo, se le ocurrió que quizá el anciano tuviera los datos de la búsqueda de Falco Dronon cerca de él.

En algún lado deberían de estar sus archivos y a los sabios se les encomendaba la tarea de proteger los documentos importantes. Además, parecían conocerse, y no creía que Falco Dronon los hubiera destruido sin antes dárselos a alguien para que los utilizara. No tenía hijos ni gnómida como para que ellos fueran los herederos. Si pudiera conseguirlos por un rato, leerlos y luego devolverlos, serían de mucha ayuda para su propuesta en blanco.

Cansado por pensar tanto, se levantó a remojarse la cara con agua. Sumergió las manos en el cubo y se refrescó un poco. Se miró en el reflejo de éste y se percató de su terrible apariencia; estaba ojeroso y descuidado. Tal vez por eso Mic se había preocupado. No obstante, no era gran cosa, en unos días de buen sueño se le quitaría.

Pero ¿cómo conseguiría el acceso a la casa de Roy Peral? Ya estaba más que advertido e ir y preguntarle otra vez sería una pérdida de tiempo; además, los miembros de su gremio estaban peleados con él e ir a pedirle el favor a otro gremio de mineros sería igual de inútil.

«Hay muchas maneras de llegar al lugar, así que no te conformes con sólo una».

¿De qué otra manera Oda podría conseguir aquellos archivos? Tenía que ser una manera en la que el sabio no se diera cuenta. De hecho, en la que nadie se diera cuenta. Y si nadie tenía que darse cuenta, ¿podría cometer un crimen?

La idea de concebir una acción de tal grado le remordió la conciencia. Una cosa era ir a hablar con el sabio del pueblo, gritarle y recibir amenazas; pero cometer un crimen era algo totalmente diferente. No obstante… si nadie se daba cuenta, ¿qué más daba si cometía los crímenes? No sería juzgado, ni mucho menos castigado.

Se miró en el cubo de agua otra vez.

—¿En serio estoy pensando en esto?

Una de las cartas de su mano perdedora estaba tirada cerca de sus rodillas, una donde Anch sostenía su rosa roja.

—Debe de ser la única vez —se dijo—. Sólo en esta ocasión harás esto, y sólo porque necesitamos entregar ese reporte a Tas Yaren.

Si lograba colarse por la ventana trasera que había visto cuando entró, buscar entre sus libreros y encontrar el que era, lo podría regresar la noche siguiente, leído. Nadie tenía que darse cuenta, porque si alguien lo llegaba a delatar, los inspectores vendrían por él. El agua de su reflejo estaba tranquila, como lo que quería aparentar Oda en ese instante.

—La única vez —repitió, en voz muy baja, mientras miraba la rosa roja de uno de los siete.

LA CASA DEL SABIO

1

El gnomo trató de dormir un poco, pero no pudo hacerlo. No podía dejar de pensar en su plan, así que se puso una de sus ropas de negro para poder esconderse en las sombras si algo salía mal. Se quitó los zapatos para no hacer ruido y se colgó su bolsa de tela al hombro, donde había puesto velas de cera de abeja y una gema de calor para poder mirar en la obscuridad. Dio una inhalada fuerte a su pipa y, cuando estuvo a punto de salir, su amigo roedor lo visitó otra vez.

Lo miró con sus pequeños ojos negros y se dirigió a su pie con la intención de ir con él.

—No puedo llevarte, necesito ser discreto —le murmuró al ratón.

El ratón chilló, Oda cerró la puerta con cuidado para no hacer ruido. Si se iba por las calles iluminadas alguien podría notarlo, si se iba por las calles obscuras alguien podría querer hacerle daño. Cerró los puños y se dirigió a las calles a las que nunca había entrado.

Su corazón palpitaba fuerte, sus venas poco a poco bombeaban sangre y su rostro se puso más rojo de lo normal. Se sentía caliente, y no sólo eso, también sudaba tanto que de su pequeña barba caían gotas y gotas que pensaba que se oían hasta dos calles a la redonda.

El caminar por esos lares le fue insufrible. Sin embargo, pudo hacerse con las calles de alto rango y llegar por la calle donde estaba ubicada la casa de Roy Peral.

Cuando llegó, se percató que el sabio tenía velas prendidas aún; entonces no le quedó más remedio que esconderse detrás, cerca de la ventana, hasta que éstas se apagaran. Al sentarse exactamente debajo de la ventana, notó que sus manos estaban inestables y erráticas. Quizá por la emoción de hacerlo o quizá por las consecuencias que tenía el hacerlo, Oda no lo tenía muy claro, pero su corazón le empezaba a doler similar a como lo hacía la vez que ganó el derecho a estar en la Zona Negra.

Pfff y las luces se habían desvanecido como en el resto de las casas vecinas. La ventana de Roy Peral fue su primer impedimento. ¿Cómo la atravesaría para meterse? El ruido probablemente lo despertaría y no había llevado herramientas para al menos investigar cómo maniobrarla.

«*¡Fyfars!*», pensó. Su plan ni siquiera había empezado y estaba comenzando a fracasar. Ya estaba ahí y, si no arriesgaba esa parte, probablemente no dormiría nunca más.

Cerró el puño de la mano derecha, se levantó sigiloso y soltó el golpe. Le sonó lo más ruidoso que pudo haberle sonado el romperse un vidrio. Estuvo pasmado unos segundos, atento a las reacciones del sabio y sus vecinos.

Nada.

Avanzó con aquellos pies descalzos hasta que una pisada le enterró los cristalitos que se habían esparcido por todo el suelo. A Oda le dolió mucho. Cuando miró su planta, la sangre había empezado a salir de su piel.

Esquivando los filosos triángulos que aún quedaban en el marco, brincó hacia el otro lado de la casa. Al caer en el suelo de adentro, el dolor en sus pies le hizo perder el equilibrio. Se quiso sostener de la parte de atrás, de la del marco, y los triángulos de cristal le dañaron las palmas de las manos.

—*¡Fyfars!* —murmuró.

Cuando se logró mantener en sus dos plantas, aguantándose el dolor y después de haberse limpiado la sangre en la ropa, decidió empezar a buscar.

2

Tanteó su bolsa para coger las velas y la gema de calor. Frotó la gema contra la mecha de una vela y pudo mirar mejor los misterios que ocultaba la obscuridad.

Había cinco libreros acomodados en las cuatro paredes, cada uno de siete pisos y repletos de libros de todo tipo; en medio estaba la mesa del comedor adornada con exorbitante cantidad de plantas que le quedaban perfectas para cubrirse de la puerta de la habitación de Roy Peral (que quedaba al lado de la puerta de la entrada). Como no había podido limpiarse lo suficiente con la ropa, caminaba chueco y embarraba la sangre de sus manos y pies por toda la vivienda; sin embargo, eso no era lo importante en ese instante de emoción. Primero leyó los libros más cercanos, empezando por el librero que había mirado cuando entró a la casa por la puerta principal.

Títulos como *Legendarias historias sobre elfos* o *Cómo romper un jarrón desde la comodidad de su hogar* eran sólo ejemplos de la cantidad y variedad de cosas que había leído el sabio a lo largo de sus años. Cuando terminó de leer cada título de cada librero, usando su ropa como guante para no manchar, sólo pudo concluir inútilmente que no entendía el orden del viejo sabio y que el dolor de sus pies ya le era insoportable.

Estaba a punto de rendirse y regresar a tratar de dormir cuando recordó a Falco Dronon recogiendo los papeles cerca de su ventana con aquella reluciente sonrisa que opacaba el brillo de su increíble calva.

Revisó encima de la mesa algo que pudiera cubrirle la herida; pero sólo encontró una de las pipas de Roy Peral. La encendió y le dio una buena inhalada. «Ojalá tuviera tabaco renovado», pensó.

El tabaco no sólo lo relajó un poco, sino que causó que una idea le escalara desde sus pies peludos hasta la punta de sus cabellos negros: ¿y si se robaba otro libro? Había visto infinidad de libros y todos los títulos rondaban en su mente como peces en el mar, peces que nadaban vivos y frescos.

Se giró a ver los libreros para darse una idea de lo que necesitaría para completar su tarea, de lo que necesitaría para irse de ahí con las manos no vacías. *Felicidad y paz para un sabio habitual* o *Romperse los huesos como un ser humano para crecer mejor* le eran títulos inservibles. Cosas como *Manual para talar correctamente* y *¿Qué hacer en caso de encontrarse a un unicornio furioso?* tampoco le servirían en ese momento.

Sus ojos danzantes por la habitación olor a manzanilla se impactaron en un libro, uno que había visto la primera vez que había entrado a esa sala. Sin embargo, esta vez era diferente. No entendía porque no había mirado que tenía un título tan interesante en su primera pasada, ¿o no lo tenía? *Hechizos selectos para la defensa por Gin Mac.* ¿Ese título estaba la primera vez? No se sentía muy seguro de ello.

Según los cuentos que le contaba su madre de niño, un hechizo era un don que los siete podían dar a los humanos para usar su magia. Podían ser chorradas suyas, podía ser que se estuviera equivocando con elegir específicamente aquel libro rojo; pero tenía que robar ese.

Sonidos provinieron desde la habitación del viejo. Si quería que esa visita no fuera en vano, con ese libro le bastaba (por ahora). Colocó la vela en el borde de la ventana y metió el libro dentro de su bolsa. Apagó la vela con los dedos y la guardó al lado del libro. Listo para saltar, sus lastimados pies tropezaron. Su trastabilleo no sólo hizo que tuviera que volverse a salvar (poniendo las manos a los filos de la ventana), sino que hizo que cayera hacia el otro lado de la casa y su espalda fuera lastimada, al igual que sus pies y manos.

—¡Ahhhh! —gritó Oda, involuntariamente.

Estaba seguro que eso había despertado por completo a Roy Peral. Oda, tirado en el suelo, miró como la luz de un candil provenía desde la puerta abierta del dormitorio del sabio. Dejando un reguero de sangre, se escabulló por debajo y corrió como desquiciado a la primera calle obscura que encontró.

«¡Voy a llamar a los inspectores!», escuchó el gnomo desde la casa del sabio.

Su cojeo lo desesperaba y su rastro le decía que algo malo iba a pasar, pero le pareció oír algo, o quizá no, proveniente de una casa en plena obscuridad. Se escondió a un lado de esta casa y encontró un cubo de agua afuera. Se lo vertió encima, con cuidado de no hacer más ruido, y se coló por detrás a la calle aledaña. La sangre de las manos y pies se le había limpiado casi al completo, aunque no tardaría en dejar rastro si esperaba lo suficiente.

EL LIBRO

1

—¿Escuchaste el lío de anoche? —preguntó Mic.

Oda estaba muerto de cansancio. La noche del robo, pensando que por fin podría descansar al menos unas horas, se topó con la realidad de la culpa. Era una culpa con doble sensación: la primera era la sensación de haber hecho algo malo, de haber roto varias leyes y estar manchado por dentro; la segunda era la sensación de emoción por su éxito. Se sentía lleno de poder, siempre y cuando nadie se diera cuenta de lo que acababa de hacer.

Al oír las palabras de Mic, no sólo trató de responder rápido y sin tapujos, sino que disimuló picando con fuerza la piedra de la mina.

—¿Por qué lo dices? —dijo, evitando cualquier contacto visual.

Sus manos empezaron a temblar y su ropa empezó a empaparse de sudor. Las heridas que tenía en las manos le empezaron a arder, las de la espalda y los pies le empezaron a picar.

Mic respiraba agitado. Solía esforzarse de más siempre que se sentía estresado y eso lo había llevado a casi perder el ojo con la herramienta de trabajo.

—A mí no me dejó dormir para nada. Fueron hasta mi casa a molestar preguntando si escondía al ladrón. Si no es por eso, quiero que mires un espejo. Te ves peor que nunca.

El gnomo aprendiz se quitó el sudor de la frente y se detuvo a descansar. Recargó ambas manos en el mango de su pico y se percató de la mirada directa de su compañero.

—¿Fuiste con el sabio otra vez? —le preguntó.

Oda no dijo nada. ¿Acaso confiaba en él tanto como para confesarle un crimen? Lo conocía desde hacía nueve años. Él lo guió y le enseñó todo lo que sabía de su trabajo en la Zona Negra. «Eres un imbécil», recordó. Mic cargó su pico dispuesto a seguir.

—No —dijo Oda, apenas tocando su lengua con el paladar.

Eso lo alivió tantito. Su cabeza comenzó a dolerle.

—Ese Roy Peral lo que tiene de sabio lo tiene de amargado. ¿Sabes cuántas veces hace su trabajo y ayuda a la gente?

Mic se quitó el sudor de la frente. Su barba goteaba, pero no tanto como la de Oda. La picazón en su espalda se volvió ardor.

—No…

—Cuando yo llegué. ¿Qué serán?

—No sé…

—El punto es que el sabio ha recibido sólo a dos personas que he conocido desde que estoy en la mina. Y cuando abrió, les dijo una sarta de estupideces y les azotó la puerta en la cara. ¿Me sigues?

—Creo que sí.

—No sé cómo el gobernador todavía no le quita su puesto. Por muy erudito que seas, por mucho que pases su examen, no te hace útil para trabajar de eso.

—¿Qué me quieres decir? —averiguó el gnomo.

Apretó el mango de su pico para soportar su jaqueca; sus manos le dolieron de las palmas. Siguió picando.

—Que ni pienses en ir a su casa. Como te metió las ideas raras sobre Falco Dronon, te puede meter ideas raras sobre otra cosa.

—Aunque quisiera… ya no puedo ir con él, me corrió de su casa con advertencia de no volver.

—Eso es, así es mejor. Ese viejo pronto tendrá la olvidada, y la verdad, me importa poco que lo rebanen como pan de centeno. Ahora, sigue picando. El jefe está muy molesto porque Correa no cuidó de su alumno y ahora está en el médico con la rótula rota. A saber si los tratos con la yarenia van a seguir. Con lo bien que habían estado yendo…

Mic miró a ambos lados para ver que nadie lo estuviera oyendo, aunque sabía que ellos dos eran los únicos trabajadores en la Zona Negra, luego susurró en el oído de Oda.

—Ayer habló conmigo. Dice que llevamos la delantera en avances y tiempo de todos los trabajadores de la mina. Falta poco para mi ascenso y dejar de desgastarme. Y tú podrías ocupar mi lugar si quieres. Eso sí, ya mándale esa propuesta por favor, que le llevas dando largas desde hace mucho y ya es tiempo de rendirle cuentas al gobierno.

Oda no le dirigió la palabra durante la jornada completa haciéndole creer que había entendido su sermón. No obstante, su mente no estaba ahí, no había estado ahí desde que se dio cuenta de lo que estaba destinado a ser.

Pensó en el libro de hechizos y la inmensa cantidad de herramientas que le abriría para la Zona Negra. Brebajes, pociones y cosas que había leído en cuentos podían ser reales. Cosas que pudieran aumentarle la fuerza, mejorarle la visión o hacerlo invencible por unos minutos, con eso bastaría. Porque si había robado el libro equivocado, no sabría lo que haría.

2

Se apresuró a regresar a su casa ignorando las miradas acusadoras (según su percepción) de los vendedores aún con el local abierto. Más emocionado que cansado, cojeaba levemente por los pies que sangraban de algunas cortadas que no se habían hecho costra del todo.

Encendió una vela en el centro de su mesa y quitó los bultos de ropa que había dejado en el suelo la noche pasada. Descubrió el libro *Hechizos selectos para la defensa por Gin Mac.*

Estaba escrito a mano con carbones y con una capa de algo más para conservarlo, lo que indicaba que era antiguo o tal vez no de un pueblo cercano. Con cuidado de no agravar las heridas de sus manos, lo pasó a la mesa; pesaba más de lo que esperaba. Lo observó por unos diez segundos y lo abrió.

La primera página era negra, con letras rojas advirtiendo:

El uso de la información contenida en estos escritos es muy peligrosa. Sólo debe utilizarse en situaciones de emergencia.

Oda sonrió. ¿Qué podría ser de mayor emergencia que querer ser el siguiente Falco Dronon?

Pasó la página, ésta estaba en blanco. Pasó a las siguientes hojas, una tras otra, las cincuenta y dos hojas, mirando por ambos lados; estaban en blanco. Cogió su pipa, la prendió e inhaló bien fuerte. ¿De verdad había cogido un maldito libro con las páginas en blanco? De la furia, Oda tuvo el impulso de lanzarlo hacia el fuego. Apretó los dientes contra la boquilla de la pipa y se fue a acostar.

Su sueño, como estaba siendo costumbre, tampoco le llegó. Media hora después escuchó que algo se caía. Luego el ratón le lamió la oreja y Oda se giró.

—Necesito hablar contigo —le dijo. Se puso al pie de la cama—. No funcionó. Robé una pendejada.

Oda se levantó y miró el libro de hechizos tirado a un lado de la pata de la mesa. Estaba abierto por la mitad con las páginas hacia el suelo. Lo levantó.

—Mira.

Con los brazos extendidos le mostró el libro abierto. Le echó un vistazo a la portada roja y se dio cuenta que ya no estaba. Qué raro era eso, porque él juraba que tenía una portada escrita con carbones. Cuando lo giró, se dio cuenta que había unas palabras escritas por la mitad, tanto del libro como de la página:

Manda presión al corazón hasta que explota.

«¿Qué fyfars», pensó.

Se sentó a su mesa y cerró el libro.

—Me estoy volviendo loco.

Entonces lo abrió. Ahora la página de advertencia estaba en blanco. Al pasar a la siguiente página, esperando que estuviera en blanco como hacía unos minutos, se percató de un párrafo a la mitad:

Se debe estar calmado para controlar el cuerpo y la mente, se debe estar sereno y sirve mejor si está uno descansado. El primer ejercicio que se debe hacer para controlar los biks en el cuerpo es la respiración. Nos tenemos que poner en sintonía con el cielo, con las plantas y con todo lo vivo que nos rodea.

Pasó las páginas hasta que encontró más palabras desperdigadas por la hoja:

Prolongados

Ponía en la primera tercera parte.

Ocasionales o de un solo uso

Ponía en la segunda tercera parte. Y en la siguiente página:

Amuleto

Hasta arriba y nada más.

Y pasando unas cuantas páginas en blanco, Oda encontró algo muy raro como título:

Hechizos para la defensa

Debajo de este título había un gran hueco de palabras, y luego decía lo siguiente:

No vivo, cincuenta biks.

Y abajo ponía una serie de palabras que Oda no entendía. ¿Lenguaje humano? Eran palabras acompañadas de símbolos raros que parecían ser la escritura original. Al finalizar las palabras desconocidas, había unas imágenes. Eran imágenes de unas personas muy extrañas, con las piernas y los brazos largos, con una espalda mucho más grande que la de Falco Dronon y sin tanto pelo. Éstas eran cuatro y estaban dispuestas en cuatro cuadrados, todas ellas parecían indicar instrucciones con su cuerpo. Además, cada una tenía dos palabras escritas arriba: una en la escritura humana y la otra en escritura gnomil.

—¿Entiendes lo que significa esto en mis manos? —preguntó al ratón— Esto es hechicería, esto es lo que estaba buscando.

Avanzó con la esperanza de toparse con una página completa… y vaya que la encontró:

Mejora de Fuerza (v-20 bik)
Capacidad para aumentar la fuerza cien veces de un específico número de músculos.

Recitar: Vivo, cincuenta biks.

Le seguían una serie de palabras humanas en ambas escrituras. Luego, al pasar una página y media repleta de tinta inentendible, estaban las imágenes de los recuadros.

En el primer recuadro había una persona de pie tocándose la nuca, en el segundo era una persona de pie con los brazos y piernas estirados, en el tercero apretaba los brazos y en el cuarto señalaba con su dedo algo que, viéndolo más de cerca, era la palabra «amuleto».

Cerró el libro, lo puso debajo de la ropa donde estaba escondido y se dedicó a pensar. Tenía miedo y estaba intrigado. ¿Qué pasaría si salía mal alguno de esos dichosos hechizos? El mismo libro advertía las consecuencias de ejecutarlos, ¿estaba dispuesto a tomarlas?

Se fue a acostar con la idea de pensárselo mejor al día siguiente. Sólo duró diez minutos su cuerpo y su conciencia antes de levantarse y abrir de nuevo el libro. Cuando lo puso en la mesa, advirtió a su amigo corriendo encima de la madera vieja. El gnomo encendió la vela del centro.

—¿Quieres ver también?

Le extendió la mano y el ratón se rehusó a subirse, Oda no le tomó importancia.

Antes de empezar, hizo un conteo de los hechizos disponibles para su completa lectura, suponiendo que el de fuerza estaba completo. En total eran tres: dos sin nombre ni explicación y el de fuerza.

Las ansias no le permitían quedarse sentado sin volver a mirar el hechizo de fuerza. Lo leyó una y otra vez en su mente para memorizarlo y ensayó los movimientos junto con las palabras.

Casi dos horas se tardó en aprender a la perfección el hechizo. Había descubierto que las palabras encima de los recuadros eran parte del conjuro a decir. Y supuso que en el momento en que llegara a esa parte, tendría que moverse como la imagen. De lo que tenía duda era del último paso, ¿qué era un amuleto? ¿Qué diantres había que señalar? ¿Sería algo hechizante? ¿Quizá un báculo? ¿O algo sagrado?

Vio el libro de hechizos abierto. Pensó que tal vez se refería a la cosa que contenía el hechizo. Y así lo intentó. No perdía nada al hacerlo. Entonces recitó el conjuro, hizo cada movimiento del libro como si fuera una especie de danza ancestral (a lo mejor sí lo era) y al final, como último paso y diciendo la última palabra, señaló el libro.

¿Qué pasaría? ¿Acaso se haría más fuerte como decía la explicación? ¿Acaso crecerían sus piernas y sus brazos como en el dibujo? Al no ver resultados aparentes, Oda se dispuso a intentar dormir. Cuando iba a tocar al ratón para acariciarlo, éste se echó para atrás y cayó. Con la otra mano, Oda lo salvó y lo depositó en el suelo.

—Qué decepción, ¿no crees?

El ratón chilló. A Oda se le hizo tierno, adorable, le gustaba. Y se fue por el agujero de la puerta de su bodega. Siempre que se escabullía por aquel agujero se las ingeniaba para acomodar su pequeño cuerpo y pasarse al otro lado. Esta vez no era la excepción. Parecía una bola de pelos usada para disimular aquella imperfección... y la puerta se rompió.

Oda vio cómo se comenzaba a agrietar la madera desde el pequeño ratón, y luego, como una explosión, de ésta brotó un agujero de diez veces el tamaño. Pedazos de madera volaron hacia sus descalzos y cortados pies de gnomo. Atónito, volteó a ver el libro en la mesa y al hoyo en la puerta de madera (casi imperceptible a la luz de la única vela prendida).

Sonrió. Escondió el libro debajo de las ropas, puso un baúl para cubrir el agujero en su puerta (no había necesidad de ello, pero le daba seguridad) y se fue a la cama, satisfecho. Su cuerpo ya no aguantaba más sin dormir, así que al tocar la almohada cayó desmayado.

EL HECHIZO SIN NOMBRE

1

A partir del suceso del ratón y la puerta Oda se obsesionó con el libro. Memorizó los tres conjuros a la perfección, con sus respectivos movimientos, y una semana después pensó que era tiempo de probarlos.

Tenía la duda de saber por qué el ratón había sido el hechizado y no él. ¿Sería por haber estado más cerca del libro? ¿Sería por haberlo dicho mal? Por lo menos eso llegó a pensar todo este tiempo. También le había surgido la duda de si su amigo conservaría el hechizo de fuerza hasta ese día. No lo había visto desde entonces, pero seguía separándole sus manzanas en la canasta de compras.

Al parecer, Mic no sospechaba nada. Sin embargo, lo notaba cansado. De hecho, todos lo notaban así. Incluso cuando su jefe, el agigantado Tas Yaren, le dio la paga de la semana, le aconsejó que durmiera más, que sea lo que fuera que estuviera sucediendo en su vida lo estaba matando.

—¿Una gnómida inalcanzable te dejó así de chueco? —dijo el jefe, haciendo una broma por su forma tan peculiar de caminar (a causa de las cortadas en sus pies y espalda).

Le guiñó el ojo y su arrugado cachete sonrojado le pareció una manzana.

—No...

Yaren rió a carcajadas.

—No me engañas, picarón. Ya era hora de que consiguieras tu apellido.

Su sombra parecía del tamaño de un humano a la luz de las lámparas de la oficina. Oda se hizo un paso para atrás cuando notó esto. En general, todos se espantaban de aquella característica del jefe. Muchos decían que tenía ascendencia humana, pero que la sangre gnomil corría por sus venas como la de ningún otro. Guardaba tesoros, trabajaba duro, cuidaba de los árboles del bosque de arriba siempre que salía (casi nadie tenía ganas de subir luego de la jornada laboral) y contaba sus peripecias de cuando fue a una ciudad de verdaderos humanos.

Tas Yaren se enorgullecía de haberles robado a los avaros y desquiciados hombres para poder del pueblo y de su gente. Ninguno sabía la veracidad de sus historias, porque ninguno había mirado a un humano en carne y hueso. Sin embargo, su cuerpo les era suficiente evidencia para creerlo. «Días de frío y soledad le aguardan a los gnomos cuando los humanos lleguen a someternos», decía el largo letrero en la pared de su oficina.

—Trabaja y trabaja —dijo el jefe. Luego le dio su paga—. Mira bien.

El gnomo abrió la bolsa con el dinero. Un diamante del tamaño de su uña del meñique mostraba su belleza.

—Descansa y descansa.

Y Oda se retiró sin entender una mierda de lo que acababa de suceder. Tanto así que más tarde preguntó a su mentor si él había recibido alguna paga extra del jefe.

—Son privilegios que uno tiene por hacerse amigo del jefe, tú relájate. Ya confía en ti.

2

Por alguna razón ese día los habían dejado salir más temprano. Así que Oda aprovechó para abastecerse de comida (mayoritariamente manzanas), las cuales reposaron en su mesa y en parte de la cocina. Cuando dejó la comida en su lugar, tomó una manzana y se lanzó a la cama. Olió la cáscara rojiza de la fruta y le pegó un mordisco jugoso que salpicó los pelos de su barba. Miró el bulto de ropa que escondía el libro de hechizos. Mientras masticaba, se paró, removió la ropa y lo cogió. Se sentó a la mesa, dio otro mordisco a la fruta y la dejó a un lado del libro. Después abrió el libro hasta la página donde estaba el hechizo que iba a realizar.

Era uno de los hechizos sin nombre y la verdad le daba cierta desconfianza no saber lo que hacía. En una parte del libro se mencionaba que un corazón explotaba por presión. Y si se ponía un hechizo de tales proporciones, no sólo fracasaría como alguien sin papeles llenos de propuestas, sino que también como perdedor del juego de cartas.

Repasó el conjuro unas diez veces antes de hacer cualquier cosa. No se sentía listo para hacer el hechizo. No obstante, necesitaba hacerlo. Aprendiendo de memoria los hechizos había podido descansar su alma y su ser (aunque fueran insignificantes dos horas). Y siendo sincero, su apariencia cada vez estaba peor. Oda lo sentía al picar en la mina, sentía ese cansancio que le causaba detenerse a respirar. Así que inhaló hondo, cerró los ojos por varios segundos, imaginó su futuro teniendo papeleo en abundancia y lo ejecutó.

Paso a paso, palabra a palabra, sus manos se volvieron mágicas, su voz se tornó hechizante y su mente flotó un instante. Cuando llegó el momento de señalar el libro, como la vez pasada, el sabor del almuerzo le dio una grandísima idea. Y con sus manos apuntó a una de las manzanas del cesto en su mesa.

Otra vez, como la anterior, no pasó nada. No sintió ninguna molestia ni ningún cambio. Las largas desveladas y malos descansos lo tumbaron a la hora de esperar. Durmió como un bebé sobre su mesa hasta que alguien llamó a su puerta: era el jefe. Oda, asombrosamente descansado, escondió el libro y abrió la puerta. Dio un paso para atrás al ver que el jefe era tan grande (de su cuerpo se mostraban dos terceras partes). Éste se agachó.

—Disculpa la interrupción.

Yaren entrecerró los ojos para verlo bien.

—Puede pasar si gusta. Tengo manzanas... —Se giró para ver su mesa— . Peras y naranjas.

—No me tomará mucho tiempo —dijo, cansado. Luego soltó un bostezo—. Estuve peleando con algunos inspectores. Cosas sobre un robo… Sólo para avisar que no hay trabajo hasta que resuelvan el caso. No quiero que vayan en vano.

Tas Yaren se incorporó y se despidió sin poner mucha atención. Oda cerró su puerta. Por instinto tomó una manzana y se sentó a la mesa. Estaba casi seguro que el robo se trataba del que cometió. Sabía los protocolos, sabía las rondas que hacían los inspectores en cada casa del Subterráneo de Jacabaum. ¿Qué haría entonces? Se acabó la manzana y miró el bulto de ropa. ¿Qué haría? Ya estaba tan cerca, tan cerca de lograrlo.

Puso el libro en su mesa y comenzó a leerlo. Algo no cuadraba desde que se había despertado, aunque no le tomó mucha importancia. Pasó las páginas de los conjuros tratando de buscar la respuesta a su dilema. Llegó hasta el conjuro que había realizado en la tarde.

Extendió la mano con intenciones de agarrar una pera y sin querer tocó la vela del centro. Su reacción a la cera caliente fue rápida, ya que en menos de un segundo su mano estaba de nuevo cerca del libro. No obstante, no le había hecho daño alguno. Ahí lo descubrió. La vela no estaba encendida. Nunca hubo luz. Y eso quería decir una cosa: el hechizo había funcionado.

Cuando observó su vivienda todo parecía como si estuviese afuera. Pero no afuera de su casa, en las calles subterráneas, sino afuera en el bosque, donde todo era más brilloso. Parecía como si el sol hubiera bajado del cielo y se hubiera colocado frente a sus ojos. Volteó a ver a la cama, al techo, a las dos puertas de su casa (una con el baúl de por medio), a la cocina y la mesa. Su emoción fue mucho más intensa cuando se percató que eso era lo que necesitaba para acabar de escribir su propuesta. Si podía ver en la obscuridad de su casa perfectamente, ¿por qué no podría en la Zona Negra?

Tan rápido como llegó su emoción, llegó su frustración. No podría ir a menos que dejaran de buscar al ladrón, a menos que su caso se resolviera. ¿Cómo diantres haría eso? Miró el libro, y la vela, y el libro y la vela. Después su cesto de manzanas. Se dio cuenta que ya no necesitaba de aquel objeto mágico. ¿Y si lo devolvía? Así se resolvía el misterio, la mina abría de nuevo y la Zona Negra era suya. ¿Cómo haría eso? No podía simplemente ir con Roy Peral a devolverlo en la puerta de su casa. Tampoco a escondidas. Los inspectores estarían vigilando todas las casas, al igual que la casa del vejete. ¿Podría dejarlo tirado en el camino? Ciertamente tampoco podría hacer eso, los inspectores eran tan suspicaces que, a estas alturas, ya habrían puesto vigilancia cada tres casas.

No estaba muy convencido de entregar el libro. Le daba poder, sentido y decisión a su vida. Le daba ese toque de velocidad y ansiedad que necesitaba desde hacía mucho tiempo. ¿Por qué devolverlo en primer lugar? Allí había conjuros que podían hasta matar. El anciano jamás en su vida los usaría, él por supuesto que sí. Incluso en este momento de desesperación le hubiera venido bien saber lo que hacían todos.

ENCERRADO

1

Dos horas después del aviso de Tas Yaren, un inspector de máscara azul pasó a dejarle otro aviso. Éste decía claramente que cada gnomo de la cueva debía quedarse en su casa para evitar cualquier anomalía con la resolución del caso. En ningún momento le dio alguna pista del caso en el que se estaba trabajando y Oda agradeció a los siete por caerle bien al jefe.

El gnomo estaba sentado a su mesa con la hoja de propuesta enfrente suyo. «Mi propuesta para eliminar la obscuridad es seguir con la investigación de Falco Dronon». Sin embargo, no tenía ni la más remota idea de qué poner debajo o cómo desarrollarla. Estaba claro que esa ya no era la propuesta pensada pero ¿qué pondría? ¿Que ahora podía ver lo que había en la Zona Negra? ¿Que ahora podía liderar un grupo de gente para que fueran hacia allá?

Tas Yaren le preguntaría que de dónde había obtenido esa vista, y luego no habría más remedio que decirle la verdad. ¿Cuál mentira sería tan convincente como para convencerlo? Aunque, primero estaba el asunto de ver si servía en la obscuridad. Y segundo, suponiendo que sirviera, tenía que comprobar que había algo ahí que les podría ser de ayuda. Tal vez así le perdonarían el robo, pero sólo si descubría algo tan grande que valiese la pena.

Los ojos le dolían como si hubiese puesto sus pupilas al filo de la llama de una vela. Ciertamente estaba cansado. Así que con toda la pena del mundo esa propuesta tendría que quedarse a la mitad para poder descansar. Se aventó a la cama y durmió.

Pasaron tres días en los que lo único que podía hacer era comer la fruta de su hogar, darse placer, fumar casi todo el día, darse baños en su cocina con el agua de los muchos barriles en su bodega, aguantarse las ganas de recoger las cartas del suelo y darle vueltas al asunto de la propuesta y el libro.

También se maravillaba de su vista mejorada o, como él quería llamarla, su «vista mágica». Término usado únicamente para referirse a los poderes de los siete, pero con el que se sentía mejor. La vista mágica permitía a sus ojos poder ver toda la casa desde cada punto de la misma. Esto le causó mucha más curiosidad al percatarse que podía buscar el lugar exacto por donde se metía el amigo peludo. Sólo encontró polvo y mugre en los huecos posibles, sin una mínima señal de éste.

Justo la noche del tercer día, cuando pensaba en las posibilidades de su propuesta, oyó un ruido familiar. Era un chillido. Oda pasó de su hoja en blanco y se acercó a la puerta de la bodega, de la cual provenía el sonido.

—Aquí estás —le dijo.

Movió el baúl que cubría el agujero y con cautela abrió. Dentro, junto a todos sus barriles de agua y sus conjuntos de ropas colgadas, estaba el ratón. Se arrodilló y le extendió la mano. El ratón subió.

—¿Cómo has estado? —le preguntó.

El ratón chilló.

—Mira lo que tengo para ti.

Lo pasó a la mesa y le acercó un plato de manzana hervida. El ratón corrió hacia ella, la olisqueó y la comenzó a mordisquear.

Oda se sentó a la mesa y volvió a su propuesta. Ésta le provocó un dolor de cabeza porque estaba fastidiado del asunto. Alejó la hoja en blanco y se acercó el libro de hechizos.

—¿Y tú qué dices? ¿Se lo doy a Roy Peral?

El gnomo pasó las páginas, una a una, viendo las azarosas palabras y las ilustraciones con los movimientos, las ilustraciones separadas por recuadros de tinta.

—O me lo quedo, porque... —Miró al roedor—. Ya eres fuerte gracias a él —le dijo en voz baja, con la mano cubriéndose un costado de la boca.

Abrió la página en el conjuro de fuerza y se la mostró a su amigo.

—¿Te gustaría que averiguáramos más hechizos? Ya aprendí dos más. Ya me puse uno, el que tengo puesto. Puedo ver muy bien. Pero… el otro no sé lo que hace. ¿Quieres saber?

El ratón chilló, pareciendo querer interrumpirlo. Oda vio el plato de fruta cerca de las patas del peludo amigo; tenía grandes rajaduras. No estaban antes ahí, así que supuso que su fuerza (provocada por el hechizo) había provocado aquello. Aunque como era un plato viejo, Oda no se preocupó.

Le extendió la mano. Él, por supuesto, corrió hacia ella. Sin querer, con una de sus patas, pisó el libro. Rasgó un trozo de la esquina superior de la página como si hubiese estado atrapada debajo de un pedazo de metal denso y pesado y alguien hubiera tratado de moverla. El sonido espantó a Oda porque le dolió oírlo. Le retiró la mano, a la cual le faltaban dos pasos de ratón, y se levantó de un tirón lanzando la silla al suelo por detrás de su espalda.

—¿Qué has hecho?

El gnomo sintió una gran impotencia. El roedor salió corriendo como pudo, aterrado. Bajó la mesa y brincó por el agujero de la puerta de la bodega. Oda se quedó sin palabras.

—¡Malditos sean los siete! —gritó, ahogando su sonido con la garganta.

Apuró sus manos al libro y trató de juntar la parte rasgada, por mero asunto de reflejo. Una y otra vez chocaba los bordes irregulares del trocillo de papel contra el papel grueso de la página completa. Se percató de algo al intentarlo.

Sin vacilar, Oda soltó aquel trozo pequeño y arrancó la página completa. Luego, en un ataque de iluminación (o locura), desprendió cada hoja del libro dejándolas a un lado, cerca del plato de las rajaduras. Muchísimas páginas y páginas mágicas iban volviéndose independientes.

Acababa de hacer algo que no tenía vuelta atrás. Y siguió su plan de iluminación cogiendo una naranja. En cada una de las páginas se dedicó a regar su jugo por el borde y en orden, empezando desde la esquina superior izquierda con la primera y moviendo la mancha cítrica con las siguientes, hasta acabar de bordear las ciento cuatro páginas de aquel misterioso libro. Al final le quedaron hojas olor a naranja, cada una con dos manchas (una por lado) y en lugares diferentes de su orilla.

Se quedó un momento pensando, miró a su alrededor buscando algo que le pudiera servir y vio el escondite para el libro. Se metió a la bodega y sacó uno de sus conjuntos de ropa, el conjunto que su padre le había regalado antes de mudarse a la cueva: una caperuza, unos pantalones morados y un cinto bastante grueso con una hebilla cuadrada. También sacó los zapatos terminados con punta espiral, del mismo color morado, que completaban su ropa de baumo. Tomó hilo y aguja de su cocina y se sentó a la mesa.

Dobló cada hoja del libro por la mitad hasta no poder; al final quedó con cincuenta y dos cuadritos olor a fruta. Volteó la ropa de baumo para quedarse con el reverso y cosió cada cuadrito, desde una de las esquinas, a la tela de los pantalones y la caperuza. Lo hizo con una certeza aprendida de su madre, la cual le había mostrado todas las técnicas para remendar ropa.

Le sobraron tres cuadritos de papel que metió en los zapatos de punta espiral, hasta el fondo. Después volteó la ropa a como era antes. Los cuadritos de papel quedaron por dentro, invisibles a la vista rápida y concreta. Si lo que buscaban era un libro, no lo iban a encontrar. Tampoco lo buscarían dentro de unas prendas colgadas en una percha. Por último, echó agua a la cubierta gruesa del libro y se dispuso a masticarla hasta comérsela toda.

Puso el conjunto de ropa en su lugar, inhaló tabaco de su pipa y se acostó. En cualquier momento podrían hacer la revisión y ese ya no era su problema.

2

A los dos días de hacer su escondite llegaron los inspectores a investigar.

—Mantenga las manos arriba —dijo uno de los de máscara roja.

Y a la vez que una pareja de máscara azul lo toqueteaba y vigilaba, los demás esculcaban los barriles sellados, abrían los cajones de la cama y miraban debajo del colchón; investigaban en las cenizas de la estufa y entre las frutas y verduras, daban vueltas al reloj en su pared y tocaban el montón de ropa sucia que el gnomo había dejado tirada (a la espera de echarla a los polvos jabonosos cuando pudiera comprarlos). También husmearon en los rincones de la casa y debajo de la mesa. Pero jamás se les ocurrió buscar en la ropa colgada, a la que dieron unos golpecillos para sentir si había o no un libro dentro.

Estas inspecciones se hicieron rutina en la cueva cada tres días, a veces menos, quizá para meter miedo. Eran bruscas, violentas y rápidas. Y con los piar y las armaduras a sus costados, Oda se sentía aterrado. En más de una ocasión tuvo que morderse la lengua para no escupir su culpa, y luego tenía que mantener la bocota cerrada para que no le doliera el resto del día.

En todo ese tiempo de sufrimiento extrañó al ratón. Lamentó haberle asustado y haberle hecho algún daño. Comenzó a darle asco comer fruta (tal vez por el olor de sus dos bacinicas repletas de excremento) y a empezar a tener alucinaciones breves por la falta de agua en su sistema. Como cada vez quedaba menos y se hacía más la incertidumbre, tenía que racionalizarla. Por supuesto, el gnomo se había dejado de bañar a la segunda semana, cuando sus heridas habían cerrado y no corrían el riesgo de infectarse. Apestaba a sudor y mugre.

Practicaba los conjuros y repasaba los movimientos cada día. No obstante, la falta de propuestas era lo que estaba en su mente. Un día se cansó y decidió probar el último conjuro que tenía.

Respiró hondo, dijo las palabras humanas e hizo los movimientos. Si había funcionado el conjuro con las manzanas, ¿qué era exactamente un amuleto? Oda decidió experimentar con una de las peras que estaban a punto de echarse a perder. Y no pasó nada.

Se acercó a la pera para mirar si había cambiado en algo y al tocarla se empezó a volver muy fría. Era un frío desolador, era un frío horrible. Y después, como si hubiera pasado una semana más, la fruta se pudrió por completo. El gnomo se aterró al ver la putrefacción negra.

Tocaron a su puerta.

«Fyfars», dijo en su mente. Abrió. Era un inspector de máscara azul.

—Aviso: se retira el confinamiento general —dijo tras la máscara metálica.

Cuando se fue, Oda decidió celebrar. Y en un momento de ansiedad por que ya fuera el día siguiente, se atascó de comida y tabaco. Después de un largo mes de soledad estaba a punto de averiguar lo que tanto había esperado.

¿NORMALIDAD?

1

Despertó con un espantoso dolor de estómago. Vomitó un par de veces dentro de su casa hasta sentirse mejor y luego fue al trabajo. Ese era el día en que iba a averiguar los secretos de la Zona Negra. ¿Qué encontraría ahí? ¿Bichos no vistos? ¿Minerales nuevos? ¿Humanos? Se decantaba por la última. ¿Cómo serían aquellos seres? ¿Tan altos como dicen? ¿Tan torpes e idiotas? Sentía que todo por fin iba como él quería, que por fin algo lo llenaría y saciaría su curiosidad.

Cuando su mente se distrajo un momento, vio lo descuidadas que estaban las calles y la gente, ojerosa y desnutrida, fuera de sí. Algunos yendo con los médicos y cargando gente en muy mal estado, otros soportando gnomos muertos a sus espaldas hacia la salida de la cueva. Estaba sucio y arruinado, también lleno de inspectores.

No sabía si por eso, pero se sintió raro todo el camino después de ello, como si la llama que quemaba dentro de él de pronto se hubiera desaparecido y se hubiera puesto en vez una piedra pesada y molesta. Algo no andaba bien y no podría saber por qué. Cuando llegó a la fila para La Puerta Nueva vio lo enorme que era, más de lo que él la recordaba. Al buscar a Mic de entre todos ellos, muchos gnomos desvelados y mugrientos, se percató que también estaban metidos inspectores.

Buscó con la mirada a su compañero y descubrió el porqué se sentía así. No estaba viendo todo como debería hacerlo. Su vista no alcanzaba a ver el final de la fila por la obscuridad que se generaba entre cada lámpara de alumbrado. Su vista mágica se había esfumado por completo.

Su mente dejó de estar en el presente y empezó a hacerse preguntas sobre ello. Hasta que de tanto pensarlo, se le ocurrió que tal vez los conjuros duraban un mes. Porque justo fue el mes de confinamiento el que pasó y lo que duró su vista mágica. Buscando otras razones dentro de su cerebro (no muy conforme con esta respuesta) la fila avanzaba.

—Los negros —dijo el guardia a Mic y Oda.

Ambos habían permanecido ensimismados en sus pensamientos.

—Sí, somos negros —respondió Mic Nart acicalándose la barba con los dedos viejos de su mano derecha.

—Hoy van a ser asignados a trabajos diferentes, ocurrió un incidente durante el confinamiento y el señor Barol falleció.

La noticia despertó a ambos mineros. Los golpeó en el pecho con una fuerza descomunal. «¿Tenía que pasarme esto?», pensó Oda.

A Mic se le asignó trabajar de oficina, a Oda se le regresó a picar minerales como a cualquier otro minero común. Cuando llegó a la sección donde trabajaba antes, la trescientas veinte, los compañeros lo vieron con una mirada de muertos y con energuía de los más vivos.

—¿Oda? —dijo Rin Lara deteniendo su picada habitual—. ¿Qué te trae por aquí?

—El señor Barol…

Y antes de que acabara la frase, Kuby Kranlo interrumpió.

—¡No puede ser! ¿Era el viejo ese no?

—Sí…

Oda quería hablar poco, pero sus ex compañeros no paraban de hacerle preguntas de todo tipo a pesar de su mal estado por el confinamiento y su nula amistad con él. Estaban embobados y lo miraban como una celebridad. A Oda le hubiera gustado esa atención hacía unos meses. Ahora sólo podía pensar en el señor Barol y en su vista mágica perdida.

—¿Cómo es ahí, en la Zona Negra? —preguntó Sona Cen y sacudió su barba llena de polvo.

Norien Verxi, Silli Feriene y él tosieron.

—Obscuro, ¿cómo va a ser? —respondió Kuby.

El equipo entero se carcajeó.

—Oye, ¿vas a ir a la fiesta libre? —preguntó Plina Seren a lo lejos.

—¿No ves que se le murió el anciano ese? —replicó Sona.

—¿Fue de olvidado?

Oda no respondió. Y poco a poco, siendo Oda tan cerrado y alejado de sus preguntas, lo fueron ignorando como solían hacerlo en tiempos de Hele Sariana. No muy convencido de estar con ellos, se dio cuenta de lo tanto que esta situación le convino. No sabía lo que hubiera hecho si veía la Zona Negra, de la que tanto hablaban aquellos gnomos ruidosos, sin tener su vista mágica activada. En sus descansos de picar, sus compañeros entonaban una clásica canción de minería:

Picando y tosiendo
Picando y tosiendo
Hacemos el labor

De matar el tiempo
De matar el tiempo
Y servir a Dronon

Los picos son duros
Los picos son duros
Podemos romper con pasión

La mina está llena
La mina está llena
De joyas y de salvación

En cambio, el negro miraba la Cueva de los Nuevos. Miraba a sus trabajadores divididos por secciones y niveles como hormigas, o quizá abejas. Aún así no se veía normal. Había más gente, mucha más. Eran los inspectores metidos desde la fila inicial. Seguían ahí, vigilando. Eso quería decir que no habían terminado con el caso (o eso pensó).

Al salir de ese horrible lugar corrió hasta su casa. Tropezó muchas veces, muchísimas, quería irse de ahí cuanto antes. La fiesta ya había comenzado y la música de celebración sonaba en todos los mercados; mercados que habían colaborado para adornar las tiendas de color verde, el color de la libertad, y de color morado, el color de los baumos. Eran demasiados, probablemente más de la mitad de la población de la cueva, así que fue arrastrado a la corriente que iba al ritmo de los cantos alegres que daban vida al evento.

Tardó media hora más entre tantos gnomos vestidos con ropa de baumo, olor a tabaco y ganas de divertirse. Se metió a su casa, se abalanzó hacia la cama y cayó como buen trabajador. Ese día había sido el más agotador en muchos años.

2

Al día siguiente, Oda ni siquiera desayunó antes de salir disparado hacia su trabajo. Tenía la esperanza de que lo dejaran pasar a la Zona Negra, tenía la esperanza de mirar aquella obscuridad y saber sus misterios. En la fila se encontró a Mic Nart.

—¿Cómo te fue a ti con todo esto? —le preguntó a su discípulo.

—Bien… bien… muy solo.

—Diría lo mismo, pero la hija de mi hermana se había quedado unos días en mi casa y le tocó esta mierda de confinamiento. —Mic se puso rojo, la vena le brotó de la frente— ¿Sabes lo que es ver a alguien que quieres llorar todas las noches?

Su respiración aceleró y decidió mantenerla. Oda no respondió, ni siquiera le prestó atención, y se asomaba de vez en cuando a ver cuánto faltaba para la entrada a la cueva. Pronto comenzó a sudar, a sudar como si hubiera trabajado durante horas y se hubiera colocado varias capas de ropa juntas. Su muñeca, sus zapatos y su pecho empezaron a emitir calor. Dieron sus monedas al guardia.

—Pueden pasar a la Zona Negra, la puerta está abierta. Si miran a un intruso notifíquenlo al jefe.

El gnomo, caminando entre los pasillos hacia la Zona Negra, se percató de que había sombras. Y si había sombras, significaba que podía distinguirlas. «Fyfars». Se emputó como nadie cuando se dio cuenta de la idiotez de sus actos. ¿Cómo se le pudo haber olvidado?

Llegaron a la entrada, donde la silla vacía del señor Barol pudo sacar de sus humores a Oda. Pareció que también a Mic.

—Los siete no le tuvieron misericordia —dijo Mic.

—No.

—Y yo le dije que iba a vivir muchos más, yo quería que lo hiciera. —Mic Nart miró a Oda a los ojos—. ¿Estás de acuerdo conmigo que ese ladrón debe morir verdad?

—S-sí.

Cuando tomaron sus armaduras y sus picos, ambos gnomos picaron con furia las piedras de la orilla sin preguntarse nada ni hablar. A Oda le dolió la cabeza por la falta de luz en aquel lugar y se preguntó si siempre había estado tan apagada aquella zona misteriosa.

—Trabaja y trabaja —dijo una voz gruesa por detrás de ellos—. ¿Por qué tanto esfuerzo?

Oda y Mic voltearon, estaban sudorosos y apestosos. Tas Yaren llevaba tres tarros de madera llenos de hidromiel, dos en una mano y el otro en la otra. Oda soltó su pico colocándolo en una roca, estaba que ardía. Mic siguió con lo suyo.

—Hay que detenernos tantito. Quiero hablar con ustedes dos. A solas

El jefe había bajado las escaleras para llegar con ellos, ahora se había sentado en una piedra.

—Siéntense.

Oda le obedeció y buscó un lugar donde hacerlo, Mic tardó diez golpes más a la cueva para hacer lo mismo. Hubo un silencio reconfortante antes de que su jefe les pasara las bebidas. Por alguna razón, Oda no estaba tan alerta con su jefe, aunque sentía que debía de estarlo.

—¿Cómo les fue con todo este lío?

—Fue insufrible, asqueroso —dijo Mic Nart; su vena empujaba su piel sudorosa.

—Prácticamente una mierda bien hecha —aclaró Yaren, luego rió— ¿A ti? ¿Cómo te fue?

—Pasable —respondió Oda, rápido.

—Una lástima que el señor Barol hubiera muerto. Es que una persona tan vieja no puede resistir ese tipo de maltratos. —Miró a los dos gnomos—. Oigan, no me miren con esa cara tan apagada que todavía debemos ir a la ceremonia de su árbol allá arriba. Van a ir, ¿no?

—De acuerdo, señor.

—¿Oda?

—Sí, señor.

—Vine a ver cómo estaban mis favoritos, pero juntos. Necesito hablar con ustedes sobre algo. Sobre todo esto. Seré directo. —Se tragó el hidromiel de un sopetón y dejó el tarro a un lado suyo, en una piedra muy irregular. Éste casi se cae, pero el tambaleo ayudó a que se sostuviera sobre la base. Los otros dos gnomos ni siquiera habían dado un sorbo—. ¿Tuvieron algo que ver?

Oda, que no se esperaba algo así, soltó el tarro y derramó cada gota en las cavernas. Mic comenzó a temblar. ¿Cómo carajo Yaren sospechaba ya? ¿Qué había hecho mal?

—Tomaré eso como un sí.

Se levantó para recoger el tarro y se lo dio en la mano a Oda. El gnomo lo aceptó y se le quedó mirando.

—¿Qué le hace pensar eso? —dijo Mic.

Su tarro salpicaba gotitas nerviosas por doquier, Oda pensaba que en cualquier momento iba a caer como el suyo.

—Sé que los últimos días, antes de todo esto, estaban hablando cosas muy interesantes sobre viejos sabios y sobre no meterse con ellos.

—¿Y eso qué tiene que ver con todo esto? —dijo Mic, confundido.

—Roy Peral. Eso tiene que ver. El sabio Roy Peral. —Alargó la mano hasta el tarro tembloroso de Mic y lo detuvo. A partir de ahí, Mic comenzó a mover la pierna izquierda, lo que hizo que la armadura complementaria empezara a hacer ruidos metálicos—. Sospecho que sabes algo sobre ello, ¿cierto Oda?

Oda, sudando a chorros, estaba mirando la pierna de Mic; oyó esa pregunta y movió su mirada hacia el jefe. En ese momento, le pareció espeluznante la sombra de Tas Yaren.

—Sólo fui a su casa —apuró.

—¿A qué exactamente?

Tas Yaren apoyó sus codos sobre sus piernas y entrelazó las manos.

—A preguntarle cosas sobre Falco Dronon —soltó Mic, veloz.

Su lengua pareció moverse como lo haría un conejo salvando su vida de un depredador. Yaren no le tomó mucha importancia.

—¿A qué exactamente? —insistió.

Oda se quedó mudo. Sólo se le vino a la mente ese momento de tensión dentro de la casa del sabio por la noche. Estaba atrapado, le dolía la cabeza y su lengua estaba seca.

—A eso que dijo mi mentor. Fui a hablar con él porque quería avanzar en mi propuesta…

—¡No! ¡Dime toda la verdad! —Se paró y se acercó a él, su vozarrón rebotó y rebotó en las paredes. No era de extrañarse que afuera lo pudieran oír si ponían atención—. Él me contó todo luego de que me interrogaran a mí también. Me contó lo que querías hacer. Y también me contó la gran sospecha que ha tenido de ti todo este mes. El viejo amargado de Roy Peral me habló a mí y me contó todo. ¿Sabes lo loco que quedé al escucharlo? ¿Creíste que no se iba a dar cuenta que robaste su libro? —Mic observó a Oda impactado. Oda sólo se deshidrataba más. Su corazón palpitaba muy rápido. —¿Dónde lo tienes? ¿Se lo diste a Mic? ¿Lo tienes aquí contigo? ¿O lo lanzaste a los callejones como tu ropa cubierta de sangre?

Sus manos lo señalaban. Y en la última pregunta, Yaren le tocó el pecho de la armadura con su regordete dedo índice.

—No sé de qué me habla —dijo, nervioso—. ¿Le robaron al señor Peral?

—No te hagas el tonto que no funciona conmigo. ¿Sabes qué estoy señalando con mi dedo? Tu estúpida insignia. —Oda se quedó callado—. Encontraron ropas de negro tiradas en uno de esos callejones de mala muerte.

Oda sólo quedó mudo cinco segundos que le parecieron horas, quizá días. En ese tiempo su mente encajó una respuesta convincente, y ojalá lo fuera, porque estaba aterrado.

—Investigaron mi casa muchísimas veces. ¿Dónde diantres hubiera podido haber escondido algo? Me siento ofendido. Mucho. Yo sólo quería saber si podíamos progresar con esta estúpida cosa negra que nos impide avanzar. Sospecho que usted también. Así que dígame usted si lo tengo o no. Porque estoy seguro que no. ¿No habrá sido ese Correa? ¿O su aprendiz?

El jefe hizo un puño, lo apretó, suspiró y lo soltó.

—Ellos huyeron a Norda y ya envié una carta para que se encarguen de regresarlos a Jacabaum. Pero sospechan de ustedes dos. Y no quiero que les pase nada. Son de mis mejores trabajadores, tienen suerte hasta de pisar estos suelos. —Dio un pisotón para aclarar su punto—. Pero la suerte se acaba, y ustedes más vale que sepan qué decirle a los inspectores cuando vengan a interrogarlos. Puede ser en cualquier momento. Me arriesgaré a creerles, pero ellos no lo harán.

Tas Yaren recogió sus tarros, el de Mic estaba casi lleno, pero no le importó.

—Pueden retirarse por hoy. Piensenlo.

Los dos se fueron, en silencio. Ahora Oda sentía que lo observaban. Y probablemente los inspectores sí lo hacían, los que sabían lo que sucedía. No con todos los problemas desatados alrededor del gnomo, ahora se agregó este otro. Sólo imaginaba su cuerpo siendo rebanado por aquellos de máscara roja, siendo llevado hasta el cuartel y siendo investigado con las entrañas de fuera.

Esas hojas dobladas eran la única evidencia que lo conectaba concretamente con el crimen, debía eliminarlas si no quería problemas. Cuando Oda estuvo a cinco casas para llegar, miró a alguien en su entrada. Primero se espantó por pensar que era uno de los inspectores, luego se dio cuenta de quién era. Lo había visitado su padre.

DESESPERACIÓN

1

—¡Oda! —gritó un gnomo de barbas grises.

Tenía sombrero puntiagudo color rojo y una túnica azul claro terminada en zapatos espirales color café. Redondeaba su panza uno de esos cinchos grandotes con la hebilla cuadrada que parecía apretar con fuerza la carne; era el clásico atuendo diario de un gnomo del bosque.

El minero se estremeció cuando oyó aquella voz, le pareció un regaño, le pareció imposible que tantas cosas le sucedieran a él. Y rezó a los siete (en silencio) para no arruinar nada de lo que tenía planeado.

—¡Oda! —repitió con gruesa voz.

Extendió la mano derecha y la alzó hasta arriba, luego trazó una media luna de hombro a hombro y repitió el proceso. Haciendo esto, la bolsa que llevaba colgada a sus espaldas se balanceaba de un lado a otro. Cuando llegó, todo sudoroso y desesperado, tuvo que recibir a su padre como era debido. Frotó nariz con nariz, besó sus mejillas regordetas y luego chocaron frentes.

—Hola —dijo el gnomo, fingiendo a toda costa su prisa.

Su padre lo miró de pies a cabeza, se descolgó la bolsa y se la ofreció. Estaba llena de manzanas del bosque, probablemente del árbol de su nacimiento.

—¿Cómo has estado hijo? Te veo mejor que muchos otros de por acá. —La medalla de oro en su pecho relucía con la luz de las lámparas de la calle. Esa medalla tenía escrito el nombre de su terreno de árboles en la superficie—. Aunque te ves muy pálido para que me digas que estás bien.

—Estoy bien.

Oda abrió la puerta de su casa y le hizo un gesto para permitirle pasar. Su padre miró la casucha de minero arrasada por las consecuencias de la ley y la clara obsesión de querer ser como una estatua de piedra. Olía a sudor, semen y excremento.

—Con que aquí es donde vives... —dijo Jaxi Senner, moviendo la mirada de su cama destendida a la puerta con el agujero (que no había tapado con el baúl la noche anterior) y a la mesa de madera llena de jugo seco de manzana y de naranja—. ¿Sabes que allá arriba te iría mejor? —sugirió—. Tendrías agua y podrías haber pasado un mejor confinamiento con un huertito muy bien abastecido. ¿Qué has hecho con el dinero que te di?

—Lo he guardado.

—El dinero no es para quedártelo. Tú sabes muy bien que eso enferma a cualquiera, incluso a mí, que por eso de vez en cuando lo hago circular entre dueños —repuso.

—Siéntate, tengo las sillas por ahí —dijo, átono.

Estaba agotado mentalmente. Señaló con el dedo las sillas, éste temblaba. Y se imaginó que era rebanado por un piar y se le caía al mugriento suelo. Que luego, la mano escupiría sangre de la abertura, como si la sangre estuviera deseosa de salir.

Depositó la bolsa de manzanas en la cocina. Se metió a la bodega y cerró la puerta. De repente todo se puso casi obscuro al no haber una vela encendida dentro. Había olvidado que no tenía la vista mágica y su molestia se tornó en un leve enojo. El barril lleno estaba hasta el fondo, con todos los otros barriles vacíos estorbando el acceso. Movió el primero hasta la puerta (rodándolo con suavidad) y cubrió el agujero que el ratón había dejado. Esta acción sólo obscureció más su vista. Descolgó la ropa de baumo, que estaba al lado de su primera ropa de trabajo y la volteó.

—¿Cómo te sientes después de tu primer confinamiento solo? —preguntó su padre.

—Bien —respondió, y comenzó a arrancar cada uno de los cuadritos de la prenda—. Tal vez necesitaba ya un descanso. He estado trabajando muy duro... por eso no he podido visitarte.

—Desde que te di ese dinero no me has visitado. —Oda lanzaba cada una de esas hojas a un rincón de la bodega—. Tantos años sin verte. Te extraño mucho. Es como si me hubieras abandonado. Como tu madre lo hizo hace mucho.

Oda se detuvo. Ahora su madre estaba en su cabeza, más bien, el cadáver de su madre. Se dio una cachetada y volvió al presente.

—Mamá no nos abandonó… —le dijo, con el corazón a tope y las manos temblorosas y torpes.

Habiendo retirado apenas unos cinco cuadritos, volvió la ropa a su forma original y la colgó.

—No, pero fue como si lo hiciera —respondió su padre—. De todas maneras ya planté suficientes árboles para que no entren esas cosas. Aún después de que te fueras mejoré la seguridad de la casa. —Oda movió todos los barriles para alcanzar el lleno—. Aunque esa no fue la razón por la que vine…

El gnomo minero abrió la puerta de la bodega y todo se iluminó. Salió rodando el barril por el suelo. Necesitaba correr a su padre para acabar su plan. Si venían los inspectores justo en ese momento, sus días estaban contados.

—¿Por qué viniste? —dijo.

Sudaba y sudaba, su boca estaba seca y su lengua necesitaba esa agua. Su padre estaba sentado en la silla en la que él solía sentarse, en el lugar donde Oda solía ponerse para jugar a las cartas consigo mismo. Dejó el barril en la cocina y tomó un cuchillo. Le clavó la punta al barril y luego lo inclinó. Vertió su contenido en un recipiente oxidado de metal.

—¿Por qué?

Oda agarró aquel recipiente lleno, lo colocó encima de su estufa y encendió la madera debajo con la gema de calor.

—La verdad, ni siquiera sé…

Su padre empezó a juguetear con dos cartas que estaban sobre la mesa. Se las acercaba a la cara, mirando las ilustraciones y los valores en las esquinas. Y si eso era lo que su padre había venido a hacer, que se fuera de una vez.

—Oye…

—¿Sí?

—¿A qué viniste?

De pronto, Oda miró a su padre extraño. Lo miró como si no estuviera cómodo estando ahí, como si estuviera más incómodo que él.

—Vi-vi-vi-vine a decirte que te amo.

Alguien tocó la puerta, o más bien, la azotó con sus nudillos. Oda dio un brinquito y sus mejillas redondas se llenaron de sangre.

—Adelante, abre. Lo que menos quiero es interrumpirt-t-t-t-te.

El negro se paró frente a la puerta, sostuvo el picaporte y lo giró. Afuera había alguien, pero no llevaba una máscara roja o azul, sino que llevaba un antifaz simulando ser un venado vestido de ropas moradas.

—¿Qué pasa vecino? —preguntó.

—¿Sí?

—Estamos haciendo una carrera para ver quién llega más rápido a la fiesta libre. ¿Le entras?

—No. Ahorita… —Volteó a ver a su padre, él asintió con la cabeza—. No. Ahorita no.

—Una lástima Oda, me decían que le entrabas a todo.

—No.

Y cerró la puerta.

El agua comenzó a hervir y Oda tiró tres manzanas dentro. Éstas salpicaron tantito por el poco cuidado que tuvo. Estaba triste, desesperado y cansado, incómodo física y mentalmente. ¿Y si el siguiente en tocar era un inspector? ¿Debería esperarse a que llegara? Por supuesto que no, no debería esperarse a nada. Inclinó el barril para servir agua en un tarro de madera y se la bebió como animal. Restos líquidos de la sustancia recorrieron su barbilla y mojaron su barba.

—¿Te molesto? —dijo su padre.

El impulso no pensado de Oda, su respuesta programada para su padre tenía que ser un: «No, no me molestas». Pero en ese momento no podía darse esos lujos, no podía darse más lujos como esos porque entonces sería perdedor hasta de juegos de cartas.

—Sí —dijo. Su lengua pudo haberse detenido ahí, pero no lo hizo—. Me molestaste desde que llegaste, porque ni siquiera me avisaste ni tuviste el cuidado de enviar una carta. Tú sabes bien lo que es esto... sabes lo desgastado que estoy y el humor que traigo. ¿Por qué ahorita? ¿Por qué ahorita? Y luego me recuerdas a mamá. Me recuerdas a mi mamá, la gnómida que no te importó.

—Yo… ya me-me-me-me-me voy. No pensé que fueras tan desconsiderado con tu padre. —Se levantó de la silla y avanzó hacia la puerta—. Ni siquiera me has venido a visitar una pu-pu-pu-puñetera vez ¿cómo quieres que sepa tus nuevas reglas de subterráneo?

El gnomo miró la puerta con el agujero, ya estaba logrando que su padre se fuera de allí y pronto lograría eliminar la evidencia.

—Ahora ya las sabes… —dijo—. Ahora ya sabes para la siguiente vez que me visites.

—No puede ser esto posible, ¿cuándo mierdas te crié así?

La sangre de Oda hirvió como nunca. Sus puños se apretaron con fuerza, su ceño se frunció.

—Tú ni siquiera me criaste. ¡Desde que murió mamá te has centrado en expandir tu «Territorio Senner»!

—¿Y tú qué has hecho? ¿Has hecho algo de tu vida? ¿Has logrado ser como el increíble Falco Dronon?
—¡Por lo menos no dejo abandonado a mi hijo a su suerte! ¡Por lo menos no lo dejo encerrado todo el maldito día como si fuese una planta para

vender! Porque te aseguro que si yo hubiera sido una planta, ¡con gusto hubieras recibido dinero de esos extranjeros que tanto amas!

—¡No te atrevas a calumniarme! ¡Los siete se acordarán de tus estupideces! ¡Tú crees tener la razón pero no sabes todo!

—¡Yo sé que eres un mal padre!

—¡Tú eres el peor hijo que alguien podía haber tenido! ¡Tú eres el único hijo que no siguió los pasos de su padre! ¡Gusto te hubiera dado ser hijo de Falco Dronon!

—¡Sí! —gritó Oda.

Jaxi Senner salió y azotó la puerta. Pasaron varios minutos en los que Oda tuvo que coger su cachimba y fumar y fumar para que se le bajaran los humos. En esos momentos, la preocupación desapareció de su mente y el pasado quería regresar a ella. El pasado en el que su madre había arriesgado su vida para que Oda no fuera atacado por la bestia de tentáculos.

2

Cuando Oda salió de su trance corrió hacia la bodega, cogió los papeles que había lanzado a la esquina y colocó la prenda encima de su mesa. La volteó y decidió descoser los cuadritos restantes. Los empezó a juntar en un montoncito al lado suyo. Su mente ahora estaba dividida en dos partes: una que se preocupaba por su vida y otra que se preocupaba por lo que su padre había dicho de él. Se levantó, mojó su cara con el agua del barril y decidió seguir con su tarea.

Al desprender los cincuenta y dos cuadritos de papel, los lanzó al fuego. Como si hubiera tirado madera seca, estos se esfumaron en las flamas de la estufa con un fogonazo chisporroteante. Al final no había quedado nada, nada excepto tres hechizos de aquel libro. Todos en su mente. Cogió más tabaco y fumó. Un chillido se oyó. Unas patitas corrieron desde la obscuridad de la bodega y brincaron por el agujero de la puerta; era su amigo. Verlo le causó confusión y felicidad.

—¿Tú?

Y le extendió la mano que temblaba como loca. El ratón corrió hacia ella pero la rodeó. Al parecer no iba a verlo a él. El animal fue hacia las hojas del libro de hechizos (o la fogata que las incineró) y se quedó mirando las llamas.

—Ya no está. Se ha ido. Se ha ido, amigo.

El ratón miró las llamas todo ese rato, el ratón parecía estar triste. Sin embargo, Oda estaba aliviado de ese problema, y a menos que tuvieran más evidencias que aquellas, estaba a salvo su vida. Se recostó en la cama y fumó.

El insomnio no se lograba ir, así que esperó a terminar de fumar y decidió salir a pasear por las calles solitarias (a causa de la gente en la fiesta libre). Se quedó pensando en lo que haría ahora y en lo conveniente que era que el libro no estuviera. Ya no había cosa que lo incriminara, pero tampoco ningún nuevo hechizo que apareciese enfrente suyo. Necesitaba averiguar bien lo que hacía aquel hechizo que hizo pudrir la pera, tal vez podría hacer lo mismo con la obscuridad.

Tenía miedo de olvidarlo, de hecho, tenía miedo de olvidar los tres hechizos que se sabía. Entonces cuando llegó a su casa (el ratón ya no estaba dentro) decidió que su siguiente jornada iba a ser la última en la que su ignorancia prevaleciera, porque no iba a volver de ahí sin haber visto algo nuevo de la Zona Negra. No iba a volver de ahí sin tener un avance en su lista de propuestas. Hizo el ritual del conjuro de la vista mágica como primer paso. Cuando se lo puso, decidió intentar el de fuerza, quizá ahora sería capaz de ponérselo en vez de al ratón.

Estuvo más que tenso en ese momento (sus piernas apretaban con tanta fuerza que sus glúteos se erigían redonditos), así que no sabía si el hechizo había funcionado. Cuando acabó miró la estufa apagada, el recipiente de metal con las manzanas (probablemente quemadas) y luego al barril con agua. Se levantó y se acercó a aquel depósito de agua. Con dos dedos (el índice y el pulgar) trató de levantarlo. Se preparó, alzó el brazo y éste poco a poco dejó de estar reposando en el suelo.

Crack, el barril cayó y quedó en la misma posición, salpicando de líquido el sucio suelo. No obstante, había caído con un cacho faltante. Este cacho, del tamaño de su palma, Oda lo tenía sostenido por dos dedos. Sus dedos de gnomo que en ese momento podrían tener la fuerza de veinte, o de treinta. Lo dejó en su mesa y se recostó. Miró la hora. Era tarde y debería estar dormido en ese momento. Cerró los ojos y durmió.

TODO O NADA

1

Mientras esperaba en la fila para entrar a su destino, Mic trataba de iniciar conversación. Oda, como varias veces había hecho desde que se había metido en el lío del libro, no quería responder para no echarse a las raíces de la tierra.

—¿Entonces? ¿Fuiste a la fiesta libre?

—No.

—Yo quise ir, pero me tomó de sorpresa la muerte del señor Barol, lo conocía desde hacía mucho y todavía no me hago a la idea de que se haya muerto.

Oda lo volteó a ver; se miraba algo desvelado y sus ojos no mostraban aquella seguridad que siempre hacían.

—No fui. Me invitaron, pero…

—Te entiendo. A mí también me invitaron los de alto rango, pero la verdad quise pasar ese momento con mi padre. Se veía tan alterado que no fue a trabajar el primer día.

Mic decidió no hablar más. Y en lo que Oda cavilaba, también averiguaba. Y a la vez que la fila avanzaba, planes iban y venían dentro de su mente como lo haría un acertijo de figuras. Le pidieron la moneda.

—Negros… —dijo el guardia.

—Sí —dijo, su voz sonaba extraña, ida, débil.

Ocultaba su emoción como nunca lo había hecho y eso hacía que se sonrojara.

—Usted debe ser retenido por órdenes superiores.

Por unos segundos, el gnomo no se había fijado en todo lo que implicaba ese comentario. Cuando se dio cuenta, ese mismo comentario lo hizo temer por su cordura. El acuerdo consigo mismo de no volver con las manos vacías era el más fuerte que se podía haber hecho. No. Era algo más fuerte que eso, era el siguiente paso en su vida misma. Era el tramo de la escalera que falta en la subida de un nivel, la manzana cruda a punto de ser echada al agua hirviendo para ser devorada, la carta ganadora en una gran apuesta de viejos con dinero.

—¿Por qué? —repuso.

No se le ocurrió otra respuesta y quedarse en silencio tampoco era una opción.

—No puedo proporcionarle esa información.

El guardia hizo una seña con la mano por debajo de la cintura.

—Yo soy negro también —dijo su mentor—. ¿A qué se debe todo esto? ¿Podemos hablar con el jefe?

—El otro negro…

—Sí —dijo, dubitativo.

—Usted debe ser retenido también.

Detrás del guardia llegaron unos inspectores, unos inspectores con las armaduras de protección y las máscaras azules. La pareja de gnomos reconoció al instante que justo detrás de ellos había otros cuatro inspectores de máscara roja. Oda iba a dar un paso hacia atrás, pero detruvo el movimiento. Los guiaron a un costado de la Puerta Nueva y les dijeron que esperaran.

Oda tenía miedo. Su mente empezó a maquinar posibles salidas de escape para llegar a la Zona Negra. Eran ideas que le venían, ideas de alguien que quiere a cualquier costo cumplir su objetivo. Eran cuatro escuadrones de inspectores; cuatro máscara roja y deciséis máscara azul. Una sólida pared en su contra…

Si corría y empujaba a los inspectores podría ir directo a la Zona Negra. Sin embargo, era muy probable que fueran más rápidos que él, y aparte podrían lanzarle los piar en cualquier momento. De todas maneras, no sabía si sería capaz de empujarlos y pirarse, ya que tenían el mismo entrenamiento de un explorador marino. Sabían estrategia y, por mucho que él supiera, no se sentía seguro de saber lo suficiente como para enfrentarse a ellos. Hechizo, su hechizo de fuerza. Eso era. Si corría, empujaba y lo trataban de detener, tal vez podría usar su fuerza para tirarlos. No sabía cómo funcionaba aquella fuerza. Y tampoco sabía si esa fuerza estaría en todo su cuerpo y en todo momento.

Todas estas ideas invadieron su mente hasta que sus ojos conectaron con algo, una cosa, una figura, Falco Dronon. Figura gris e imponente que miraba al horizonte con sus pupilas lisas. Este sujeto estaba ahí, en su pedestal. Y cargaba los dos mangos con la firmeza y decisión que Oda necesitaba. Cada uno de los pensamientos sucedió en un santiamén, en un minuto aproximadamente. La voz del jefe causó que volviera al presente, donde él pensó que no debía estar aún.

—¿Oda? ¿Mic? —preguntó el gigantón a sus empleados.

La voz de su ser erizaba a cualquiera si era tomado por sorpresa. Mic dio un saltito, Oda sólo giró la cabeza hacia el gnomo de carne y hueso.

—¿Estamos detenidos? —preguntó Mic, preocupado, como un lamento.

Yarén rió. Su carcajada probablemente se oyó a unas cincuenta personas de la fila. Ni Mic Nart ni Oda sonrieron.

—Vengan conmigo, necesitamos hablar esto en privado.

Mic se quedó callado. Oda estaba tratando de volver a los pensamientos y la voz de Yaren no lo dejó. Aunque siendo sincero, lo tranquilizó.

Los cuatro escuadrones acompañaron a los tres gnomos mineros hasta el despacho del jefe. Ambos tenían dudas de lo que Tas Yaren les diría en unos minutos que llegaran a su oficina. Cuando abrieron la puerta y entraron, Yaren hizo una seña a todo el grupo que los seguía y, por fortuna, atravesaron solos aquel umbral.

La placa «Días de frío y soledad le aguardan a los gnomos cuando los humanos lleguen a someternos se mostraba brillante y reluciente en la pared.

—Tomen asiento.

Yaren cerró la puerta. La pareja se sentó en unas sillas de madera lijada y encerada frente a la mesa del jefe. Éste tomó tres tarros de adantín y los sumergió en un barril de hidromiel. Se los ofreció a aquellos mineros confundidos y se sentó en su trono de mandatario dueño de minas.

—Yo les advertí una cosa: que si no tenían una excusa perfecta para salvarse de esta pesadilla de inspectores e interrupciones a mi puerta, iban a ser castigados. —Su seriedad aterraba hasta al más fiero gnomo—. Como les dije, varias investigaciones parecen apuntar a que el sospechoso es alguno de ustedes dos, y que tal vez los dos elaboraron el plan. Cabe la posibilidad de que haya más sospechas sobre ti, Oda, ya que la ruta entre la casa de Roy Peral y tu casa coincide con la evidencia que encontraron.

—Pero… —dijo Mic Nart.

Tas Yaren impuso su voz para seguir hablando.

—No quiero que me den excusas, no quiero que me digan nada. La verdad no estoy dispuesto a meterme en problemas por culpa de dos gnomos que están evidenciando como al más vil de los humanos.

—No… —volvió a decir el mentor.

Otra vez el jefe volvió a interrumpir.

—Nada de excusas. De ninguno de los dos. Les doy una semana para encontrar trabajo en otro lado que no sea esta cueva. Las minas al sur siempre buscan gnomos. Es lo más que puedo hacer por semejantes gnomos que son, pero hasta ahí.

Oda no supo qué decir. De verdad en ese instante sólo quería escapar, ver la obscuridad y salir a un mundo de ensueño. Mic Nart tenía la misma expresión.

Tocaron la puerta, probablemente eran los inspectores. El gnomo desvelado pensó que éste era su fin, pensó que Tas Yaren había pedido permiso de darles la noticia porque los apreciaba, porque eran sus «favoritos».

—Piénsenlo. En un momento vuelvo.

El jefe se levantó de su trono a la luz del candil en el techo, Mic se estremeció. La puerta se cerró a sus espaldas como un suspiro inquieto. Oda sabía que lo siguiente que fuera a hacer era lo que decidiría si tendría o no la mano ganadora. Un silencio expectante nubló la sala, reconfortando a Oda y permitiéndole pensar.

Si ya era casi un hecho que lo juzgarían por robar el libro, que los expertos le sacarían la verdad (por ser expertos en ello) y que de ahora en adelante sería un criminal, necesitaba llegar a la Zona Negra cuanto antes. Sus sacrificios y su robo no podían ser en vano. Por lo menos debía de ver lo que aquella zona escondía: sus secretos, sus misterios, sus escondites y sus seres. Y tal vez así podría ser perdonado.

Observó la oficina de Tas Yaren para buscar algo de ayuda. Había barriles con hidromiel a su derecha, a un lado de éstos se encontraba un estante con muchos tarros y tazas de adantín acomodados por tamaños. Al frente estaba el escritorio de madera bañado en cera con las bebidas encima y un tintero oxidado. A su izquierda había un barril más, cerrado, junto con una puerta. ¿Qué de eso le serviría?

Miró sus manos rosadas y llenas de pequeñas costras. Recordó el cacho de barril que había roto en su casa para probar su fuerza. Era su última salida si no se le ocurría un plan pronto. Probaría con romper una de las paredes y salir disparado hacia la obscuridad.

—¿Estás seguro que no tienes nada que ver? —dijo Mic Nart.

Oda maquinó algo en ese instante, algo que debía funcionar. Rezó a los siete para que sucediera.

—¿Confías en mí? —preguntó.

Mic se quedó en silencio. Lo pensó. Su vena palpitante estaba a rebosar de sangre.

—¿Te robaste el libro? —apuró, entre dientes.

El gnomo minero miró a su mentor. Quizá por los nervios dudaba, quizá por la importancia de su empleo. Ese gnomo, descendencia de mercader, le había dicho que la mina era su vida.

—¿Puedo confiar en ti?

—No. No puedes. —Oda esperó más de esa fugaz respuesta, debía haber un «pero» en algún lado—. Si fuiste el responsable esto no tiene arreglo. Me vas a hacer perder mi trabajo, vas a hacer que desilusione a toda mi familia y que vuelva a trabajar de mercader. Y eres un pendejo, porque ya casi tenía el puesto que tanto había querido.

Oda no dijo palabra. Su único plan estaba saliendo terrible. Estaba yendo como no debía estarlo haciendo. Vio la puerta de salida, algo no cuadraba. ¿Por qué tardaba tanto el jefe en regresar? En su mente se imaginó que lo habrían llamado para decirle que necesitaban interrogarlos. Tal vez por separado. Eso no se suponía que debía durar más de unos segundos. ¿Les estaba dando tiempo? ¿Los estaba ayudando a escapar de alguna forma? Se abalanzó al trono del jefe y hurgó en sus cajones; estaban vacíos todos. ¿Por qué el jefe tenía vacía su oficina? Mic Nart lo miraba.

—¿Qué haces? —dijo Mic mientras su asquerosa vena palpitaba.

Oda hurgó una vez más, debía haber algo por ahí. Se fue al estante a su izquierda. Levantó varias tazas y tarros y movió por encima. Se asomó a los barriles de hidromiel y metió la mano en ellos. ¿Estaba acaso loco? ¿Estaba demente? ¿Por qué diantres Tas Yaren se arriesgaría por dos mineros acusados de robo? Se regresó a su asiento y esperó.

Un trago fuerte despidió Mic. Ya estaba tomando del tarro de la mesa, tal vez por el estrés. Oda tomó con prisa su tarro y le echó un vistazo. Algo andaba ahí, una pieza de metal. Metió la mano dentro y sacó el objeto: era una llave.

Su instinto le hizo mirar la puerta a su izquierda. Corrió hacia la puerta e introdujo la llave. No obstante, ésta no cuadraba, era demasiado grande, no era la llave. Volteó a ver a Mic Nart y le arrebató el tarro de las manos. Esculcó el tarro (casi vacío) y tentó una pieza de metal. La sacó y la puso en la cerradura de la puerta; ésta sí que encajaba. Giró y la puerta hizo un click. Oda estaba feliz. Mic Nart lo miró con la boca abierta.

—¿Eso estaba en las bebidas?

—El jefe nos está ayudando —susurró Oda.

Hizo un ademán para que Mic fuera con él, se sentiría más seguro si lo tenía cerca suyo.

—No, yo no me voy a mover de aquí. Escápate tú si quieres.

Oda no tenía tiempo para esas pendejadas. Corrió hacia Mic para que de un golpe pudiera desmayarlo. Oh, vaya, no sabía controlar aquella fuerza mágica y el puño no sólo le hizo daño a su mentor, sino que le abrió la frente, hizo que sus ojos salieran de su cuerpo, le atravesó el cerebro con bastante imprecisión y llegó hasta el otro lado del cráneo. La silla cayó, y con ella el cadáver del gnomo minero.

—No… —dijo, en voz baja—. Perdón… No quería…

Y escapó por aquella puerta.

Dentro había muchos estantes con repuestos de picos y carros, de hecho, había muchísimos. Era una sala de cuatro veces la oficina, separada por pasillos. Éstos también estaban llenos de papeles y cosas parecidas. ¿Se suponía que se escondieran en ese lugar? ¿Qué tan probable era que rompieran la puerta y lo encontraran? Sintió la llave en su mano, la llave grande. Ahora buscaba otra puerta.

—¿Dónde? ¿Dónde? —dijo, agitado y en silencio.

En su mano aún se miraban sesos de su mentor. Oda retenía aquellas lágrimas para no caer en llanto incontrolable. El gnomo minero volteó al sentir una manija en el suelo. Había una trampilla que tenía una cerradura grande. Metió la llave y la abrió. Daba a unas escaleras que descendían.

Oda, con sus temblores de manos, trató de descender lo mejor y más rápido que pudo. Cerró la trampilla con cuidado. Pero justo antes de bajar al completo, oyó cómo la puerta de la entrada a la oficina abrió de golpe.

—¡No pueden entrar sin mi autorización! —vociferó el jefe como una bestia.

A Oda se le imaginó un oso siendo capturado. Después de ello, se oyó algo caer al suelo y al jefe gritar. Luego solamente pasos increíblemente ordenados y certeros.

2

Las escaleras lo habían llevado a un túnel, un túnel antiguo hecho de alguna madera vieja. Estaba seca, rechinaba y Oda supo que era de adantín. Escuchaba pasos lejanos, trotes de los gnomos que lo buscaban. Las náuseas que Oda había adquirido hacía unos minutos lo obligaron a recargarse en una de las áridas paredes y sentarse. Al hacer esto su mano quedó al descubierto y los restos de Mic Nart le hicieron dar arcadas.

—¿Por qué? —dijo. Se le oía agitado y asustado—. No puedo…

El gnomo se giró y vomitó a su lado izquierdo. Y al vomitar, las lágrimas brotaron. Oda apretó los ojos, los dientes y la frente para no dejarlas salir. La garganta ahora tenía algo atorado, algo invisible que nada más había sentido cuando murieron su mentora y su madre.

Corrió por el túnel decidido a respirar hondo y no pensar en nada que no fuera su objetivo. ¿Por qué había pasado eso?

Pasos.

Oda oyó pasos frente a él. Eran firmes y podían provenir del final del túnel. También empezó a percibir un ruido muy curioso, un ruido de mercado. Barullo de gente comprando y vendiendo frutas, plantas e insumos; gnomos gritando precios y gnómidas comprando artículos para el hogar. Apresuró todavía más su llegada con temor a falsear el pie y caer. Vio a alguien, tal vez a más de uno.

Gente se acercaba con lámparas hacia él. Éstos traían las máscaras de hierro con aquellos dientes de sierra aceitosos. A Oda no sólo le dio un vuelco al estómago, sino que al ver las máscaras recordó a su mentora, a Hele Sariana siendo asesinada por ellos.

Una furia se impuso a su abatimiento y ellos corrieron hacia él cuando se percataron de su presencia. Iban en línea recta, aumentando la velocidad con cada pisada. El gnomo minero se colocó en posición defensiva preparado para usar su fuerza contra ellos. Un brazo al frente y otro en su barbilla. Si los golpeaba en el pecho, les haría el daño suficiente como para escaparse.

Entonces miró el pecho de ambos asesinos dispuesto a romper algunos huesos. Cuando llegaron pasaron dos cosas: cortes rápidos y la caída de Oda. Aquellos sujetos le habían cortado los talones, los brazos y las muñecas, aquellos sujetos también habían roto su espíritu momentáneamente. Sus párpados empezaron a decaer como su furia a extinguirse. Y aunque seguía pudiendo ver a la perfección sin luz, no podía mantener sus ojos estables; de alguna forma lo habían envenenado.

Lo llevaron a rastras de regreso por donde vino. Entre los cuatro lo escoltaron hasta la escalera de mano. Lo elevaron entre dos para subirlo y luego lo depositaron en el suelo de la sala de los repuestos. Al parpadear estaba de nuevo en donde empezaron sus náuseas, estaba en la oficina de Tas Yaren.

3

Lo primero de lo que se percató fue de su jefe, Tas Yaren yacía tirado cerca de la entrada y se miraba inconsciente. Después vio a Mic, o lo que quedaba de él, tirado sin cabeza y encima de un horroroso charco de sangre. Las náuseas de Oda volvieron cuando trató de inhalar aire, parecía que ahora no iban a detenerse. Vomitó cuando terminaron de depositarlo en su respectivo asiento, sacando cada gota de agua que aún lo alimentaba.

Cada vez que Oda cerraba y abría los ojos percibía que había pasado tiempo. Diez, quince, o cinco segundos, no sabía decirlo. Y cada vez que sucedía aquello se sentía con más control sobre sí mismo. También el dolor de los cortes iba siendo más fuerte. Cuando logró permanecer más de un minuto sin irse al mundo de los sueños, un gnomo con careta de metal se puso frente a él, en el trono de Tas Yaren. El sujeto aplaudió repentinamente. Sus palmas fueron rápidas, fugaces, tanto que Oda no percibió cuándo logró hacer semejante ruido.

—¡Aquí! —dijo.

Daba terror ver a hablar a uno de aquellos inspectores de careta roja, un terror diferente del que podía provocar Tas Yaren, era un terror de vida o muerte. El inspector chasqueó los dedos y alguien comenzó a revisar a Mic por la espalda. Oda miró con detalle aquella acción. Aplauso.

—¡Aquí! —repitió—. ¿Tú eres el minero al que llaman Oda?

La lengua del gnomo todavía no se reponía de lo que sea que le hubieran puesto, así que asintió con la cabeza.

—Acabas de infringir varias leyes impuestas por los cinco legisladores de Jacabaum desde la creación de los tiempos: hurto, engaño, invasión, evasión de inspección, ataque a un alto rango y asesinato. Todos castigados con la muerte. —Oda escuchaba y su dedo índice empezaba a moverse. Su mano se estaba recuperando rápido de aquel veneno—. Cometiste cada uno de ellos. Enterado de estos movimientos y de la casi segura ejecución de cada uno de ellos, quedas oficialmente sentenciado a muerte dentro de tres días. Los jueces me darán la razón el día de mañana.

La lengua del gnomo parecía ser a la que más esfuerzo le costaba recuperarse, entonces no tuvo oportunidad de réplica en defensa propia. Oda no iba a dejar que alguien le quitara su objetivo, que alguien, aunque fuera ese sujeto de la careta metálica, le hiciera romper su propia promesa.

Se estaba recuperando cada vez más rápido y esperaba unos momentos para poder usar la fuerza mágica a su favor. El inspector chasqueó los dedos y otros dos inspectores tocaron los hombros de Oda.

—Directo al cuadrado —dijo el inspector frente a él.

Oda sabía lo que esas palabras significaban, palabras casi siempre con consecuencias devastadoras. Los dos inspectores acercaron las manos a su cuello. El gnomo minero extendió ambos brazos en desesperación máxima y golpeó a cada guardia en la cara con el dorso de la mano. El metal en sus máscaras se abolló mientras ellos fueron lanzados hasta la pared contraria. Oda miró a todos lados con el corazón acelerado y una cosa en mente: salir de la oficina.

El inspector frente a él bajó la mano rápidamente. Pero Oda ya se había levantado y arrojado el escritorio de Tas Yaren directo al inspector. Éste fue volteado de tal forma que las patas que lo sostenían daban hacia la puerta. El inspector fue aplastado contra la pared y el letrero que tanto gustaba a su jefe cayó al suelo. Un piar rozó la cabeza del criminal y se clavó perfectamente en el reverso del escritorio. Oda volteó a ver al único inspector en circunstancias para hacerle frente. Se abalanzó hacia los tarros de adantín y arrojó varios de ellos hacia el inspector faltante. Éste pudo esquivar la mayoría, pero uno de ellos se le clavó en el centro del pecho e hizo que reventara en varios pedazos su tórax. Los otros tarros se clavaron en la pared como si hubieran crecido ahí.

El negro no vaciló al correr hacia la pared y romperla de un puñetazo. La oficina del jefe se llenó de polvo en un santiamén y el gnomo rezó a los siete por haber podido atravesarla. Miró a su alrededor y vio que los tres escuadrones de inspectores estaban afuera, corriendo en impecable línea recta hacia él. Por supuesto, no iba arriesgarse a hacerles frente si ya podía ir a la Zona Negra.

Huyó con la increíble fuerza de sus piernas mientras veía pasar a sus costados borrones de mineros haciendo su trabajo. Había un sendero por el que corría y que daba hacia cada segmento de la mina. La Zona Negra estaba al otro extremo de donde estaba la oficina del jefe y en un minuto ya iba por la mitad. Su corazón sufría. Sintió que su cabeza se desharía en cualquier segundo.

Zum, un piar pasó cerca de su pierna y rebotó en el suelo de la mina. Zum, Oda no miró hacia atrás, pero sabía que los inspectores de alguna forma lo estaban alcanzando. Le faltaba poco; un cuarto, un octavo... y divisó la puerta de la Zona Negra. Una puerta que ya no tenía portero que la cuidara, una puerta con un letrero que decía *Paso Restringido*. Detrás de ella había una habitación donde se ponía su equipo de trabajo y luego se encontraban las escaleras para llegar a la Zona Negra.

Con su hombro la atravesó y se apresuró a hacer una montañita con cada pico y cada armadura complementaria para que nadie pasara. Hizo lo mismo atravesando la puerta siguiente, arrancando un buen pedazo de roca y poniéndola en el paso. Con dos trabas seguramente los inspectores se retrasarían.

Bajó por las escaleras para ver con sus propios ojos aquella maravilla. Y ahí estaba. La obscuridad densa y penetrante que quería ver. Danzaba en sus ojos la magnitud de su sombra misteriosa y la belleza de su terrorífico descubrimiento. Y ese era el problema. La obscuridad seguía siendo obscuridad. Lo negro seguía siendo negro y lo blanco seguía siendo blanco. Se acercó para ver la desilusión más grande de toda su existencia. La parte obscura por naturaleza la veía perfectamente, pero la obscura por parte de lo misterioso era dividida por una línea particular y extraña. Era una línea paralela a la línea de seguridad que acataban los negros. Era como haber juntado agua y aceite y haber jugado con las luces de la cueva, como ver al horizonte y mirar la delicada separación entre lo celestial y lo terrenal. Su cuerpo se arrodilló ante tal revelación y los ojos comenzaron a querer crear lágrimas. Y quisieron hacerlo pero no podían, estaban secos y agotados.

Es que tan sólo no podía ser verdad... Zum... Oda puso los brazos para defenderse. Una de aquellas circulares y filosas armas se le incrustó en la mano. Los bloqueos que había dejado en la entrada de la cueva habían sido movidos, movidos por esos monstruos llamados inspectores.

Intentó correr para buscar un lugar donde esconderse pero su cuerpo no podía ya, el veneno estaba haciendole efecto. Gateó hasta su estación de trabajo y luego gateó más, gateó hasta donde nunca había puesto un solo pie, gateó hasta el borde de la obscuridad. No iba a dejar que esos sujetos lo atraparan. Y se lanzó al abismo, o puede que sólo se haya dejado caer.

Cayó en una piedra lo suficientemente cerca como para no matarse en el intento. Al entrar a ese lúgubre lugar su cuerpo empezó a ser drenado de alguna forma. Más bien su mente. Mientras su cuerpo era asesinado por tal veneno, su mente era mezclada y arrancada de sí mismo, como si lo deseara. De ahí salió un razonamiento quizá lógico y oportuno: ¿Qué diantres haría ahora? Oyó los pasos de aquellos guardias rondar por ahí, por la cueva. Ya casi no le quedaban fuerzas para estar de rodillas y su lógica se estaba yendo a la mierda.

—Tengo un hechizo —susurró.

No sabía ya lo que significaban esas palabras. Aún así lo repitió. Repitió la frase como si cobrara algún sentido hacerlo, repitió y repitió cada vez más bajo. Milagrosamente recordó lo que era, o no. Sólo pensó que debía ser importante esa serie de palabras en conjunto y todo lo que conllevaban. Y lo ejecutó.

Era largo y pesado. Su boca seca recitó cada palabra con ganas de gritar y con fuerzas sólo para dormir. Su cuerpo realizó cada acción con la naturalidad con la que comía manzanas en su casa, con la naturalidad con la que cada día se levantaba a trabajar o con la naturalidad con la que había ignorado la propuesta que iba a entregar a Tas Yaren.

Cuando realizó el último movimiento y dijo la última palabra, apuntó a lo que fuera que fuese el amuleto. Y luego sólo se tocó la cara para no caer de lleno al suelo. Era una fuerza que provenía de esa cosa asfixiante, una fuerza que lo escupió hacia la luz como un animal que no quiere comer un cadáver apestado.

Y un silencio reinó por unos instantes, un silencio que pudo haber sido del origen de los tiempos. O quizá de más antes. Un silencio que le daba fuerzas pero que lo debilitaba. Que le daba deliciosos orgasmos pero que le hacía sentir el peor de los sufrimientos.

Primero sintió frío, un frío mortal que cubría todo su cuerpo, que recorría cada parte de su piel y hacía que se solidificara. El frío llegó a sus órganos, de sus órganos a sus huesos. Pero luego se calentó otra vez, se calentó tanto como para estar vivo de nuevo. Y despertó.

Segunda Parte: La Búsqueda

DESPERTAR

1

Minorg estaba en el borde del umbral de la oficina. La lámpara en el techo iluminaba la escena que estaba presenciando. Olisqueaba el aroma de la sangre, un aroma que se ahogaba en el impregnado olor a hidromiel que salía de los barriles. Pero no sólo eso, porque también percibía el sofocante frío que había estado percibiendo desde que salió de su escondite. Era un frío atroz que debía haber sido causado por algo que ya conocía.

Se acercó al cadáver con las vestiduras negras. Carecía de cabeza, o más bien, carecía de cabeza con forma. Minorg tan sólo miraba los restos de cerebro, cráneo, piel y cabello que se sumergían en la sangre seca. Sin embargo, lo que en verdad llamó su atención fue la potencia con la cual se había enfriado todo. Una potencia que había presenciado sólo una vez en su vida, quizá dos, y que tenía que haber sido obra de alguien muy experimentado.

En ese momento su tiempo se estaba agotando y tan sólo dejó la oficina para centrarse en seguir con su cometido. Con todo en su contra, Minorg iba en busca del único posible sobreviviente a esa crisis.

2

Oda frunció el ceño y abrió los ojos. Su cuerpo adolorido no le permitía moverse con facilidad. El frío en el ambiente le era más insoportable que otras mañanas. Se sentó al pie de la cama con cuidado mientras luchaba por no castañear los dientes. Su ropa estaba sudada, pero eso no era lo importante. Hizo fricción con un abrazo para sí mismo con intenciones de calentarse un poco. Y un ataque de imágenes invadió su mente, imágenes sin tener conexión alguna entre ellas. Le dolió. Al cabo de unos segundos se le olvidaron. Pensó que quizá habían sido de su sueño e ignoró el suceso.

Tenía muchísima sed y hambre, así que se levantó y buscó en su canasta de víveres alguna fruta para mordisquear. Como no encontró algo para comer, cogió el barril en medio de su cocina y le soltó unos buenos tragos antes de partir. Tomó su pipa cargada encima de la mesa, se la colocó en los labios y la encendió con la gema de calor. Cogió la canasta vacía (con su mano cubierta con una tela con sangre) y salió de su casa. Tenía que ir por comida antes de que el estómago le rugiera con verdadera fuerza.

Mientras avanzaba por el sendero de las casas vecinas, sonreía a los inertes y helados gnomos que se quedaban de pie, como siempre. Al saludar a unos quince vecinos, aceleró el paso entonando una cancioncita con la voz de la que no recordaba la letra.

Primero debía ir a la zona de las frutas, donde un buen gnomo de aspecto amigable sonreía a otro gnomo, mientras éste le entregaba dinero. Luego debía de abastecerse de tabaco con un gnomo al que había apodado Bard Nart. No sabía por qué, pero sentía que ese nombre le quedaba bastante bien.

Tenía cierta duda de saber la vida de las figuras frías cuando él no estaba. ¿Acaso se movían y eso hacía que apareciera comida y tabaco? Nunca había visto que cambiaran de posición, tan sólo eran y existían, como él. Las había detrás de los productos simulando conversar, en los pasillos simulando comprar, y a veces parados como guardias, esperando eternamente quién sabe qué cosa.

Una vez Oda los tocó, cuando era niño. Les temía como si fueran a hacerle algo o a convertirlo en uno de ellos. Enfrentó sus miedos tocando al sujeto de las flores, el que le provocaba más temor. Pensó que estaría frío como el suelo de su casa, que se movería y lo encerraría en un abrazo mortal por la eternidad. Se llevó una sorpresa al ver que no era verdad. Era tibio. De hecho, por eso pensaba que vivían de alguna forma como las plantas. Se imaginó a él mascando a una de ellas y le provocó escalofríos.

Cuando tomó suficientes manzanas para su canasta, fue por el tabaco. El gnomo metió la mano entre los montones de hojas de tabaco; las había para mascar y para meter en el hornillo de su cachimba. Se acercó un buen puñado a su redonda nariz y lo inhaló con suficiente fuerza. Sus fosas nasales se dilataron disfrutando el rico aroma que desprendían. Después lanzó unos tres puños hacia su canasta dispuesto a regresar feliz.

Se sacó la pipa de entre los dientes y la lanzó junto con las manzanas. Cogió una redonda manzana roja y le pegó un jugoso mordisco, que terminó por desencadenar otros tantos hasta habérsela tragado. Siguió con otra de éstas y se la zampó en mordidas igual de salvajes.

—Voy a tener que agarrar más —dijo.

Le mostró los dientes a Nart, el vendedor de tabaco. Entonces volvió a donde estaba el gnomo de las frutas, a unos cinco locales del que le ofrecía tabaco. Le tomó otras cuantas manzanas y una pera bastante apetecible. Sin embargo, su ojo detectó algo, algo que se le hizo bastante familiar. Cuando pudo saber lo que era, y que jamás había visto en su vida, éste le soltó un chillido.

—¡Sonaste! —le dijo exaltado.

Supo que se llamaba ratón cuando le volvió a chillar. Su cuerpecito descendió de aquel local de frutas y corrió hacia el sur. Oda estaba emocionado, nunca había visto nada igual por ahí, nada que pudiera hacer sonidos como ese, y en definitiva, nada que se moviera como lo hacía él.

—Ven para acá —le dijo.

Sus piernas lo siguieron a través de los adornados locales del mercado, esquivando a gente que estorbaba en medio de su camino y algunos puestos libres que se ponían y reducían el espacio para avanzar. Lo siguió por bastante tiempo, un tiempo muy pero que muy prolongado, en el cual había llegado hasta una parte que él mismo se había prohibido ir. ¿La razón? El miedo. Y es que según recordaba, ahí había algo misterioso, pero tan misterioso que no había tenido el valor para ir. Aunque, ¿qué más daba seguir al pequeño peludo por tantito tiempo más?

El ratoncillo siguió por varios minutos sin acortar el ritmo, sin perder un solo minuto de su tiempo. Chillaba de vez en cuando y hacía ruidos curiosos, moviendo esas cuatro patitas sin cesar, pero no tan rápido como para perdérsele de vista. Hasta que llegó a un lugar, un lugar donde una larga fila de gnomos rígidos se extendía. Era un lugar que Oda sabía cómo se llamaba, pero que no sabía por qué se llamaba así. Era la fila hacia la Puerta Nueva.

Al divisar las estatuas gélidas pensó que podría ser a donde iban cuando él no estaba. Pensó que esa pregunta que se había planteado durante toda su existencia por fin iba a poder ser resuelta. Y su imaginación recreó un escenario donde todas las estatuas se movían, hablaban y eran felices, no obstante, también imaginó que no todas disfrutaban de esas vivencias. Eso le provocó cierta nostalgia.

Calculaba unas cien estatuas formadas en aquella fila para entrar al lugar. Las contó mientras se acercaba a la Puerta Nueva y se percató de que no estaba tan equivocado.

—La Puerta Nueva —leyó en un letrero viejo al costado del marco de metal.

Esas palabras le causaron una jaqueca que los siete probablemente le habían mandado. Arrugó la nariz y los ojos y siguió con su cometido de saber a dónde el ratón lo estaba llevando. Al mirar al guardia con una cara de fastidio y unos brazos desganados, su impulso le dijo que le diera una moneda. ¿Cuál moneda? No sabía. No sabía siquiera de ese guardia, pero sabía lo que había al pasar aquella dichosa puerta.

Siguió a la cosa chillona hasta una estatua enfrente de la entrada. Era una estatua de un gnomo que Oda reconoció al instante. A diferencia de las otras tantas que había por allá, la estatua de Falco Dronon era de piedra. La bola de pelos con patas subió hasta arriba, hasta la brillosa calva del señor Dronon.

«Hay muchas maneras de llegar al lugar, así que no te conformes con sólo una», había escrito en su pedestal.

—¿Por qué me has traído hasta aquí? ¿Te conozco? —le preguntó al roedor.

Después de un minuto el roedor corrió directo hacia otro lado, Oda lo siguió para saber las respuestas.

El montonal de gnomos gélidos que había por ahí era impresionante. Todos simulaban hacer cosas que Oda, por lo visto, reconocía. Estaban algunos llevando en carros de acarreo los minerales picados, otros tantos con torres de papeles contables yendo a entregarlos a los departamentos de venta, otros más en grupo, yendo posiblemente a las zonas de fragmentación. Otros, con bastante edad, se dirigían a la parte de lixiviado con barriles llenos de líquidos salinos. Y todos ellos hacían que el clima de ese lugar fuera aún peor que en el mercado. Oda se abrazó, expulsando nubecillas blancas de su boca. Llegaron a la oficina del jefe.

—Tas Yaren —dijo Oda—. ¿El jefe?

El ratón se metió dentro, el gnomo lo siguió. El olor a muerte hizo que Oda se hiciera a un lado y tuviera sensación de dar arcadas. Cuando pudo recobrar la compostura, vio que había un hoyo del tamaño de la mitad de la pared a su lado derecho. Al frente, una mesa estaba (con las patas hacia a él) metida en la pared, debajo de ésta un charquillo de sangre seca parecía haber goteado desde la misma. A su lado izquierdo había un gnomo con armadura de color azul que estaba partido en dos. La primera se recargaba en el suelo y se conformaba de la mitad del torso para abajo; la segunda era la parte de arriba junto con la cabeza, que estaba clavada a la pared sostenida por un tarro de madera. A los lados había otros tarros de madera igual de clavados que el primero.

Abajo estaba alguien tirado, estaba un gnomo tirado de bruces y del mismo material frío que las demás estatuas. Justo a unos pasos de ese sujeto, otro de esos gnomos con armadura azul estaba en el suelo, y debajo de él había un charco de sangre. Esa sangre estaba unida a otro charco, el charco de otro de sus iguales. Y justo a sus pies, posiblemente caído de la silla por un fuerte impulso, había otro cadáver. Tenía un traje como el que llevaba puesto él, un traje negro de cuerpo completo con una insignia en el pecho.

La cabeza le dolió más que en la entrada.

—¿Qué? —expulsó por su boca, breve, ligero, junto al aliento frío que estaba sintiendo.

Se arrodilló al suelo mientras sostenía su cráneo para que no se le cayera. Empezó a gritar nombres mientras un conjunto de imágenes se le venían a la memoria, las mismas imágenes que habían pasado por su cabeza al despertar.

—¡Correa! ¡Hele Sariana! ¡Rin! ¡Silli! ¡Sona! ¡Gonan! ¡Vaere! ¡Reter! —Su cabeza ahora recordaba momentos, lugares, situaciones. Esto era como haber vivido engañado toda su vida, pero sin haberlo hecho—. ¡Jaxi Senner! ¡Nara Senner! ¡Mic! —gritó, fuerte.

La imagen de una moneda con su nombre se le clavó en el cerebro. Con cada uno de esos nombres su cuerpo temblaba, se movía como si fuera a explotarle en cualquier segundo y, a la vez, su boca se drenaba, se volvía arena. Sus respiraciones eran agitadas y su garganta le raspaba.

—¡Tas Yaren! ¡Roy Peral! ¡Falco Dronon! ¡La Zona Negra! —escupió.

Le empezó a salir sangre de la nariz, de las orejas y de los lagrimales. Era un espectáculo digno de terror. Sentía que cada estatua lo volteaba a ver, que cada minero lo golpeaba desde dentro y lo hacía sufrir.

Se desmayó.

3

Despertó a los dos minutos lleno de sangre fresca y muy agotado. Tenía una sed y un hambre maldita. La cabeza simplemente le daba vueltas como rueda. Ahora más imágenes invadían su ser, imágenes sobre libros, conjuros y hechizos. Inspectores persiguiéndolo. Casas siendo invadidas en la noche. Un oso caído, o quizá un gnomo. Esta vez pudo no desvanecerse en el suelo, pero su cuerpo apenas y lo sostenía con ambas palmas abiertas y las rodillas temblorosas.

—¿Por qué? —Miró al ratoncillo gris. A su amigo. Éste lo estaba mirando de regreso—. ¿Tú lo sabías? ¿Sabías que recordaría?

Observó los sesos del cadáver de su mentor, eran de un rosa obscuro. Se giró rápidamente hacia la pared destrozada, una pared destrozada por su propia fuerza que había generado un agujero en la oficina. Los varios inspectores que lo habían perseguido, que habían perseguido al criminal en el que se había convertido, ahora no eran más que carne muerta. Y Tas Yaren, el agigantado jefe del que todos temían su sola presencia, ahora estaba de bruces, rendido. Además, éste ya no era de carne y hueso, sino de un hielo rosado que lo conformaba como gnomo.

Era como el resto, era una estatua que hacía el ambiente tan frío como su corazón. Sabía lo que había hecho y se aterrorizó de sí mismo. Su cara estaba cubierta de ríos de sangre seca, sus manos compartían el gusto. Su lengua agrietada empezaba a despedir gotitas y gotitas de ese líquido esencial, gotitas que se tragó con la amargura que merecía.

Corrió. No importaba nada ya, tan sólo corrió. Miró a los mineros congelados que se suponía que le erigirían una estatua como a… Falco Dronon. El negro se topó con aquella eminencia, se arrodilló enfrente y colocó su cara en la piedra polvosa del pedestal.

—¡Fallé! —exclamó—. Fallé en tratar de ser como tú. No puede ser que haya acabado como el peor de los gnomos. —Una gotita salió de sus ojos, era salada y transparente—. Estaba siendo guiado por ti, por el mejor de todos los gnomos. ¿Cómo es que fallé? Seguí tus enseñanzas al pie de la letra ¿Cómo es qué fallé? Busqué los caminos. ¡Busqué los caminos!

No obstante, el rostro de Falco Dronon apuntaba hacia el horizonte. Sus seguras pupilas lo que miraban era más allá de las posibilidades, era más allá. Los brazos de piedra cargaban el peso de esos picos como Oda cargaba el peso de los suyos, unos que llamaba «culpa» y «fracaso». Se recargó con la espalda en el letrero del pedestal y descansó. Descansó mientras unos cuantos sollozos se le escapaban desde los pulmones, desde la garganta, para salir bruscos y tratando de ser silenciosos por la boca. El ratoncillo estaba frente a él.

—¿A dónde quieres… que vaya ahora? —le preguntó— ¿Quieres hacerme recordar más fracasos? ¿Quieres hacerme ver cómo soy peor que lo que pienso que soy ahora?

El ratón se sentó. Miró hacia abajo. A Oda se le imaginó que estaba pensando. ¿Por qué un ratón pensaría? Si era objetivo, el ratón sabía que él había hecho todo eso, el ratón lo había guiado hasta allá. Así que si lo veía de esa forma, el ratón era alguien bastante racional. ¿Los siete lo habrían enviado? Seguramente lo habían enviado para castigarlo y hacerlo sufrir. Miró hacia la salida de la cueva. Si seguía el camino recto por ahí llegaría a donde todo empezó, llegaría a donde vivían los gnomos de alto rango y, por supuesto, a donde vivía el sabio Peral.

Aunque, ¿por qué el sabio tenía esa abominación? ¿Por qué tuvo que robar eso de todos los libros que había en su biblioteca? Si Roy Peral tenía uno de esos libros, ¿cabría la posibilidad de que tuviera más? ¿O tal vez de que tuviera alguna explicación del porqué la existencia del libro en algún lado?

—¿Sabes qué es lo peor de todo esto? —le preguntó al ratón. El roedor alzó la cara—. Que de no ser por el maldito estúpido libro de hechizos de Roy Peral, yo me hubiera rendido antes… yo… tenía todas para perder, pero…

Chillido. El ratón se giró y corrió.

—¿A dónde me llevas?

El ratón siguió su camino. Y Oda, huyendo de aquel horroroso lugar, fue con él. Tardaron unos quince minutos hasta que Oda se dio cuenta hacia donde iban. Habían caminado todo derecho, habían seguido el camino que se miraba desde la Puerta Nueva.

—Espera, espera… ¿por qué ahí?

El ratón se detuvo, hizo un sonido que le pareció un quejido y retomó el paso. El gnomo lo siguió hasta que empezó a ver esas casas con entradas elaboradas y hechas con falaquera, esos senderos de piedra cortada en figuras de patrones.

El ratón se quedó esperando en la puerta con el letrero de oro. Oda abrió de una patada. Abrió y el olor del tabaco con la manzanilla lo reanimó un poco, provocó un cosquilleo en su nariz y estornudó fuerte y ruidoso. Sacó su pipa de la canasta y buscó entre las cosas de Roy Peral una gema de calor. Al encontrarla, atiborró la pipa de hojas cafés y la fumó. Inhalada tras inhalada, fue sentándose a la mesa.

Seguía todo como la última vez; con las plantas invadiendo la mesa, mostrando sus hojas elevadas y resplandecientes; con los cinco libreros acomodados en las paredes y el reloj del viejo diciendo cosas que no importaban ya. ¿Dónde estaría Roy Peral? ¿Qué estaría haciendo en el momento de su estupidez? Le nació la necesidad de disculparse con él estando ahí, quizá por no hacerle caso, quizá por robarle, o por ambas. Al parecer, el ratón tuvo la misma idea y se coló por debajo de la puerta de la habitación del sabio. Oda estaba confundido, aun así, decidió entrar.

ROY PERAL

1

Entró a su habitación y el olor a ortiga parecía ser parte de las paredes del cuarto, como si el mismo vejete fuera el que desprendiera aquel olor. Lo primero que notó fueron las numerosas plantas acomodadas en macetas de madera. La mayoría de ellas reposaba en el suelo formando un camino hacia la cama de Roy Peral. Algunas otras (saliendo de alguna maceta) trepaban por los muros y formaban bordes en el ángulo que se generaba entre el techo y la pared. Todas se enmarañaban en una parte como si hubiera un tesoro que escarbar; ese tesoro era la cabecera del lecho de Roy Peral, que más que cabecera, era una maceta rectangular de donde brotaban varias raíces.

Estaba ahí, acostado en la costosa cama en la que leía uno de sus libros (más bien aparentaba hacerlo) y fruncía el ceño para leer mejor. Oda miró el título *Cómo ser un viejo y astuto gnomo de cueva*. Se puso al lado suyo, cerca de una pequeña mesa con un pan a medio comer sobre un plato de porcelana, y se sentó en el suelo tratando de no aplastar las plantas. Se vio las manos con la cabeza gacha; la mano izquierda cubierta de cicatrices, la mano derecha con una tela para cubrir la herida que le había causado el piar del inspector.

—Tenía razón —le dijo—. Usted tenía toda la razón.

El silencio lo había hecho verse como la cosa más insignificante de toda la historia. Sacó la gema de calor de su canasto, prendió su pipa y le dio una inhalada; le supo fatal. Pensó que por lo menos no se sentiría tan frío.

—Por querer hacerme el héroe. —Miró a Roy. Su cabello caía como cascada hasta los suelos, una cascada congelada de color gris—. ¿Por qué no me detuvo?

Esperó cinco minutos para ver si le respondía, mientras inhalaba e inhalaba el tabaco, desganado. Giró la cabeza y miró el lugar. Entre las muchas macetas que custodiaban al sabio, había libros apilados en montañas pequeñas (cerca de la puerta) cubiertos por la vegetación de su hogar. Oda no los había mirado al entrar.

El suelo era de madera y, cuando vio el techo con enmarañadas plantas, se dio cuenta que no había velas dentro como lo había pensado, sino una lámpara colgada como la de la oficina de Tas Yaren. Los minutos fueron largos, pero de todas maneras lo esperó.

—¿De verdad creyó que yo iba a resolver esto? —le preguntó—. Falco Dronon usó la experiencia para tratar de hacerlo, yo...

La pipa se le cayó de la boca. Él no la recogió. El gnomo no creía que el sabio fuera tan despistado como para no darse cuenta sobre el robo en las primeras horas. Su conexión era obvia, los mismos inspectores se lo habían dicho.

—¿Me estaba ayudando? ¿Eso era? No quería su ayuda. No quería la ayuda de nadie.

Oda rió. Fue un sonido amargo y cansino; a sus oídos fue lamentable. Esperó otros cinco minutos. En ese tiempo su mente recordó cómo era la voz del viejo: áspera, chistosa, agridulce.

—Pero usted tenía el libro. Y lo tenía a la vista para que lo robaran. Con ese título tan llamativo... —Un minuto y medio y Oda rió, de verdad, fuerte—. Usted quería que lo robara.

Recogió su pipa y se la colocó entre los labios. Cogió la canasta de manzanas y salió de la habitación. Se puso frente al librero del que había robado su contenido. Ahí había títulos curiosos que pudo haber robado en vez del que ya no estaba. Cosas como *¿Romper las rocas o las piedras?* o *¿Cuántos años desde la minería nueva?* le habrían servido. De verdad esos libros habrían hecho que investigara rutas nuevas, rutas como las que investigaba Falco todo el tiempo. Pero no, el estúpido Oda tenía que buscar unos avances mineros que sólo existían en su cabeza, tenía que arriesgarse a puros ideales estúpidos en vez de ver la realidad.

El ratoncillo le chilló. Oda volteó a mirar lo que haría ahora. El animalito gris llevaba arrastrando algo con el hocico desde la habitación del sabio. Era un libro muy pequeño, un libro que no había visto.

—¿A qué me trajiste aquí?

El gnomo recogió el librito; era ligero, pero bastante grueso. Se sentó a la mesa, dejó su canasta al lado de una maceta café y lo observó. Tenía una cubierta color negro, sin embargo, no tenía nada escrito en la portada. Al abrirlo, se percató de que estaba en blanco, como el libro de hechizos. ¿Qué era eso? ¿Qué mierda de jugarreta era esa?

Oda se levantó y fue con el señor Peral antes de continuar investigando el misterioso libro. Esta vez el negro se sentó al pie de la cama, a su lado. Miró sus rígidas y grises manos de hielo, sosteniendo el libro con firmeza.

—¿Qué esconde? —le dijo.

Sus ojos se encontraban entrecerrados, esforzándose en leer algo escrito en la inerte y maldita página. Oda se quitó la pipa de la boca y la puso en los labios de Roy Peral. Ésta cayó sobre su torso. Oda la puso de nuevo, esta vez permaneció tres segundos ahí antes de ser afectada por las leyes naturales. Se masajeó la frente con las yemas de los dedos. Fue hasta la mesa para coger la gema de calor. Regresó a la habitación.

—Fumemos juntos. ¿Dónde está su pipa?

Y Oda empezó a buscar en la habitación la pipa del viejo. Primero revisó en el suelo, luego debajo de la cama y después entre las hojas de las plantas. Cuando hizo esto, sacó los montículos de libros de sus «escondites», de los que probablemente el ratón había sacado el que tenía en la mesa. Eran diez montículos con tres libros cada uno. No tenían título y estaban con la cubierta sin palabras. La curiosidad lo hizo adentrarse en ellos. Abrió uno y descubrió que estaba en blanco como el que estaba en la mesa.

Chillido. Oda se levantó dejando los libros en el suelo y fue a ver lo que el ratón quería que viese ahora. Éste estaba encima de la mesa, a un lado de una maceta de manzanilla, y ahora, el libro tenía escrito algo en la cubierta. El negro se sentó.

—Número tres —leyó. Abrió las páginas y las pasó, de una en una. Eran las mismas aburridas páginas en blanco—. No entiendo…

El ratón chilló con intención de que Oda se detuviera de pasar las hojas, luego brincó encima de una de ellas. De sus patas empezó a expandirse un círculo. Era un círculo real, era un círculo revelador. Y entonces la página completa empezaba a ser escrita, empezaban a aparecer las palabras, las letras y los espacios. Al acabar, el ratón se retiró corriendo y saltó por la ventana.

—¡Oye! —le gritó.

No obstante, el roedor ya se había ido.

El gnomo se dispuso a leer lo que ponía la página que estaba ahí, que parecía haber aparecido como lo habían hecho los hechizos del libro que había robado:

Siguiendo con mis experimentos, ahora duré un mes sin decir nada a nadie, pero ya no aguanto más. Debo contar lo que ahora vi en mi mente. Ahora me sucedió cuando regañaba de nuevo al estúpido de Falco Dronon. El muy pendejo me hizo ir y regresar del bosque a la cueva porque le había faltado un documento. Y cuando volví a ir, yo mismo me di cuenta que ese documento no era el que había que llevar a los cuarteles. Por su culpa, ahora hemos perdido mucho dinero por no llevar a tiempo las cosas. En mi enojo ahogado con él, fue cuando tuve estas visiones olvidadas...

Oda dio vuelta a la página y descubrió una blancura total. ¿Qué tenía que leer? ¿Que el anciano había sido un amargado desde tiempos de Dronon? Pasó las páginas siguientes, pero ninguna más había cambiado. Dejó el libro en la mesa y fue a la habitación del sabio.

—Señor Peral, no encuentro su pipa. ¿Qué le parece si vuelvo al rato con una pipa para usted?

El gnomo minero cogió su canasta de manzanas y salió.

2

El mercado de alto rango era reconocible por su altura y delicadeza. Se entraba con una moneda especial, se salía de la misma forma. Y dentro de lo que le contaban Tas Yaren y Mic Nart, había cosas de otros pueblos, había objetos puramente nordianos y se vendía piel y carne de todas las bestias de arriba. La entrada era de cristal con arreglos a los lados que asemejaban a algo celestial.

Oda había podido entrar desde siempre, había podido ir a gastar su dinero desde que su padre era gente importante, o desde que la Zona Negra era su lugar de trabajo. Sin embargo, el negro no quería gastar su dinero y prefería ahorrarlo en el barril de su bodega. Rompió la puerta de la entrada con una patada y entró al mercado. Ahí casi no había gnomos condenados, entonces el frío era menor y las nubecitas dejaron de expulsarse de sus pulmones. Al pasar la mirada de dos gnomos vigilantes, Oda se dispuso a buscar en el enorme lugar una pipa para el señor.

Había pasillos y pasillos de estantes con cosas extrañas, ordenadas por comida, herramientas y decoraciones. El primer pasillo por el que Oda pasó era el de comida, que estaba tan helado como la Cueva de los Nuevos. Esto tenía una razón de ser, ya que así se conservaban los alimentos (en especial los mariscos) que se vendían a los gnomos importantes; muy diferente de las frutas y verduras que se vendían en el mercado común, frutas y verduras que duraban de uno a dos meses sin algún tipo de tratamiento previo. Mirar aquellos tentáculos, aquellos ojos de pescado y percibir el aroma salado y apestoso de los cangrejos, le trajo recuerdos de su padre. Recuerdos de cuando su padre no era un adicto al trabajo y solía ir de compras con él y su madre.

Cogió una de sus manzanas rojas y, mientras se la comía, pensaba en lo fácil que hubiera sido quedarse a vivir con su padre allá arriba, en el bosque. Con tantos manzanos, perales y naranjos, Oda hubiera vivido feliz. Lo que daría ahora por abrazarlo y besarlo en sus dos cachetes redonditos era impensable

Siguió por los pasillos esquivando una que otra gnómida de compras junto con sus pequeños gnomos. ¿A cuántas familias había arruinado con ese estúpido hechizo? No sabía a ciencia cierta hasta donde había llegado el rango del hechizo, pero su interior le decía que había afectado a muchas familias. Lo más probable era que a suficientes para lamentarse toda su vida, para ser como el viejo sabio y quedarse en su casa a leer y leer como un loco, y luego, regañar a un estúpido del que después se le haría una estatua en su nombre.

Cogió una pipa de adantín y la sostuvo un momento. La cazoleta y el caño de la pieza eran de una madera pulida, bastante bonita. Tenía unos adornos curvos pintados con extractos de carboncillo que llegaban hasta el hornillo. Por la parte de la boquilla de platino otro adorno similar estaba grabado haciendo ligeras rayas en la pipa.

La guardó en su canasto y salió del mercado. Y mientras se dirigía de vuelta a la casa del sabio, trataba de analizar lo que el ratón le había dado a leer. Por lo que sabía, Roy Peral estaba aguantándose decir algo desde tiempos de Dronon. No se acordaba bien, pero era algo sobre ¿la olvidada? Si no recordaba mal, decía algo así al final de la página. Algo sobre sus pensamientos en la olvidada.

Llegó a la casa, depositó la canasta en la mesa y asió la gema de calor y la pipa nueva para dársela al sabio.

—Ya se la traje, espero no haber tardado mucho —le dijo.

Se la puso en la boca con bastante suavidad como para que no se le cayera de los labios. Se sentó a un lado suyo.

—¿Usted estaba teniendo síntomas de la olvidada desde hace más de cincuenta años?

Oda prendió su pipa, estaba haciendo un frío horrible. Y si lo pensaba, el calor probablemente derretiría el hielo que conformaba las estatuas. Así que apagó la cachimba y alejó la gema del señor Peral.

—No sé qué hacer… ya la he cagado tanto que siento que no puedo hacer nada ya… —Tentó una hoja de ortiga ignorando el picor que ésta le estaba causando en la piel—. Dígame usted, ¿qué puedo hacer?

El gnomo se quedó callado. Se levantó por el libro en la mesa y volvió a su posición al lado de la cama. Comenzó a leer el relato que le contaba el sabio. Una y otra vez, movía los ojos para saber lo que escondían esas palabras. Dio un suspiro, movió las macetas de todos los sitios y se recostó en el suelo de madera. Colocó las manos en su nuca y cerró los ojos.

«…ahora duré un mes sin decir nada a nadie…» «Por su culpa, ahora hemos perdido mucho dinero…» «visiones olvidadas». ¿Visiones olvidadas? Podría tratarse de lo que pensaba, de cosas que pasan cuando a uno le da la olvidada. Esa histeria y locura en la que caen todos al pasar los doscientos años. Sin embargo, podría tratarse también de visiones que había olvidado. Pero ¿por qué llamarlas así?

«Por su culpa, ahora hemos perdido mucho dinero». Tenía sentido que el sabio se enojara porque habían perdido dinero. Quizá estaba justificado que lo insultara de esa manera… que insultara a Falco Dronon por perder el dinero. ¿Falco Dronon les hizo perder mucho dinero?

Oda abrió los ojos y vio la mancha de sangre que la tela en su mano contenía, una mancha horizontal. Vio las cicatrices de su mano derecha y luego se miró los zapatos. Si el mayor gnomo de la historia de Jacabaum había hecho un error de tal magnitud y aun así le habían hecho una estatua en su nombre… y la gente lo miraba como a un gran gnomo. ¿A Oda lo podrían mirar así a pesar de sus equivocaciones? ¿El dinero faltante se podría equiparar a joder toda una civilización? Por supuesto. Por supuesto que lo podían mirar de esa forma, necesitaba que así fuera. Aunque debía de hacer algo mucho más grande que lo que el mismísimo Falco Dronon había hecho para que lo miraran y le hicieran su estatua. ¿Quién lo podría mirar ahora que todos eran hielos feos?

Miró la cascada de cabello del sabio. Roy Peral debía tener algo en su librería, algo en sus escritos que pudiera darle la solución a su problema. Quizá así podría buscar más caminos como Falco Dronon había hecho.

CAMINOS

1

Pasaron siete días en los que el ratón no se apareció. En esos siete días Oda revisó de pies a cabeza los libros que guardaba Roy Peral, no limitándose a leer sólo las portadas. Encontró varios libros que tenían el mismo problema que el de hechizos: estaban blancos por dentro. La mayoría de éstos ni siquiera tenían portada, ni siquiera tenían color en la cubierta y tan sólo eran un conjunto de papeles unidos por hilos o por pegamento. Sólo dos de ellos tenían el título escrito en la parte frontal: *Cantos élficos* y *Condiciones para conquistar a un hada* y, muy curiosamente, eran del mismo librero que de donde Oda había sacado el de hechizos.

Oda conocía a esos seres por cuentos humanos; las hadas eran diminutas, con alas que las hacían volar como abejas y habían enseñado a los humanos el arte; los elfos eran altos, más aún que los humanos, y se decía que ellos habían inventado la hechicería. ¿Será acaso que aquel libro era de los elfos? No podría saberlo hasta que el ratón llegara y le develara las palabras como lo había hecho con el libro de Roy Peral.

Más allá de esos descubrimientos, Oda no tenía ni la más remota idea de cómo corregir su error. Cosas eran claras ante todo esto: el ratoncillo enviado por los siete tenía que apurarse a aparecer porque la fruta se estaba pudriendo demasiado rápido. Ahora sólo le quedaban unas cuantas manzanas que había cogido de los mercados de alto rango, ya que las demás tan sólo eran cosas negras y malolientes que escurrían un líquido pegajoso y desagradable. Lo mismo pasaba con el agua, ya que de repente los barriles que Oda abría para hidratarse estaban completamente vacíos, como si el frío se hubiera vuelto calor y hubiera evaporado el líquido hasta desaparecerlo.

Esto era un problema grave a la hora de pensar y no podía seguir así por tanto tiempo. Se apoyaba en su tabaco, el cual le quitaba el dolor de cabeza y lo calentaba aunque fuera un rato. Y también se apoyaba en el sabio del pueblo, Roy Peral, que después de cuatro días hablándole de pronto le empezó a contestar. No tenía sentido que pasara eso, pero como Oda lo necesitaba, ni siquiera se lo ponía a razonar.

—Estoy… estamos bastante jodidos. ¿No cree? —le dijo a la estatua acostada.

Ésta sostenía maravillosamente una pipa en sus pálidos labios helados.

—No quiero hablar de eso —le dijo, con la voz amarga que había estado recordando—. ¿Sabes cómo llamaban antes a los negros?

—¿A los negros? —preguntó Oda.

—Sí. A los negros se les llamaba falcos. Pero eso fue al principio, cuando sólo trabajaban de alumnos de Falco Dronon. Creo que ya lo sabías.

Oda rió y miró de reojo el desorden que había causado en el comedor del gnomo.

—¿Usted cree en los humanos y en las criaturas de sus cuentos?

—Yo sólo creo en lo que veo. Últimamente la gente se cree chorradas magistrales como esas que tú dices. ¿Sabías que todo lo que dice el señor Yaren es falso?

—Creo que todos sabemos eso… o por lo menos yo no le creo. No sé… me da la sensación de que miente para mantener su estatus. Creo que por eso no había querido subir más de puesto… porque pensaba que me convertiría en un… mentiroso de primera como el jefe.

—¿Y por qué te esforzaste tanto en hacer su propuesta?

—No sé.

—¿Y ahora?

—Pienso que me dejaste esta misión para que la resolviera… —Al verse en esta situación, no le quedaba más que creer en esta proposición. No le quedaba más que aferrarse a la idea de que había sido elegido para resolverlo todo, elegido por el sabio y por los siete a través del misterioso ratón—. ¿Verdad? Dime que sí.

—Tú eres el mejor candidato. No lo olvides, siempre lo serás —le dijo.

Oda frotó nariz con nariz, besó cada mejilla casi muerta del gnomo en el lecho y luego chocó frentes con él. A pesar de lo que miraba y sentía al estar cerca de su cuerpo, cuando lo tocaba era bastante cálido. Una de esas plantas que trepaban por las paredes fue pisada por su pie. Oda evadió las macetas marchitas de la habitación y luego salió hacia el comedor. El hipérico y la ortiga muerta sobre la mesa despedían un olor asqueroso, además ya no olía a manzanilla, sino a otra cosa que Oda se había acostumbrado muy rápido. Chillido. El ratón había entrado por la ventana.

—Llegaste —dijo—. Mira, aquí tengo más libros que quiero que hechices como lo hiciste con el diario de Roy Peral…

El ratón se negó moviendo la cabeza de un lado a otro.

—No entiendes, ya no queda tiempo. La comida se está pudriendo y el agua se está desapareciendo.

El roedor gris cerró sus ojitos y los abrió a la vez que movía sus orejas, después corrió hacia la puerta. Oda lo siguió. El ratón apuntó su cabeza hacia la Cueva de los Nuevos, donde claramente Oda no había buscado alimento ni agua.

—No. No quiero volver ahí.

Y luego lo miró. ¿De dónde estaba sacando él el agua? Bien podría ser de un charco sucio como también de ahí, de la cueva.

—¿Y si no hay?

El ratón subió hasta su cabeza.

—Está bien. Pero déjame platicarte sobre los libros.

2

Tas Yaren estaba en el suelo como un animal tomando la siesta. Sus pies sobresalían de la forma ovalada de hielo que conformaba su cuerpo, como lo hacían las manos y la cabeza por la parte superior. El ratón yacía en cabeza de Oda y mordisqueaba sus negros cabellos sudorosos. Se sentó junto a su jefe, le tocó la espalda buscando calidez y un poco de ésta fue lo que su jefe pudo ofrecerle. Sus ojos ahora brillaban como estrellas en las altas horas de la noche.

—Quiero decirle algo. —Tenía una piedra tosca en la garganta que le hacía no poder hablar claro, que le negaba el aire que necesitaba para seguir—. No hay agua, no… hay gente...

Oda le había contado al ratón sobre los libros en blanco y las equivocaciones de Falco Dronon. El ratón lo había escuchado atento, pero no había respondido ni con un solo chillido. Cuando habían llegado a la Puerta Nueva, Oda había entrado con los ojos entrecerrados y la cabeza gacha a la cueva.

Había ido a las tomas de agua para todos los gnomos de la mina, pero al presionar el botón para liberar la presión, unas pocas gotas fueron las que salieron de ahí. Esas mangueras estaban conectadas a la laguna mayor del Bosque de Jacabaum. Y siendo lógicos, quería decir que el agua se estaba agotando en los dos pueblos, tanto el de arriba como el de abajo.

Ahora estaba dentro de la oficina de Tas Yaren, de nuevo. Pero sería la última vez porque había decidido salir de ahí, de la zona subterránea. Abajo no duraría más de una semana sin morir, y sólo había obtenido dos pistas que enlazaban a mitos que le contaba su madre de niño. Nada que pudiera ser completamente real como para basarse en ello.

Arriba todavía quedaban más fuentes de conocimiento. Sin embargo, no estaba muy convencido de que en todo Jacabaum hubiera algo más sobre hechizos y humanos. De todas maneras se estaba agotando el tiempo. Todo permanecía igual de muerto, callado y frío. A lo mucho sonaba su corazón acelerado y su respiración agitada, o eso era lo que él pensaba. El ratón tan sólo se hacía bolita para guardar calor entre sus cabellos.

—¿Qué quieres que te diga? —dijo Tas Yaren con la voz profunda.

De pronto, su pecho retumbó y vibró con una fuerza que no lo hacía. El ratón cayó hasta el suelo, alterado. El jefe rió, grueso y potente, y la piedra que Oda tenía en su garganta había desaparecido momentáneamente.

—Quiero que, quiero que... le quiero dar las gracias. Intentó ayudarme a escapar.

—Me convertiste en una estatua, Oda. Si me estás agradeciendo, lo estás haciendo mal.

—Prometo revertir esto... deme tiempo. —Una arcada se combinó con esa obstrucción en lo profundo de su sistema—. Lo voy a solucionar.

Tragó y su garganta le ardió como si hubiera sido fuego.

—¿Como me prometiste la propuesta de trabajo? —le preguntó—. Ya no tienes agua ni comida y estás más confundido que cuando llegaste aquí la primera vez.

—Tan sólo deme tiempo para solucionarlo... para pensar en propuestas. Ahora sí que voy a hacerlo.

Una gran carcajada rebotó en las paredes de la oficina y la cueva. Oda miró la espalda del jefe; era una espalda monumental, enorme, parecía esculpida por el gran artista que hizo la de Falco Dronon. Eso lo puso nervioso. También miró el letrero de la oficina. Estaba partido en dos cerca de la puerta por donde él había escapado a la Zona Negra. Sólo podía leer: «...cuando los humanos lleguen a someternos».

—Trabaja y trabaja —dijo la voz grave.

—Descansa y descansa —dijo Oda.

Su mano derecha era un puño hacia el frente y su mano izquierda le cubría la oreja. Se levantó y se dirigió a Mic.

—Voy a arreglar también lo tuyo. Te lo prometo.

Y salió. Al hacerlo se sintió mejor. Miró hacia donde estaba la Zona Negra; le inyectó una energía casi tan fuerte como para tumbarlo, una energía potencial que debía ser liberada cuanto antes. Plantó los dos pies en las irregularidades del suelo e inhaló una bocanada de aire.

—¡Voy a buscar caminos! —gritó, a todo pulmón.

Esto hizo que su mente se aclarara y que esa energía se mantuviera a ras. Esto hizo que la piedra en su garganta se rompiera con uno de los mejores picos jamás imaginados. Esto sólo hizo que reafirmara el porqué había hecho todo esto desde un principio. Y se paró frente a la estatua de Falco Dronon. Leyó la frase muchas veces y luego le sonrió.

—No lo haré, buscaré los caminos señor Dronon. Y lo voy a superar, porque yo soy el único que puede salvar a Jacabaum.

Corrió con la seguridad de ir hacia algún lado, y la sensación de libertad, a través de la Puerta Nueva. El ratón iba detrás moviendo sus patas a toda velocidad. Veía a las estatuas de los gnomos de la fila y con cada una miraba una promesa más. Ahora estaba más motivado que antes, ahora volvía a sentir lo que había sentido al robar el libro, lo que había sentido al esconderlo, y lo mismo que había sentido al quemarlo.

Fue a su casa y alistó una bolsa de tela. Metió dentro su hilo y aguja, bastante dinero y su cuchillo. Abrió la puerta con el agujero en la parte inferior y agarró su ropa de baumo con residuos de hilos. La metió a su bolsa también.

Cuando Oda estuvo del otro lado de su umbral, dio un último vistazo a su hogar. Miró la cama con las manchas de semen y olor a ratón, miró las paredes simples y aburridas que habían sido parte de su vida durante veinte años, miró su mesa despostillada hecha de adantín, miró su estufa y el barril con el pedazo trozado. Las cartas con las que solía jugar seguían tiradas en el suelo (una de ellas estaba junto al cofre que había pensado rellenar de algo importante algún día). Y cerró la puerta a sus espaldas con el ratón siguiendo sus pasos.

3

Entró a la casa de Roy Peral como última parada. Dejó la bolsa de tela sobre la mesa, a un lado de las macetas podridas, y tocó la puerta de la habitación.

—¿Oda? —le preguntó amargamente.

—Vengo para despedirme.

—Pasa.

Se acercó al sabio esquivando las macetas desacomodadas por él. Miró la pipa entre sus labios y se la quitó.

—Déjeme cambiarle el tabaco.

Tiró el tabaco nuevo al suelo y fue hasta al comedor para coger más de su canasta.

—No he podido limpiar ni siquiera la mía, pero deje se la lleno.

Oda puso las hojas en la cazoleta, luego las apretó con el pulgar para que entraran lo más que pudieran e hizo lo mismo con la suya. Prendió ambas con la gema de calor y le puso la boquilla en los labios al sabio.

—No creo que una de éstas lo derrita —le dijo.

Se puso su cachimba en la boca y fumó, de pie, mirándolo. Bajó las hojas, dio dos inhaladas y se le apagó la pipa. La encendió de nuevo y siguió fumando y fumando hasta que le supo a ceniza. Vació su pipa y luego tomó la de Roy Peral. La vació también y la rellenó.

—Para cuando regrese y usted esté de nuevo de pie, gruñendo. Disfrútela.

Tomó las dos manzanas en la mesa y las puso en su bolsa. Después hizo lo mismo con la gema de calor y con el tabaco. Se colocó frente a los libros que tenía en la mesa.

—¿Cuál de estos necesito?

El ratón subió por la pata de la mesa y los observó. En primer lugar estaba el de *Cantos élficos*, en segundo lugar estaba el de *Condiciones para conquistar a un hada* y el tercero era el del señor Peral. El ratón se bajó de la mesa y se colocó en la puerta abierta.

—Entiendo.

Rellenó su pipa y luego la inhaló. Esperó a que se le apagara para irse definitivamente de ahí. No tardó mucho.

Salieron dirigidos hacia la ruta de la salida de la cueva, a unos cinco minutos de donde estaba la casa de Roy Peral. Era una gran reja de metal custodiada por dos inspectores de careta amarilla. Se suponía que ellos revisaban las intenciones para salir y entrar, pero ese momento no era para que lo revisaran. Tomó ambas puertas de la reja y con su fuerza mágica las separó (doblando los metales que hacían que se mantuviera cerrada). Del otro lado se miraba la escalera de los mil escalones, escalera que Oda no había pisado desde que su padre le había dado aquel dinero.

En ese instante tembló, estaba aterrado de pensar que subiría de nuevo allá arriba, que subiría de nuevo al bosque de Jacabaum. El chillido del ratón, seguido de una nubecilla que salió de su boca, fue lo que lo motivó a seguir.

—Hay muchas maneras de llegar a un lugar, así que no te conformes con sólo una.

Y siguió. Avanzó. Pisando el primer escalón y luego el segundo.

EL PUEBLO DEL BOSQUE DE JACABAUM

1

La primera inhalada de aire fresco fue liberadora, tranquilizante y motivadora, después percibió un olorcillo no muy satisfactorio. En el último escalón de la escalera de la entrada, sus ojos ya se habían acostumbrado a la luz solar natural. Estas escaleras llevaban a una gran doble puerta de oro formada por barrotes delgados y finos. Estos barrotes tenían una distancia de una mano de canto entre cada uno y medían lo que cinco gnomos (uno encima del otro) podrían medir. Arriba, en la parte donde estos barrotes se unían a un arco plano, adornaba una serie de diamantes. Las puertas estaban rodeadas por unas rejas de la misma altura sostenidas por columnas de piedra maciza.

La doble puerta se encontraba cerrada por el medio por varios seguros rectangulares y les precedía una puerta trasera de sus mismas magnitudes, pero de hierro. Estas puertas asombrosas y costosas eran custodiadas por quince inspectores de careta amarilla, puestos estratégicamente en la plazuela entre las escaleras y la puerta.

Miraban al frente, imitando una pose que les venía bien con su estado actual: congelados. Hacían doble fila con algunas estatuas honoríficas de gnomos mineros pasados y se organizaban en hileras de cinco: dos hileras paralelas y perpendiculares a las puertas y una horizontal y paralela a las mismas (a pocos pasos y enfrente de ellas). Cada uno con sus piar en el cinto y manos hacia atrás, pies rectos y juntos y firmeza perfecta. Oda pensaba, como muchos otros que habían leído cuentos antiguos, que parecían darle bienvenida a algún rey poderoso luego de la batalla victoriosa contra el reino vecino.

Caminó entre los inspectores pensando todo el rato que lo voltearían a ver y le reclamarían su condena. El ratón movía su hocico y los miraba. Rodeó a los cinco inspectores paralelos a la salida y cuando llegó a la doble puerta cerrada, miró los primeros seguros de amarillo reluciente.

Asió las dos puertas y tiró de ellas. Los seguros se deformaron sin mucha resistencia como si hubieran estado hechos de pan recién horneado. Cuando abrió aquellas puertas doradas, miró las siguientes y verdaderas puertas de seguridad. Tenían unos seguros similares, pero estos a Oda le costarían más. Lamió sus labios secos, preparó las manos en ambas rejas y jaló. Esta vez fue más tardado, sin embargo, no le fue de mucha dificultad hacer esto. Los seguros se partieron en varios pedazos peligrosos que salieron disparados hacia todos lados. La inercia fue tanta que terminó abriendo las puertas en el sentido contrario a la bisagra, rompiendo el mecanismo y dejándolas inservibles. Una de ellas se venció mientras que la otra por poco corrió el mismo destino.

Avanzó por los senderos de piedra que conectaban las puertas con el bosque. El maravilloso Bosque de Jacabaum era conocido por los siete pueblos por ser el único en donde crecía el adantín: una especie de árbol abundante, duradera y con flores y hojas color morado. Así que cuando el gnomo estuvo de frente a esos maravillosos árboles, esperaba ver su resplandeciente color impregnado en el camino.

Eso no fue lo que sucedió. Sus rojas escleróticas parecían reventar y las acompañaban sus impresionados ojos de negras pupilas. Las flores estaban ahí, en las ramitas de aquellos árboles, y las hojas, alargadas y despeinadas, las escoltaban. Sin embargo, ya no eran moradas, sino de un rosa pálido y aburrido. Las ramas estaban gachas, tristes y dobladas hacia los caminos labrados. Y las flores cerraban su belleza casi al completo, apuntando hacia el suelo y esperando a caer muertas. Además de eso, y a pesar de pegarle el sol directamente en la piel, Oda seguía sintiendo frío.

No todo estaba tan perdido, porque se alcanzaban a mirar algunos árboles llenos de vida y energía a lo largo del camino. Algunos árboles que habían logrado sobrevivir al gélido ambiente que Oda había causado. Cabe añadir que una que otra ave volaba hacia su nido, uno que otro insecto escalaba sus ramas y la sutileza del viento circulaba por la naturaleza del bosque. Pero esa era la parte que aún conservaba lo bello de Jacabaum, lo que Oda esperaría imaginar al ser nombrado en la conversación el Bosque de Jacabaum.

La mayoría de los árboles que sobresalían durante el camino eran los árboles que había mirado al principio; aquellos árboles caídos, tristes, secos y moribundos. Estos los acompañaban cadáveres de hormigas en un cementerio llamado hormiguero, pájaros inertes cerca de su nido tirado por el vencimiento de una hoja seca y ciervos mosqueados y putrefactos arrepentidos por mascar lo que no debían. Ciervos mosqueados poco antes por insectos voladores ahora pereciendo en la podrida hierba que podía brotar de los suelos secos.

Oda humectaba sus labios con las gotas de saliva que lograba generar, mientras sus ojos parpadeaban más rápido de lo normal para no quedarse áridos. A la vez que avanzaba por ese mortífero sendero, ocasionalmente miraba hacia los lados, esperando encontrarse estatuas gélidas mirándolo, acechándolo. Se dio un abrazo para sentirse mejor.

Tenía que ver exactamente lo que le había sucedido a la laguna mayor que suministraba agua a la cueva. Se paró enfrente de ella y observó que los cientos y cientos de litros que acostumbraba a mirar (tan sólo en su superficie) ya no estaban. Apenas tenía agua y había bajado su nivel en una cantidad estúpidamente ridícula. Ahora parecía un delgado río en una abismal zona de tierra que se secaría en cualquier instante.

Oda se abalanzó hacia ese hilito de pobre agua cayendo desde lo alto del borde. El ratón saltó antes y corrió por las paredes terrosas. Y entonces Oda tomó y tomó de aquella agua por minutos hasta saciarse. Cuando su cabeza dejó de dolerle, su cuerpo dejó de pedirle y su mente se puso más segura, miró las algas secas derrochadas en la tierra y los peces muertos en la desolada zona.

Algunas ranas estaban patas arriba, siendo devoradas por gusanos, mientras que algunas libélulas revoloteaban erráticas por encima de sus cuerpos. Estos animales despedían un olor que le provocó arcadas, arcadas que tuvo que detener estrujándose la nariz con la mano. Decidió retomar el camino. Tenía que ser rápido ahora que veía su problema extenderse más allá de la cueva, ahora que se daba cuenta de la escala del hechizo.

Al divisar la primera casa habitada por gnomos, apresuró el paso y se paró frente a la puerta. Por lo general este tipo de sencillas casas en el borde del pueblo tenían forma de seta por una tradición (tradición de la cual Oda desconocía el significado). Sus techos eran redondos y de color rojo con manchas blancas y solían tener dos ventanas circulares: una delante y otra atrás. Tocó la puerta.

2

—¿Hola? —El ratón se subió a su cabeza—. Hola —repitió Oda. Su garganta amortiguó la peste y tosió de asco. Un ave sonó en los cielos, pero su gorjeo no era para nada bello. El sonido se alejó y se alejó hasta quedar el bosque en un silencio incómodo—. ¡Hola! —exclamó.

Entró. Era una casa bastante pequeña como para ser de la orilla de arriba. Tenía las paredes limpias y el suelo pulcro. En una de las paredes había cientos y cientos de pipas ordenadas y colgadas de un hilo, como una exposición de algún mercado dispuesta a venderlas. Avanzó por la casa de quien sea que viviera ahí y miró su comedor con varias manzanas muertas encima. Seguramente éstas olían fatal, pero no tan fuerte como lo hacían los cadáveres de afuera. Al parecer a esa persona le gustaba tocar la flauta, porque había una flauta encima de un sillón de tela a la derecha de la mesa. Al acercarse para verla mejor, el rabillo del ojo detectó lo que no quería (pero a la vez sí) detectar.

Una gnómida hermosa estaba corriendo hacia la mesa, siendo perseguida por un gnomo risueño. Ambos probablemente de su edad. Se acercó a verlos. Tocó la cabeza de la gnómida con las mejillas en forma de bola, los ojos con grandes pestañas y la cara de ignorancia sobre lo que sucedía con los trabajadores de la cueva. Luego miró la del gnomo, con una barba larga y fuerte y una boca grande y feliz. Frotó narices con ellos en afán de pedirles perdón. «Llegó hasta aquí», pensó.

—Necesito agua. ¿Tienen ustedes?

Las figuras no respondieron, pero el ratón brincó de su cabeza y se dirigió a la cocina. Ahí, un gran barril de agua se dejaba ver. Oda caminó hacia allá y lo abrió con sus dedos. Esperaba que tuviera aunque fuera tantita y tuvo suerte de que estuviera a la mitad. Abrió las gavetas de la cocina y encontró una cantimplora de adantín. La llenó hasta el tope y la guardó en su bolsa. Luego sacó su pipa, la vació y la cargó. Procedió a fumarla (para quitarse el sabor del bosque), a retirar la flauta y a sentarse en el sofá de tela.

—¿Sabes a dónde tenemos que ir? —le dijo al ratón mientras jugueteaba con la flauta en las manos. Pasó el dedo por los agujeros en el tubo una y otra vez—. Tenemos que apurarnos… —Inhaló fuerte y sacó el humo por la nariz. Cerró los ojos y quedó recargado en el respaldo lo suficiente como para despejar su mente. Después, el hedor le puso los pies en la tierra—. Sólo conozco otras dos bibliotecas en Jacabaum. Una de ellas está en mi escuela y la otra es la que tiene el gobierno… —Prendió la pipa que se le acababa de apagar e inhaló otra vez—. Pero no creo que la de mi escuela tenga libros de hechicería y humanos más allá de los cuentos. Y la otra, la del gobierno, está en el sur, y tampoco sé si podamos encontrar algo ahí. No sé si nos dé tiempo de ir para allá viendo cómo va la cosa… ¿eres un enviado de los siete no? Ayúdame a decidir.

El ratón gris salió de la casa e indicó con la cabeza hacia el norte.

—¿Para allá? Mi escuela está hacia el este.

El roedor mantuvo su posición y chilló.

—No quiero ir para allá, así que si tienes una mejor opción, te agradecería que me la dijeras.

Oda se levantó. ¿Qué había allá? Todo derecho estaban los territorios Senner, al noroeste el centro del pueblo y al norte el Cuartel de Exploración.

—¿Crees que en el cuartel haya algo? —le preguntó—. No sé muy bien sobre los cuarteles, pero estoy seguro que… —Se le apagó la pipa en los labios, pero no se molestó en prenderla. Su cabeza acababa de recordar algo, algo sobre una biblioteca—. ¿Dices que vayamos a Norda?

El ratón chilló desenfrenado al oír esa pregunta. Oda no estaba muy convencido de ir hacia el norte, pero dada la situación actual, no se le ocurría una mejor idea.

3

El humo que exhalaba lo reconfortaba del caos que miraba a su alrededor. Mientras avanzaba, esos champiñones con puerta y ventana (que contenían mirones de hielo) cada vez eran más. Si se detenía a pedirle perdón a cada uno de ellos nunca acabaría, así que bastaba con caminar rápido y hacer de cuenta que sus miradas no le afectaban.

El ratón le lamía los cabellos como otras veces, pero en cuanto miró el primer manzano en buenas condiciones no hubo nada que lo detuviera. Subió por el delgado tronco sólido de aquel árbol y trató de tirar una rama con varias manzanas arriba (las de abajo ya estaban podridas). Oda se acercó y tomó una redonda y rayada manzana roja. Se quitó la pipa de la boca y la guardó en su bolsa. Después le echó un poco de aliento olor a tabaco a la fruta, la pulió con su sudorosa ropa de minero y le soltó un mordisco abismal. Casi no le sabía, pero se la terminó rápido y sin tapujos.

Se oyó algo caer, Oda volteó y vio al ratón tirado encima de una manzana.

—Hace mucho que no comías una de éstas. Qué gustillo, ¿no?

Prosiguieron su camino con el estómago satisfecho y la bolsa de tela llena de manzanas (ya no cabría un alma más dentro de esa voluptuosa bolsa). A medida que se acercaban, los árboles se iban mirando más vivos, la fauna recuperaba su gran movilidad y el olor fétido se esfumaba a sus espaldas. Los pájaros cantaban alegres y daban comida a sus adorables crías con el pico lleno de gusanos. Oda se sintió mejor.

Cuando comenzó a hacerse de noche, Oda miró el cansancio que tenía el ratón en su cabeza y apresuró el ritmo de su caminata hasta llegar al centro del pueblo. Ahí mero, en el centro, había un árbol gigante de adantín de unos miles de años que, según decían, había sido el regalo de los siete a Jacabaum.

La Posada de los Pétalos Morados era el nombre que recibía la posada a los alrededores del enorme árbol, en la cual podían dormir los visitantes de otros pueblos por un par de días. Cuando Oda divisó aquella reliquia, corrió a pesar de su cansancio y dos mapaches anunciaron su soledad ante ese mundo condenado. El primero de ellos era gris con blanco y se había posado en la ventana abierta, luego salió otro de color más obscuro. Miraron a Oda con esa enigmática forma que hacen los mapaches; no tardaron mucho en huir corriendo.

El gnomo rompió la cerradura con el puño y entró a la casa de viajeros. Avanzó por el vestíbulo en estado de alerta, donde otra pareja de mapaches invadía la propiedad como ladrones. Se lanzó hacia la ventana correteándolos por el suelo para que se escaparan. Y así lo hicieron, o casi. Y es que uno de ellos le metió un rasguño por la espalda que hizo que gritara y despertara al ratón, que brincó de su cabeza, asustado. Oda tuvo que actuar lo más rápido posible para que ningún animal lo oyera.

Allá arriba había muchos peligros para su amigo, los búhos eran uno de ellos. Muy tarde en darse cuenta, porque dentro había un búho gris escondido en lo alto del reloj de péndulo, que al oír el chillido del ratón se lanzó con las garras abiertas hacia su pobre compañero. Oda dio varios puñetazos al aire que sólo alcanzaron a conectar una vez y que lo tumbaron contra el suelo. El ratón alcanzó a meterse en un hueco de la pared contraria a la ventana.

—¡Quédate ahí! —exclamó Oda.

Sacó la gema de calor, tomó la pata de una mesa en el vestíbulo y la prendió. Después abrió la ventana. Hizo unos gestos con las llamas por toda la sala que sacaron a otro búho de su escondrijo. Cuando estuvo seguro y cuando la madera se había quemado, fue a las afueras y recolectó varias ramas para seguir espantando a los intrusos. Entonces indagó en cada parte de la posada: la cocina, las habitaciones y el comedor. Cerró las ventanas y puertas de todos lados y volvió donde estaba su amigo.

—¿Estás bien? Ya puedes salir, pero quédate a mi lado que uno pudo haberme engañado.

Se sentó en una de las sillas del vestíbulo y comenzó a fumarse su pipa. El humo que había generado en toda la casa le hacía lagrimear y le picaba la nariz. También tenía seca su boca, así que mientras sostenía y gozaba del humo de la cachimba, sacó la cantimplora y se tragó el líquido de sopetón. Esto le quitó esas incomodidades.

4

Oda estuvo pensando esa noche sobre su padre; un gnomo de muchos negocios y relaciones que siempre solía recoger a sus invitados de allí, de La Posada de los Pétalos Morados. Recordaba cómo su padre jugaba cartas con ellos hasta altas horas de la noche; cómo su madre permanecía ahí, esperándolo, mientras vigilaba que su pequeño hijo no se hiciera daño jugando con las ramas de un árbol.

Miró aquel reloj de péndulo, donde una vez casi se había quedado atrapado entre sus paredes de madera tratando de jugar al escondite. La silla en la que estaba sentado era la misma silla en la que se sentaba su padre cuando esperaba a sus amigos. Pero ahora no estaba ahí, ni él ni su madre.

Al morir su madre, su padre se la pasaba cada vez más seguido en la posada, como si no le importase que su hijo estuviera sufriendo la pérdida más importante de toda su vida. Lo llevaba a la fuerza para que no estuviera solo, y al entablar conversación con cualquiera de sus amigos, todo estaba perdido.

Recordaba mucho a un amigo de su padre, un señor del pueblo de Halo que siempre le traía un nuevo paquete de cartas para que jugaran. Era amigable, divertido y era con el que Oda se la pasaba mejor. También recordaba a más gnomos y gnómidas, de los cuales sus nombres no se había memorizado, de los cuales sus caras no se había aprendido.

Miró una pintura en la pared, la pintura del árbol más viejo sobre un fondo azul. Esa pintura no había estado ahí todo el tiempo, sino que fue después de cierto día que Oda recordaba haberla visto. Fue uno de esos días cuando ya no lo dejaba ir su padre. Estaba encerrado en su casa, aburrido de hacer la tarea de la escuela, y fue cuando se coló por todas las pruebas de seguridad para ir a las calles del pueblo y ver lo que se estaba cociendo en la posada. Recordaba haberse asomado por la ventana, recordaba haber visto ese cuadro nuevo en la pared, y después, recordaba a su padre riendo con alguien. Estaba riendo con una señora, reía como cuando hablaba con su madre. A partir de ese momento, ese cuadro le causó cierta aversión, una aversión que compartía hacia aquella señora. Desde ese día, Oda dejó de ir para el centro del pueblo, trató de evitar cualquier conversación con su padre y se centró en estudiar. Como no se suponía que debía haber estado ahí, no tenía derecho a reclamarle a su padre sobre lo acontecido.

Cuando fue a hablar con Roy Peral, cuando miró a la anciana sentada leyendo un libro... Claro, ahora estaba más vieja pero ¿no era ella la que su padre trataba de ocultar? Nunca había visto su cara, tan sólo había mirado su espalda y nuca, pero estaba casi seguro de que era ella. ¿A qué había ido esa señora cuando él estaba en casa de Roy Peral?

Su tabaco se acabó y removió el dinero en su bolsa para buscar más. Esa noche no iba a dormir si seguía pensando en esas cosas.

EL CUARTEL DE EXPLORACIÓN

1

El ratón lo había despertado de la silla frente al cuadro y habían salido de la casa (con la cantimplora y la panza llenas de agua) hacia el Cuartel de Exploración. Entonces, con el ratón en su cabeza, Oda avanzó hacia la orilla del bosque.

—Ayer no pude dormir...

El ratón se movió sosteniendo un pedazo de manzana en su hocico. Luego lo mordisqueó. Oda se calló y miró el cielo. Ahora ningún ave revoloteaba más y eso significaba que ya estaban cerca de la orilla.

Esa orilla era la más importante de Jacabaum, porque era la única conexión que tenía con los demás pueblos; de ahí venían todos los extranjeros que querían conocer las flores moradas, incluyendo a los grandes sabios nordianos, que solían darse un tiempo para apreciar la belleza de los árboles y arreglar uno que otro asunto político cuando se necesitase.

Después de caminar por el Puente del Mar durante varios días (dependía mucho del viaje) cada extranjero debía hacerse un estudio. Algunos decían que el estudio era para decidir si pasaban o no a interactuar con los demás gnomos. Su padre le había dicho que era para saber si no había peligro de infección por el líquido que expulsaban las ventosas de las *fobor*, Tas Yaren le había dicho que era un simple procedimiento metódico sacado de algún mito humano.

Junto con ese cielo despejado de vida (poco a poco se volvía de un color obscuro) un aroma a pescado comenzaba a aparecer. Era un aroma fuerte y, mientras más se acercaban, más fuerte era.

El muro de color negro se miraba a la lejanía, lo cual era señal de estar en territorio de los exploradores. Este muro se extendía por toda la parte norte del bosque y rodeaba una gran estructura de muchos y muchos pasos que era llamada Cuartel de Exploración. Centinelas la custodiaban las veinticuatro horas del día y era muy conocido el castigo por ser atrapado por uno de ellos: la desaparición. Y eso era lo que todos temían al acercarse a los terrenos del gobierno, por ello nunca había gente que no perteneciera al cuartel rondando por ahí. Los centinelas tenían el mismo entrenamiento que los inspectores, solamente que su área de trabajo era la de proteger el cuartel. Portaban máscaras negras y blancas y tenían arpones y ballestas en su cinto.

Oda se paró. Si los centinelas estaban todavía vivos lo capturarían en segundos. Sopló con fuerza y se dio cuenta que la nube blanca seguía saliendo de sus entrañas. Continuó. Como supuso, los centinelas estaban esparcidos cada dos pasos (como figuras de algún juego de estrategias) protegiendo la muralla, sólo que ahora se encontraban rígidos y posiblemente muertos. Oda estaba seguro que dentro de aquel cuartel se encontrarían los procedimientos para ir a Norda.

Llegó hasta esa barrera de rocas negras que le impedía pasar, donde un portón medía casi tres veces lo que la puerta de la entrada a la cueva. Empezó a saborear ese olor a marisco tan característico, que pocos gnomos (incluido su padre) habían sido dichosos de experimentar en su comedor. Entonces dio una patada al portón, donde dos centinelas bastante altos aseguraban con sus ballestas la entrada. Ésta necesitó de tres patadas para romper los seguros.

Dentro le era imposible no oler aquel apestoso mar peligroso. El ratón movía su nariz olisqueando y olisqueando al ambiente, a la vez que Oda hacia el esfuerzo por no taparse la nariz.

El gnomo avanzó por ese sendero, ahora negro, donde se podía mirar la fachada del cuartel en su máximo esplendor. Ésta era parecida a la entrada de un castillo de los cuentos de humanos con las murallas rodeando como las ciudadelas de los cuentos de elfos. Tenía muchas torres de vigilancia a los costados de los muros, varios pisos con altura tremenda y ventanas sin vidrio. Toda la estructura estaba hecha de *corasi*, una piedra negra muy resistente que se encontraba en Norda. El gnomo había visto una vez en su vida aquella edificación ya que, a menos que tuvieras autorización de los gobernantes del bosque, estaba estrictamente prohibido pasearse cerca. Este gran día en el que Oda miró el castillo sólo pudo lograrse debido a que su padre había pedido el permiso para despedirse de su familia antes de su viaje a Norda.

El gnomo miró la entrada de aquel gran castillo negro que se extendía y se extendía hasta el horizonte de su izquierda y derecha. Esta entrada no tenía puerta y sólo yacía un centinela con los pies en su sitio mirando a la nada como todos lo hacían. Pasó de él y entró.

En el vestíbulo había un gran tránsito de personas. Todas ellas aparentaban caminar hacia sus respectivos lugares de trabajo o hacer fila para sellar sus papeles de exploración. Las había en su mayoría con los uniformes de los centinelas: una ropa de una sola pieza que mostraba unas olas en todo el pecho. Las otras personas eran posiblemente viajeros, algunos más altos, más chaparros o con cosas extra en la cara y el cuerpo. En las paredes, ordenadas y puestas minuciosamente, pinturas espectaculares adornaban la gran sala y la hacían verse como un cuartel de exploración debería de hacerlo. Éstas tenían a los mejores exploradores de la historia del bosque con una leyenda debajo describiendo todas sus hazañas.

Enseguida Oda fue a la recepción, donde una pequeña ventanilla dejaba ver a la persona encargada de esto cerca de la entrada. Averiguó la forma de meterse a tal lugar. Cuando la encontró, lo primero que buscó fue un mapa del cuartel. En este cuartito había libreros especializados ordenados de acuerdo a las exigencias que el gnomo del otro lado pedía. «Mapas» estaba al lado de «Personal» e «Inventario». Ahí, leyendo todo tipo de títulos exactos como *Mapa de la Zona de Árboles Sagrados* y *Mapa de la Zona Centro* Oda encontró un libro pequeño llamado *Cartografía actual de la historia gnomil con croquis de lugares importantes.*

Se sentó en el suelo, se lamió los agrietados labios y lo revisó. El ratón se bajó de su cabeza. La primera página tenía todo el mapa del mundo dibujado vagamente. Los siete pueblos rodeando Norda (Jacabaum, Halo, Raitara, Las Islas Frías de Kiyu, Lamat, Petl y Kalos) siendo rodeados a su vez por el mar de bestias (donde según Tas Yaren había un pueblo de humanos escondido). Al dar vuelta a la página había un mapa detallado de todo Jacabaum. Era redondo, donde al noreste estaba la cueva, al este las escuelas, al sureste las granjas, al sur los árboles sagrados y los edificios del gobierno y al oeste estaban las minas menores y el pueblo. Como parte más central estaban los territorios Senner y en una fracción mínima al norte se encontraba el cuartel, que era el único espacio completamente pegado a la orilla con el peligro de las bestias marinas en su máximo esplendor. También estaba dibujado el Puente del Mar como una delgada y fina línea que se perdía en las desconocidas aguas saladas.

Dio la vuelta hasta buscar lo que necesitaba y ahí se miraba un croquis del cuartel. Señaló con el dedo índice el vestíbulo y luego trazó una línea imaginaria sobre un pasillo, pasando por lo que sería la cocina, la herrería, la bodega, hasta llegar a la sala de preparación, antes del laboratorio. Entonces sacó la pipa, le renovó el tabaco y comenzó a fumarla. Después se colocó el libro entre el brazo y el torso para dirigirse a donde creía que podía encontrar algo.

2

Caminó entre los pasillos del castillo evitando mirar a las estatuas, estatuas gélidas que parecían haberse estado moviendo y moviendo de un lado a otro, posiblemente haciendo las misiones encargadas por los altos mandos del cuartel. Cuando llegó, miró la puerta con el letrero «Sala de preparación» y la rompió de una patada.

Dentro había papeles en pizarras y exploradores oyendo a un caudillo dándoles órdenes sobre el siguiente plan de ataque. También había mesas con piezas de madera que indicaban sus siguientes pasos. Oda miró la posición de aquellas piezas y trató de entender lo que sucedía conforme a las órdenes de la pizarra. Básicamente su misión era la misma que él sabía que hacían: meterse al mar desde ciertos puntos del puente y tratar de obtener muestras para el laboratorio y el consumo gnomil. Vio en otra pizarra que ponía:

Pasos básicos de cualquier misión

Mentalizarte sobre tu posible muerte.
Saber los planes y salidas de emergencia de memoria.
Conocer tu equipo de herramientas y siempre llevarlo en perfectas condiciones.
Poner atención a las órdenes del jefe.

¿Qué clase de equipo había que llevar? El gnomo buscó en otras pizarras algo que dijera acerca del equipo que había que ponerse para el viaje. Vio un pequeño librero con un libro chiquito llamado *Guía del cadete de mar número cuatro.*

Lo cogió y se sentó lo más lejos que pudo de las estatuas a las órdenes del jefe. Se la pasó todo ese día leyendo y leyendo sobre los planes y procedimientos que tenía a la mano. Al terminar, sacó su cantimplora y se acabó el agua. Tenía sueño, pero no podía esperar a dormirse hasta no tener todo listo para su gran salida.

Guardó el librito en su bolsa, se colocó el libro de cartografía entre su brazo y su torso y se dirigió al laboratorio pensando en todo lo aprendido hasta ahora. Según lo leído, era indispensable tener un escuadrón de mínimo cinco gnomos y un «traje incinerable» para ejecutar cualquier misión correctamente. Después había que preparar el equipo de herramientas adecuado para cada tipo de misión. Con ese conocimiento esperaba conseguir uno de esos trajes incinerables en el laboratorio.

3

Cuando entró, lo primero que notó fue lo perfectamente limpias que estaban las paredes. Su ropa asquerosa destacaba considerablemente y a cada pisada dejaba huellas de mugre en el blanco e impecable suelo brilloso.

Buscando una zona donde hubiera ropa, caminó por varias secciones del laboratorio. Éstas tenían puertas de un grosor parecido al de la Puerta Nueva y unos letreros encima de cada una que anunciaban la sección. Eran varios departamentos de tecnologías variadas que Oda hubiera estado encantado de conocer si no hubiera tenido la prisa que tenía en ese momento.

«Tecnología de vestimenta», leyó. Y decidió echar un vistazo. Era una sección enorme, donde varios gnomos se encontraban trabajando en unos huecos en la pared, a las orillas de una mesa larga y alta. En ésta Oda podía mirar por lo menos mil prendas de ropa dobladas y ordenadas por colores (los colores coincidían con los colores de los huecos en la pared de los gnomos del laboratorio).

En la prenda más cercana ponía «Experimental veintisiete» y era de un color rojo anaranjado. Y mientras el gnomo revisaba las demás prendas, brotaban nombres peculiares como: «Experimental doce y medio» en una ropa color azul claro o «Experimental cincuenta y dos, versión trece» en una ropa gris obscuro parecida a la de los negros. Buscó de entre estos experimentales hasta hallar alguno que dijera «incinerable» o algo parecido. Una hora fue la que tardó en revisar cada prenda del lugar sin encontrar lo que buscaba. A la hora de revisar por segunda vez la mesa, escuchó un ruido. Primero fue un chillido, que causó que el gnomo buscara en su cuerpo al ratón, después fue un rugido familiar.

El ratón entró acelerado y como una inocente criatura alejándose de su depredador, dejando huellas de mugre a su paso. «¿Qué es lo que sucede?», pensó Oda. Empezó a oír los chiclosos y resbalosos pasos de una de las bestias, las cuales había rezado a los siete para no encontrar.

«¿En serio me están haciendo esto?», dijo en su mente, dirigiéndose hacia arriba con una mirada al techo. Esto hizo que su corazón retumbara apresuradamente dentro de sus costillas y le provocara un leve dolor en el pecho. Dejó el libro de cartografía encima de una de las prendas y se apresuró a cerrar la puerta recargando la espalda contra ella (ya que había roto la cerradura para entrar).

—¿Qué pasó? —dijo al ratón.

Éste subió por su pantalón y se le puso en la cabeza. Oda oyó cómo la bestia avanzaba pegando sus tentáculos por la pared aledaña. Buscó con la mirada alguna salida por la que pudiera escaparse, pero estaba completamente sellado. ¿Qué hacía esa cosa ahí? ¿No se suponía que las tenían bajo control los exploradores? Y luego imaginó unas estatuas, congeladas y pasivas, mirando al mar lleno de peligrosas bestias que escalaban los bordes. Dejó de pensar en ello.

Cerró los ojos, respiró hondo y trató de bloquear los recuerdos que le estaban llegando. Vio a su padre agarrando un palo de adantín y lanzándolo con una fuerza implacable hacia los tentáculos de una fobor. Oda apretó los ojos para no recordar. Pero estos recuerdos solamente llegaban más a prisa con los golpes chiclosos a la puerta. Recordaba estar frente a aquella cosa, tirado y completamente mareado, tocando los hierbajos con fuerza para no caer vencido, pero sin hacer otra cosa más que estar de espectador ante aquella atrocidad.

El ratón chilló, y eso fue lo que hizo que Oda saliera de aquella pesadilla. Cogió la bolsa de tela que había dejado en la entrada y trató de agarrar la ropa que estaba ahí dentro, la ropa de baumo. Alcanzó a sacar el librito y tirarlo al suelo, sin embargo, la bestia comenzó a hacer ese pitido molesto.

—¡Agh! —gritó.

Soltó la bolsa para llevarse las manos a los oídos. El suelo comenzó a moverse en círculos, primero lentos, pero conforme pasaban los segundos era más brusco todo. La puerta recibía aventones. Oda trató de aguantar. Cada aventón era más fuerte y lograba romper la bisagra un pelín más. Esto pasó unas diez veces hasta que el metal no resistió el último impacto. El gnomo, junto con la puerta entera, salió disparado hacia el borde de la mesa. El ratón logró brincar y ponerse encima de una prenda color amarillo, Oda cayó con la desventaja de no poderse parar de nuevo.

El pedazo rectangular estampó contra el suelo e hizo retumbar los oídos de Oda aún más. Él se giró y miró el cuerpo baboso y gris de la bestia. Tenía ventosas grandes y rojas, repartidas por los tentáculos que brotaban del centro como ramas de árbol y por los cuales podía moverse por el suelo. El ratón corrió encima de los trajes experimentales hasta el otro lado del cuarto. Oda no podía hacer nada, tan sólo recordar.

El palo que su padre había aventado había dado de lleno a la bestia, había hecho que explotara en varios trozos y que el pitido dejara de sonar. Había logrado que aquellos tentáculos soltaran a su madre, a Nara Senner. Recordaba cómo se desplomaba, ese segundo en el que caía, sin atisbos de vida. Ese momento de paralización en el que su padre terminó dándole cachetadas en la cara cuando ya estaban de nuevo dentro de su casa.

4

El bicho de los tentáculos se le lanzó a Oda queriéndole dar una especie de abrazo mortal. Pero Oda seguía en ese trance del que era muy poco probable que saliese. El ratón chillaba y corría acercándose de nuevo a Oda. Le mordía los pelos y le arañaba los cachetes para que reaccionara, mientras que la bestia seguía haciendo esos horribles pitidos, estrujándolo con sus tentáculos asesinos.

El ratón corrió hacia la bolsa, sacó la ropa de baumo con los dientes e hizo que uno de los tentáculos de la fobor lo tocara. Esto causó que la bestia explotara y que el pitido dejara de ser el problema. Oda seguía paralizado y el sonido de muchas más bestias se acercaban al laboratorio. El ratón procedió a coger la ropa morada y ponerla en la entrada. Luego se subió a la cabeza de Oda y le jaló los cabellos. Bajó por su cara y se metió dentro de su boca abierta. Trató de alcanzar la campanilla. El gnomo dio arcadas, muchas arcadas, hasta que recobró el sentido.

5

¿A dónde había ido la bestia? Oda no lo sabía. Se quitó unos cuantos pelos de la boca y vio cómo una de aquellas bestias entraba por la puerta, pisaba la ropa de baumo y moría, esparciendo su sangre negra por la sala. El ratón se subió a la mesa del laboratorio y regresó con una prenda en la boca.

—¿Qué...?

Oda seguía temblando y su respiración estaba agitadísima. Asió la prenda, una de cubierta color morado, y se levantó. Cogió la bolsa con el dinero dentro, luego la ropa cubierta de sangre y salió de ahí. Los rugidos de las bestias le causaron un dolor de cabeza que no podía más que aumentar por su sed y su hambre. ¿Por qué en ese momento? Corrió mientras aún quedaba libre el paso, con dos bestias siguiéndolo por detrás, y se metió a la herrería.

Movió varios yunques y los apiló para no permitir la entrada a nadie indeseado. Se sentó recargado en una pared. Tenía hambre y tenía sueño. Sacó las dos últimas manzanas de su bolsa.

—¿Quieres? —le preguntó al ratón.

El ratón no dijo nada, aun así, Oda le dejó una manzana en el suelo. Dos minutos después el roedor ya se había bajado a mordisquearla.

—¿Y ahora…?

Se estaba quedando sin fuerzas. Tal vez el ratón sabía algo (o quería que supiera algo). Tragó un pedazo de manzana y luego se lamió los labios. Miró la herrería; había una serie de herramientas encima de una mesa delgada y olía a metal y nada más que eso. Trató de levantarse para echar un vistazo cerca de ahí, pero la mano con la que había agarrado la prenda morada estaba dejando de responderle.

Embarró el líquido de su mano y de su cara en la ropa que traía puesta y se levantó con la otra mano. Se puso a investigar algo que le pudiera servir hasta que sus fuerzas no lo dejaron más. Lo único servible que encontró fue un arpón con punta de madera. Los demás eran picos y cosas inservibles de la vida cotidiana. Buscó el libro guía y se dio cuenta que no lo llevaba consigo. También recordó que el libro de cartografía lo había dejado en la mesa de las prendas.

Miró la prenda que le había dado el ratón. Era morada y, si bien recordaba, tenía como nombre «Experimental nuevo». Parecía estar hecho de hojas de adantín, pero cuando lo miró bien se dio cuenta que estaba conformado por pequeños trocitos de yarenia.

—Necesito descansar —le dijo al ratón.

Oda se acomodó como pudo en el suelo y rezó a los dioses para que las fobor no entraran ahí.

FUGAZ

1

Un fuerte frío recorrió la piel desnuda de Oda. Sus piernas fueron las primeras en sentir la baja temperatura, le siguió su espalda y acabó por hacerlo su nuca. Cuando despertó, molesto y para nada descansado, su ropa había desaparecido casi al completo. Tenía una parte de tela mugrosa cubriéndole la pierna derecha y otra tanta su muñeca izquierda, de lo demás no había quedado absolutamente nada.

Trató de levantarse, pero el adormecimiento de su mano derecha era tanto que cayó sobre su hombro. Cuando observó su mano, la venda que cubría su herida ya no existía. Había perdido tiras de piel y al intentar doblar los dedos insensibles, estos no respondían. Fue por un poco de tabaco de su bolsa, o lo que aún quedaba de ella, y sólo unos retazos de tela corroída por el veneno negro habían logrado apañárselas para no extinguirse.

Tomó la ropa de baumo y se vistió con ella, junto con los zapatos espiral (sus pies compartían la desgracia de estar helados) y la capucha. Se comenzó a calentar. Sacó la pipa, la cargó y la encendió con la gema de calor. Ese dolor de cabeza debía parar ya, debía parar antes de que el sonido de las bestias le quitara la poca paciencia que estaba teniendo ahora mismo. Dio una inhalada. Su boca apenas producía gotitas de saliva y cuando el humo le entró, la lengua le ardió entre las grietas que se habían formado en ella. Trató de sacar el humo por la nariz, pero un ataque de tos por la garganta reseca hizo que un tanto de éste se colara por la boca y le lastimara más la lengua.

Mientras hacía esto, se percató que el arpón que había cogido tenía una pequeña parte en el mango hecha de adantín antes del cabo. Se parecía a la punta hecha de madera de la que se había dado cuenta antes. Dio un suspiro y apagó su pipa con un dedo de la mano mala, claramente la pipa no le estaba ayudando a resolver su problema. Se levantó y frunció el ceño, en seguida se dio unos golpetazos en la frente con la base de la mano como si quisiera sacar algo de dentro de su cerebro por alguna de las orejas.

—Joded. Joded —susurró. El dolor en su boca se incrementó—. ¡Maldidión! —gritó.

El gnomo oyó un leve chillido salir de las herramientas colgadas a las orillas de las paredes. El ratón fue corriendo desde el extremo de la herrería hasta un lado suyo y se le quedó viendo con las patitas traseras sosteniendo su peludo y sucio cuerpo.

—¿Por qué diempre te vad? —El gnomo frunció el ceño y se apretó la frente con la mano buena—. Ven aquí.

Se puso en cuclillas para que subiera por su mano; el contacto de su palma con el pelaje despeinado lo irritó. El ratón escaló hasta su cabeza y se metió dentro de la capucha.

—Me diento... —le dijo, pero la frase fue interrumpida por un golpe a la puerta.

Uno de los yunques de por en medio de la torre que obstruía el paso se movió e hizo tambalear la torre completa. Esto fue seguido de otros golpes chiclosos que tiraron la pila de yunques y poco a poco abrieron la puerta.

—Tenemod que idnos de aquí.

Oda fue por sus cosas y buscó dónde ponerlas. El dinero ya no le serviría, así que lo tenía que dejar para moverse con mayor facilidad. Su gema, su cuchillo («¿Por qué no se acordaba que lo había llevado consigo?», pensó) su hilo y aguja y lo poco que quedaba de su tabaco fueron a dar a sus bolsillos morados. La pipa la sostuvo en su boca apretándola no sólo con sus labios, sino con la fuerza de su mandíbula. La cantimplora lo envolvió en la ropa experimental y la abrazó con su brazo derecho. Con la mano izquierda tomó el arpón y esperó a que la puerta se abriera.

Afuera sonaban ruidos de las bestias juntándose, Oda pensó que esos ruidos ya estaban antes, pero no podía verificarlo, y mientras sucedía esto, también aumentaban los golpes a la entrada. Parecían haber unas cinco bestias amontonándose para entrar y comerse al único gnomo que había ahí.

En el momento en que los yunques cayeron e hicieron un ruidazo, Oda (asustado y con los ojos cerrados) apretó el mango del arpón. Para cuando miró el primer tentáculo salir de la gruesa puerta de metal, se había paralizado de nuevo. De sopetón, dos bestias se escurrieron por la ranura que hacía la puerta y abrieron los tentáculos para comerse a Oda. El ratón brincó hasta la delgada mesa de herramientas y fue a la pared contraria de la herrería.

Oda empuñaba el arpón, pero no era capaz de mover ni un solo músculo. La fobor más cercana tocó el arma con una ventosa, acción que acabó por causarle una gran explosión desde dentro. La explosión esparció la piel gelatinosa y gris de la bestia por la herrería, junto con una enorme cantidad de baba negra (que parecía ser gran parte de su relleno) y unos órganos desconocidos envueltos en tinta. Ahora la herrería había adquirido una pinta asquerosa y había cogido un aroma a pescado que, de no ser por la adrenalina de estar a punto de morir, hubiera provocado arcadas al gnomo minero.

Esto hizo que Oda reaccionara y soltara su arma junto con su pipa. La segunda criatura corrió el mismo destino que la primera, porque tocó con uno de sus tentáculos el arpón en el suelo, generando la misma reacción. La misma baba negra que le había echado a perder su mano y su ropa le manchó toda la prenda de baumo, cubriéndole casi al completo la parte frontal. Entraron más bestias que explotaron de la misma forma. El ratón chilló y Oda se quitó un poco de esa baba del rostro con la mano insensible. Una gota le había entrado al ojo y quería removérsela.

—¡Ven! —gritó.

Tras varios intentos cogió su pipa escurriendo de sangre de fobor. Ahora sintió cómo su lengua sacaba sangre. Volteó a ver a la mesa al no recibir respuesta alguna y vio cómo el ratón estaba aterrado. Se había hecho bolita detrás de un pico oxidado y temblaba como si tuviera un frío del demonio.

—¡Ven! —repitió.

Esta segunda vez Oda empezó a irritarse como cuando vio a su padre con esa señora. Si seguía hablando su lengua iba a reventar. ¿Podía esa bola de pelos ir de una puta vez? El amigo roedor fue corriendo luego de ver cómo Oda se encaminaba a la salida. Se trepó por su tobillo, subió hasta su cabeza y el gnomo lo miró.

—Vámonod de aquí anted de que vengan mád.

Por el momento no oía criaturas, por lo que era su oportunidad perfecta, y posiblemente de las pocas, para salir de ahí a buscar un chorro de agua. Ya en los pasillos su mente no recordaba una mierda de lo que venía en el libro de cartografía; su mejor opción fue meterse a cualquier puerta y mirar si por ahí tenían aunque fuera un poco de ese líquido maravilloso.

La primera puerta que se encontró fue la del laboratorio, pero al echar un vistazo dentro se percató de los muchos enemigos que había por ahí revisando. Así que corrió antes de que supieran de su existencia y se metió en la siguiente puerta del pasillo, la puerta de la bodega.

2

El ruido que hizo al romper la cerradura de la bodega fue tan escandaloso que probablemente lo habían oído las bestias de tentáculos. Sin embargo, ¿qué más podía hacer? Esa parte del cuartel creía pensar que era la más grande de todas porque no sólo tenía cajas con ropa nueva (donde probablemente había esa ropa incinerable que buscaba en un principio), sino que había alimento y, por supuesto, agua.

Dejó la ropa y la pipa en el suelo y fue corriendo a romper aquellos barriles de agua con el arpón. Se atragantó con esa bebida tanto como su cuerpo lo necesitó, y sentir el líquido entrar y mojar su lengua, humectar su garganta e ir directo a su estómago le fue maravilloso; eran litros y litros que curaban su jaqueca y su estrés. Llenó su cantimplora hasta el tope y luego se echó otro barril entero encima, necesitaba quitarse esa baba negra de todo el cuerpo. El ratón también fue purgado por este medio yaciendo encima de su cabeza.

Buscó algo donde poner cosas y equipar más. En esa búsqueda empedernida encontró cajas llenas de fruta. La mayoría era fruta en mal estado, seca, negra y muy parecida a la que había mirado antes en el bosque. Pero las pocas que se salvaron fueron engullidas por él y por el ratón en un santiamén.

Encontró una bolsa con dos asas que podía colgar en sus hombros y que cubría su espalda. Ahí cabía a la perfección todo lo que llevaba y también cabía una ropa incinerable como las que necesitaba. Cuando iba a guardar la prenda experimental miró cómo estaba manchada de la baba negra, baba que poco a poco iba carcomiendo la tela por debajo de los huecos de la cubierta de yarenia. Así que rápido (y con mucha pena) se dispuso a lavarla con agua para evitar que se deshiciera. Sin embargo, al apenas tocar el agua, de la prenda brotó un sonido que espantó a Oda. Quién sabía los experimentos a los que esa ropa se había sometido; Oda no quería exponerse a ellos. La dejó en el suelo y la limpió con su mano derecha lo mejor que pudo. No había sido un trabajo perfecto, pero ya le daría tiempo para coserla más tarde.

Aquel baño rápido de hacía un momento no le había quitado todo el veneno ni a él ni a la prenda. Así que se desnudó, temblando en el proceso, y lavó la prenda por completo; después él también se bañó. Mientras secaba sus prendas con el calor de la gema vio que la ropa de baumo no se había deshecho como las otras. Este fenómeno tenía una explicación bastante simple: el adantín era la debilidad de las fobor. Y como su ropa de baumo estaba entintada con flor de adantín, podía resistir el veneno sin problemas.

¿Pero de qué le servía eso si no reaccionaba a tiempo? Sus manos seguían temblando y sabía perfectamente que no era por frío. Su mente seguía recordando ese maldito momento en que su madre fue asesinada. El ratón estaba aún comiendo manzanas, ahora él era el único amigo que le quedaba. Y si no podía protegerlo a él, ¿por qué demonios estaba haciendo todo eso? Era sólo proteger a un ratón y se paralizaba por ello... ¿de dónde mierda había sacado las fuerzas para robar al sabio y retar a los inspectores? La imagen del juego de cartas en la casa de Falco Dronon se le vino a la mente. Había que buscar caminos, había que buscar formas...

3

Se colgó su nueva bolsa, se vistió con la ropa de baumo (la incinerable podía esperar) y se fue de ahí como loco buscando la salida hacia el mar. Sabía dónde estaba el sur, así que lo único que debía hacer era caminar hacia el lado contrario e ir esquivando posibles lugares peligrosos. Y todo iba bien, todo iba como quería que fuera, hasta que los caminos se le cerraron. Las fobor lo rodearon y su cuerpo otra vez se paralizó.

«No, no», pensaba.

Las bestias se acercaban a él haciendo ese estúpido pitido que lo mareaba. Se cogió del hombro de una estatua de hielo para no caerse, pero el suelo daba unas vueltas bastante agresivas y acabó por caer con mucha facilidad.

Los pitidos llamaron a las demás bestias; pronto se encontró rodeado de unas veinte grises y asquerosas bolsas de baba negra. El ratón no hacía más que chillar y vibraba junto con el trémulo cuerpo del gnomo. Una de ellas lo atacó por detrás y otra por enfrente: la que le llegó por atrás lo tocó y explotó, la del frente logró succionar con sus ventosas a su amigo ratón. El gnomo giró de la sorpresa. El roedor comenzó a chillar desenfrenado, asustado, moviendo sus patitas de un lado a otro sin obtener resultados satisfactorios.

Más bestias venían por enfrente y el gnomo (con su parálisis mental) no movía ni un músculo. El arpón estaba ya en el suelo y sólo podía observarlo con sus pupilas dilatadas. Las bestias habían logrado meterse en el pasillo y habían generado una distancia entre el ratón y él.

—¡No! —gritó.

Su cuerpo se comenzó a mover por su cuenta, muy pero que muy lento. El pitido asqueroso no dejaba que se pusiera en pie, y mientras, los chillidos del ratón penetraban en su corazón como picos en rocas. Por atrás lo perseguían, por delante se interponían, y parecía que su único propósito era no dejar que rescatara al único ser que le quedaba. Los chillidos le dolían hasta el tímpano y los pataleos del ratón poco a poco dejaban de tener la fuerza del inicio.

Una de las bestias lo abrazó por detrás y explotó al instante. Otra de ellas hizo lo mismo. Sus vísceras salieron disparadas hacia las paredes del pasillo. Cuando su vista dejó de estar nublada de negro, se dio cuenta que el ratón ya no estaba en la ventosa; los pelos que la fobor succionaba se habían deshecho con el veneno y el ratón había caído.

Muchas explosiones sucedieron, en las que las bestias se redujeron a sólo una, una bestia que perseguía al ratón por el pasillo con charcos negros. Ésta ya no hacía los pitidos, así que Oda se levantó y con su fuerza mágica corrió hasta el ratón. La ropa de baumo tocó a la amenazante bestia y explotó. El ratón, sin dudarlo, se subió por la ropa de Oda y llegó hasta su cabeza.

Corrió por el tropel de bestias que se avecinaban, haciéndolas explotar en mil pedazos con su ropa y aumentado la velocidad con su fuerza mágica hasta lo que creía que era la salida del cuartel. Según el manual, ahí era donde se disponían las diez salidas al mar. Miró los altos arcos de las puertas de adantín, puertas que debían de estar protegiendo el cuartel del peligro de las bestias. Ahora estas puertas estaban desplomadas y cubiertas de la tinta negra, permitiéndole a los bichos pasar sin problemas por encima.

La zona techada antes de los arcos medía unos cincuenta pasos de ancho y se extendía lo bastante como para sólo poder mirar las primeras tres entradas a cada lado. Las entradas tenían números arriba anotados en letreros; de cada una salían innumerable cantidad de bestias. Si Oda podía contar bien, las bestias eran más que la misma gente de ahí.

Oda no esperó a que se le amontonaran como en el pasillo y corrió hacia la más cercana, la número cuatro. Varios abrazos le fueron dados y explosiones fueron emitidas, los chillidos empezaron a sonar y Oda se tapaba los oídos para amortiguarlos aunque fuera un poco.

Subió por la puerta babeada número cuatro y corrió a través de ella con cuidado de no resbalarse y caer por los pitidos. Atravesando esa salida, su nariz sintió el verdadero olor a mar (nunca en su vida lo había experimentado) y observó el borde enorme que dividía la tierra del acantilado.

Divisó aquel «Puente del Mar» y corrió hacia él con la bolsa chocando repetidamente contra su espalda y el ratón en su cabeza. Las bestias marinas lo perseguían de todos lados y salían cada vez más de las orillas del abismo.

Después de explosiones de tinta negra, Oda llegó al famoso puente. En ese momento su alma pudo descansar aunque fuera unos segundos, ya que los bordes y las vías centrales del puente estaban hechos de adantín, donde podía refugiarse de los tentáculos asesinos.

4

Corrió lo suficiente como para que las bestias ya no pudieran alcanzarlo sin cometer suicidio. Decidió sacar un poco de agua y tomar. El viaje duraba aproximadamente diez días, pasando por tres cuarteles intermedios para poder abastecerse. Entonces no bebió mucho por si ocurría un contratiempo.

Depositó al ratón en el suelo y lo limpió lo mejor que pudo con el reverso de su ropa. Se miraba aturdido y distante, esperaba que se le pasara con el tiempo. Oda se sentía débil, sus manos vibraban como abejas y su corazón hacía sonidos fuertes y bruscos.

—Perdón —le dijo, y su voz se quebró al final. Las lágrimas salieron de sus ojos y cayeron como una lluvia triste de nubes grises—. No sabes lo mucho que sufrí hace unos segundos, pensé que no te iba a ver más, pensé que los dos habíamos perdido… —Oda se sentó en las vías de madera, se quitó baba de la cara y lo miró a los ojos—. ¿Sabes qué fue lo peor? —le preguntó—. Que no sabía cómo llamarte. No sabía… —El ratón se acercó y le comenzó a lamer una zona de la mano que no tenía veneno; a Oda le dieron cosquillas—. ¿Te puedo poner un nombre?

Los dos permanecieron callados, oyendo las olas del mar debajo de sus pies y sintiendo la brisa de aquel nuevo clima enfriar sus mentes. El ratón se movió de un lado a otro haciendo una especie de línea cruzada, así que tomó su respuesta como verdadera. El nombre se le vino a la mente en un abrir y cerrar de ojos.

—Ahora eres Fugaz. Siempre te vas, pero siempre vuelves, muy rápido. Parece que siempre estarás.

El ratón lo miró y subió a su babosa palma. En estos momentos, el gnomo minero se sintió el gnomo más suertudo de todos. Tal vez porque estaba vivo, y tal vez porque estaba acompañado.

EL PUENTE DEL MAR

1

Oda y Fugaz, luego de removerse la baba negra lo mejor que pudieron de su cuerpo, caminaron por unas doce horas seguidas sobre el puente. Ahora descansaban sentados en las vías de adantín, vías destinadas a usarse con un carro. Oda tenía los músculos adoloridos y la mano derecha no se miraba bien. Tenía la piel descarapelada y podía mover los dedos lo suficiente como para que se notara.

En este punto del trayecto los sonidos se empezaban a volver raros y misteriosos. Y no eran sonidos como los del bosque cuando anochece, no eran búhos o roedores cazando, ráfagas de viento y ramas chocando, sino que era algo más. Hacían eco y retumbaban en los tímpanos, como si fueran cercanos gritos de la nada, y podían provocar incomodidades debajo de las uñas y por dentro de las encías, que dolían hasta el centro de los huesos. También sonaban los chiclosos intentos de las bestias por subir al puente por los altos cimientos, que simplemente explotaban por tocar la madera, o desistían a la mitad y caían de nuevo a su hogar, provocando chapuzones lejanos todo el rato.

El gnomo había tratado de divisar el límite por el que se extendía el mar, pero parecía haber una parte de obscuridad, similar a la de la Zona Negra, que se lo impedía. Y conforme avanzaban, una niebla le privaba la vista haciendo esta tarea incluso más difícil.

Después de dormir y repetir aquel proceso por dos días, el agua se les había acabado y el hambre no hacía más que molestar. Las brisas, que al principio eran tolerables, se fueron convirtiendo en ventarrones que congelaban al rozar la piel de las manos y la cara. Oda había leído en los manuales que los ventarrones aparecían al entrar a una parte más profunda del puente, una parte cercana al primer cuartel intermedio. También sucedían de noche o cuando Oda tenía sueño, no lo podía saber muy bien.

Unas horas más tarde, encontraron el primer cuartel; era un cuartucho bastante mal cuidado, hecho de madera de adantín y de un tamaño muy parecido al de su antigua casa subterránea. Éste tenía la capacidad de diez camas, donde una estaba ocupada por un centinela de esos de careta blanca (que en esos momentos era simple hielo simulando leer).

Había leña para calentarse en una chimenea de piedra. Oda encendió con su gema de calor la chispa, y mientras se calentaba, buscó comida y agua en las gavetas encima de las cabeceras. Ahí había unos panes rancios y duros que masticaron, sabiéndoles a lo más rico que habían probado. También había muchas frutas, las cuales ya estaban podridas y bastante malolientes. Debajo de las camas había unas bacinicas mugrosas que Oda llenó con todo el gusto posible. Y a los lados había barriles de agua con tazas de metal encima. Saciaron su sed, llenaron la cantimplora y durmieron lo más alejados del centinela de hielo.

2

Al día siguiente se levantaron y siguieron su viaje. Según el manual, la segunda parte era conocida como la parte de la felicidad, donde los peces más sabrosos vivían y el clima era mucho más agradable que en la primera. Fue un gusto pasar esa zona, en la que podían incluso darse la ventaja de ahorrar agua para el trayecto, ya que el ambiente era espectacular porque estaba templado y, por lo mismo, esa zona no tenía vías para carro.

Caminaron por dos días y llegaron al segundo cuartel; era idéntico al primero, hecho de adantín y en un estado mejorable. Esta vez había gente de visita: una formación de mensajería.

Oda miró al primer gnomo de cerca, éste era el jefe, el que estaba al mando, llevando una larga barba hasta el suelo que lo indicaba. Miraba desde atrás, el único de pie, vigilando que los demás gnomos de su equipo (sentados en las camas) estuvieran bien y haciendo lo correcto. Le seguía el que cargaba la leña, con una sonrisa contagiosa y la gema de calor en la mano, una gema que ahora estaba fría y cubierta de hielo. A sus pies tenía leños nuevos que había llevado para abastecer el cuartel intermedio. Todos los demás esperaban a que dijera algo, a que hablara sobre su posible anécdota graciosa.

Después estaba el encargado de las provisiones, con una bolsa llena de posible comida; el médico, que garantizaba curar accidentes durante todo el viaje; y dos «recolectores de bestias», que debían proteger al equipo con sus arpones y ballestas debido a su entrenamiento de caza. Se habían quitado sus máscaras negras y ahora parecían ser muy felices.

Cuando Oda vio de cerca sus cuerpos rígidos, incluyendo sus ropas y sus expresiones ignorantes, se percató que, por lo menos ahí, las gavetas estaban llenas de peces caros y sabrosos conservados en sal. Había una única bolsa que no estaba bajo los efectos del hechizo de muerte, era una bolsa que Oda supuso que pertenecía al jefe porque estaba encima de una cama vacía. De esa bolsa se podía mirar un libro tratando de escapar de la tela.

El gnomo encendió la leña, cogió unos cuantos pescados y los asó en el fuego. Abrió un barril, tomó agua y llenó su cantimplora. Mientras masticaba su delicioso alimento y convidaba al ratón, agarró el libro y se dispuso a leer su contenido. La portada ponía: «Diario de Exploración de Jassel Dogra», un nombre que Oda creía haber leído en las pinturas de la entrada del cuartel. Le dio una ojeada. En él venían escritos los viajes que Jassel Dogra había realizado, con sus experiencias en ello. Pasó las páginas leyendo por encima hasta que miró una parte que le llamó la atención: «…tuve que gastar una incinerada porque uno de esos fobor se lanzó y me explotó en la cara».

Siguió pasándolas.

«…me platicó que se iba a ir de Jacabaum por un tiempo, que estaba cumpliendo una deuda que le tenía. ¡Menudo señor que anda de picarón con las ancianas!»

Y en otro lado, cerca de esas páginas: «Así concluye mi tricentésimo vigésimo viaje a Norda, ahora custodiando al señor Jaxi Senner, que me causó cierta lástima escuchar».

Cuando Oda leyó las siguientes cinco páginas encontró la razón de ese viaje arruinado por la hechicería: tenían que llevar una carta a un sabio de Norda, era una carta de la que no sabían mas que su entrega.

El gnomo metió la mano por debajo de la almohada de cada una de las camas y por debajo de las cobijas, pero no encontró nada. Inspeccionó con la mirada la estructura de madera, hasta que oyó un chillido directo de la bolsa de la que había sacado el libro. En su interior estaba Fugaz bebiendo agua de una cantimplora más grande que la suya.

—Me voy a quedar con eso —le dijo.

Sacó la cantimplora y el ratón se quedó dentro de la bolsa vacía. El gnomo tomó casi al completo el líquido, ya que la sal de los pescados le había causado más sed, y se quedó más que satisfecho. La dejó en el suelo para que el ratón bebiera de ella.

—¿Crees que mi padre esté vivo? Ahora no entiendo nada de lo que leí. Y no me creo que él haya dicho semejante estupidez, si su terreno está en Norda. Ni siquiera le gustaba ir a recibir a sus amigos al cuartel, mucho menos irse de ahí… —El ratón chilló y dio varios lengüetazos a la cantimplora—. Si ellos son estatuas...

Se acostó en la cama más alejada y se miró la mano derecha. Intentó moverla, ahora podía hacerlo mejor. Y se quedó dormido, tratando de no pensar de nuevo en su padre. Tras una hora, durmió con sueño reparador.

3

«Aita Kass» fue el nombre con el que sus labios se quedaron al despertar. Se levantó de sopetón repitiéndolo para tratar de recordar.

Estaba en la casa, estaba dándole a su padre una especie de carta. Recordaba haberle preguntado quién era aquella señora; su padre le había contestado que ya no había necesidad de que fuera a la posada con él, que ya era lo suficientemente grande como para quedarse solo. ¿Por eso había ido aquella noche a escondidas a la posada?

Se masajeó la cabeza, prendió su pipa y se preparó para irse de ahí. No podía hacerlo sin antes acercarse a los cinco sujetos de hielo. Se sentó junto a la chimenea y sacó la gema de calor de su bolsa. Frotó la madera con ésta y prendió al instante.

—¿Están molestos conmigo? —les preguntó.

La luz de las llamas le molestaba la vista, así que miró el rostro del gnomo de pie. Era bastante mayor, pero no tanto como Roy Peral.

—¿Qué fue lo que hiciste para que estuviéramos molestos? —dijo el jefe, mirándolo directo a los ojos.

—No. No ha acabado. Bueno, sí. Sí acabó.

—No te entiendo.

—Les prometo que los ayudaré. Y cuando tenga la respuesta, les podré cumplir su último deseo, el de calentarse.

—¡Fugaz! —exclamó. El roedor entró por la puerta respondiendo al llamado de su nombre—. Nos tenemos que ir.

Cogió su bolsa, metió algunos pescados dentro y salió de ahí. Estaba preparado, más que preparado para la siguiente sección. Era la sección vacía, donde no había absolutamente nada y sólo un frío se sentía calar hasta los huesos, un frío incluso peor que el frío que había aguantado en la Cueva de los Nuevos.

Justo esa noche Oda no había logrado dormir por el incómodo y congelante clima y los sonidos cercanos de la lejanía. Se incorporó y decidió de una vez por todas coser su ropa experimental. Sacó el hilo, la aguja y la ropa. También su cachimba, que enseguida se puso a fumar y lo hizo entrar en calor. La prenda era de una sola pieza, donde tenía que meter los pies por la parte de la cintura y hacer lo mismo con su torso y las mangas. Así, la abertura en la espalda baja se cerraba con unos broches especiales que permanecían juntos al contacto. Mientras la cosía se daba cuenta que calentaba bastante bien, entonces decidió que podría ponérsela después de enmendarla.

El ratón se hacía bolita y dormía a unos pasos de Oda, lo cual no se le hizo raro, ya que solía alejarse a quién sabe dónde cuando vivía en su casa allá en la mina. Cosiendo, ya cansado, pasando la aguja de un lado para el otro infinidad de veces, se pinchó el dedo índice de su mano buena.

—¡Fyfars! —dijo, en silencio.

Sentía que debía hablar así de bajo en un lugar tan tranquilo como ese. El pinchazo lo mareó un poco. Llevó su dedo a la boca y trató de chupar la sangre que salía de ahí. Continuó con su trabajo luego de ello.

El humo del tabaco lo calentaba, pero dejó la cachimba a un lado para que no se le agotara su única fuente de calor y distracción. Se centró en remendar la ropa para no enfriarse tan rápido. Cuando pensó que estaba lista, o quizá cuando se hartó de las manos entumecidas, se la colocó encima de la ropa de baumo. Un susurro se le metió a la oreja derecha y lo hizo saltar de escalofríos. Su mente le estaba jugando una mala treta. Se encogió de hombros y se recorrió la capucha hasta el tope. Durmió.

Al caminar por otros dos días, la bolsa de Oda se comenzó a rasgar debido al rastro del veneno de las bestias. Se detuvo a descansar y a tratar de coserla.

El ratón seguía en el plan de caminar a unos pasos frente a él, generando una distancia notable entre el gnomo y rozando la niebla constantemente. Oda cavilaba sobre el nombre de Aita Kass.

4

Guardaron un poco de agua y llegaron al último cuartel intermedio. Oda corrió como animal hambriento y se metió dentro. Cogió unas hogazas de pan duro de las gavetas de madera y luego prendió la leña en la chimenea.

Después de comer estaba increíblemente exhausto, y al acostarse para dormir miró que el ratón estaba extraño. Se movía enérgico y trataba de quitarse algo de encima. Luego corrió por la puerta en dirección a Norda, alejándose de Oda rápidamente.

—Fugaz —dijo, bajito, pero el ratón parecía no hacerle caso—. ¡Fugaz! —dijo más fuerte.

Se apresuró para alcanzarlo, pero al ponerse de pie tan de golpe su cabeza dio vueltas. Oda abrió la puerta apenas logrando seguir al ratón con la mirada. Corrió por las vías de madera hacia la niebla para encontrarlo.

Los chiclosos pasos se oyeron a continuación, las bestias fobor habían llegado hasta allí. Una de aquellas horrorosas bestias había capturado al enviado de los siete con sus ventosas. El ratón pataleaba como aquella vez en el cuartel, Oda se volvió a paralizar. La bestia parecía debilitarlo y el ratón pataleaba menos con cada segundo. La fobor dio un paso sobre el borde de madera, con ello una explosión que hizo que el ratón se liberara. Esta explosión despertó a Oda, que corrió hacia él con intenciones de atraparlo. Pero el ratón parecía no querer estar con él, y con tal de esquivar sus palmas con cicatrices, aumentó la velocidad y se lanzó desde el borde del puente.

El negro, con el corazón saliendo de su pecho, no lo pensó dos veces y corrió hasta la orilla, asustado por el hecho de que su amigo se hubiera lanzado directo a la muerte. En sus dos ojos mágicos se procesó la imagen de Fugaz cayendo lentamente hacia la salada agua, mientras él no podía alcanzarlo con su mano estirada.

—¡Fugaz! —gritó.

Se asomó para observar la fatal caída. Una de las bestias escaladoras lo había succionado con una de las ventosas de sus múltiples tentáculos. No era lo suficientemente grande como para alcanzar al ratón con la mano, así que corrió hacia el cuartel con las fuerzas que la adrenalina le había otorgado.

Buscó con la mirada las camas y encontró su bolsa. Vertió lo que había encima del colchón y cogió lo primero que encontró: su cuchillo. Fue de regreso con la posible última oportunidad que tenía de hacer ese viaje menos lamentable. No obstante, sus piernas flaquearon. El cuchillo se le cayó de las manos y se fue por el mismo borde por el que su amigo hacía unos segundos se había ido.

Su rostro, ahora asomado mirando la fatídica escena, vio cómo la bestia despegaba sus ventosas que ya no podían sostenerse, una a una. Plop, plop, sonaban, plop, plop, decían a su pobre amigo. Oda tentó con la yema de sus dedos la madera que cubría la orilla del puente. Con los últimos rastros de la fuerza mágica en su cansado cuerpo arrancó un pedazo de madera de adantín del borde.

Luego, lo más rápido que pudo sin que se le resbalara de las sudorosas manos, lo bajó hacia su amigo tocando a la bestia. Hizo que Fugaz se agarrara de ahí antes de que la gravedad y el impulso de la explosión lo fueran a tirar de una vez por todas. Al subirlo y sostenerlo con su mano, el poco de baba negra que había ido a dar al borde no protegido del puente (al que el gnomo había arrancado la madera) hizo que Oda resbalara. Cayó con el ratón en su mano izquierda, rezando a los siete por el perdón de todo lo malo que había hecho.

5

La caída le pareció espantosa porque su cuerpo había girado quedando de espaldas al mar, lo cual sólo empeoraba las cosas. Oía cómo las demás bestias salían a la superficie salada y ponían sus tentáculos al cielo, dispuestos a comerse al último gnomo de la historia.

No tenía más fuerzas para siquiera defenderse de unas cuantas bestias antes de caer ahogado y ser su cadáver devorado. Sintió cómo su espalda se mojaba y solo esperó a que su cuerpo se sumergiera para siempre. Pero no fue así. Y es que su cuerpo sólo se había mojado de la espalda, y permanecía ahí, en ese mismo lugar, sin que la gravedad lo afectara más. ¿Qué estaba pasando?

Su pierna fue atrapada por uno de los tentáculos. El gnomo no podía más que quedarse ahí, de espaldas, mirando al cielo con la niebla cubriéndolo todo. Abajo del todo los susurros eran más que penetrantes, ya que parecían venir desde el centro del mar y chocar contra los tímpanos de Oda. Sin embargo, también sonaba algo más, muy bajito, como si fuera un chorro de agua diminuto. Giró la cabeza hacia los lados, pero todo parecía igual, cubierto de niebla y con olor a sal. Se dio cuenta que el chorro parecía provenir de su espalda.

El ratón en su mano estaba inconsciente, Oda lo protegió con sus palmas resistiendo el ataque de las bestias desde el mar. Si esto continuaba así, las bestias podrían darse un festín con su cuerpo.

«¿Qué mierda hago?», se preguntó.

Una de las bestias lo agarró por la cara y comenzó a sumergirlo lentamente hacia su muerte. Otra lo agarró de la otra pierna e hizo exactamente lo mismo. El gnomo se sumergía por más tentáculos que pegaban sus ventosas alrededor de sus miembros. La única mano que aún podía proteger a Fugaz, la extendió lo más que pudo hacia arriba, mientras su cuerpo descendía hacia las profundidades.

Su nariz inhaló un poco de agua, sus ojos le ardieron y se pusieron rojos y su mano estaba cediendo a la fuerza de las fobor. Y salió disparado hacia arriba como si hubiera brincado. La gravedad pareció no afectarle porque su cuerpo se seguía elevando como si algo lo empujara desde la espalda, desde los tríceps, desde las caderas y desde las pantorrillas.

Las cinco bestias que Oda cargaba con su cuerpo se colgaban y apretaban fuerte para no caerse. Trató de quitarse a la bestia que le cubría los ojos mientras tosía una fusión de tinta con agua salada. Al mirar que ya estaban llegando al puente, decidió apretar su frente y forzar los dientes, esperando que con eso se frenara la subida.

Las bestias iban cayendo de una en una hasta pronto dejar a Oda libre de moverse, lo cual causó que pudiera agarrarse del borde con su mano mala y esperar a que su cuerpo bajara. Depositó al ratón en el suelo mientras sus piernas estaban apuntando hacia arriba, siendo impulsadas por los chorros de agua que provenían desde su ropa; su mano era torturada por el esfuerzo del agarre.

Caminó con las manos por el borde del puente hasta llegar al cuartel intermedio. Arrancó un poco de la madera, como había hecho minutos antes, y con ello pudo sostenerse para no elevarse hasta donde los siete dormían. Hizo fuerza hacia abajo esperando no caer de nuevo, sus brazos lograron que su cuerpo tocara tantito el suelo. Luego, el chorro de agua que expulsaban sus piernas se extinguió y Oda cayó como peso muerto golpeándose la cadera.

Se quedó en el suelo unos segundos hasta que pudo recobrar el aliento. Se limpió la baba y el agua de la cara y miró cómo su ropa experimental estaba empapada. Los ventarrones enfriaban su cuerpo y le habían hecho que comenzara a temblar.

Entró al cuartel intermedio y depositó al ratón en la cama. Se quitó la ropa experimental y prendió la leña para calentarse. Se puso la ropa incinerable para aguantar el frío y dejó la ropa empapada cerca de la fogata. Durmió.

6

Al despertar trató de mover su mano derecha, pero ésta había sido lastimada de nuevo. Luego miró a Fugaz tomando un descanso a unos pasos suyos. Todavía seguía inconsciente y a Oda le empezaba a preocupar. Lo sostuvo en sus manos y lo acarició con el dedo índice por el lomo. El ratón se movió tantito y a Oda se le dibujó una sonrisa por ello. Lo acarició de nuevo y el ratón empezó a moverse extraño, de un lado a otro, su cuerpo parecía querer explotar y sacar desde dentro algún ente demoníaco.

Lo dejó en la cama para que no se cayera de sus manos y éste se retorció por toda la superficie blanda dando vueltas y vueltas sobre sí mismo. Oda lo miró con las pupilas dilatadas y le pareció oír algo.

«Gin Mac», sonaba atenuado en su mente. Y un sin fin de imágenes le aparecieron una tras otra, encimadas y sin sentido, acompañadas de un sin fin de emociones que su cerebro no podía entender y su cuerpo no podía soportar. Salió del cuartel de madera, del lado vacío, aterrado y con las manos en la cabeza, apretándola fuerte, casi tanto como para rompérsela. Gritó mientras estas imágenes llenaban sus ojos, imágenes de muertos, heridos, sufrimiento y hechicería. Se arrodilló contra la piedra haciendo caer una gota de sangre que venía desde su nariz. Las imágenes no paraban de entrar sin alguna salir. Hasta que se detuvo.

El gnomo se tiró al suelo y se extendió a lo largo boca arriba. En un abrir y cerrar de ojos las imágenes desaparecieron de su cabeza, las emociones se esfumaron de su cuerpo y su mente quedó con esas palabras en lo más profundo de su ser.

«Gin Mac», decía, en el fondo.

Tardó una hora en recuperarse, y cuando entró al cuartel, sólo cavilaba encima del colchón de la cama. Miró la ropa que traía, la ropa incinerable. El explorador había dicho que había quemado la ropa incinerable para eliminar veneno. Entonces Oda quiso experimentar algo y cogió la gema de calor. La frotó en su manga izquierda y esperó.

Una llama incendió la ropa, una llama que curiosamente no se extendía por toda la tela. Además, no quemaba ni a la ropa ni a él. Y si era cierto que el fuego eliminaba el veneno de las bestias, podía serle de ayuda en un futuro.

Levantó la ropa experimental, ya se había secado. Con los dedos tocó las menudas piedras de las que se conformaba la cubierta. ¿Esto era en lo que trabajaba la familia de Correa? Había absorbido y expulsado el agua de mar a chorros de presión. Se levantó, abrió uno de los barriles del cuartel y sumergió dentro la ropa de yarenia. Ésta hizo un sonido de chorro, se le escapó de las manos y salió disparada para todos lados revoloteando por el cuartel. Tras cinco golpes en las paredes, cayó en la cama de al lado.

Los pasos chiclosos volvieron, seguidos de una explosión. Si no se daba prisa, las vías de madera que aún quedaban terminarían por cubrirse del veneno, y las bestias lo alcanzarían. Se quitó todas las ropas, se puso la ropa incinerable abajo, luego la ropa experimental y al final la de bosque. Se colocó la bolsa de doble asa al frente y sostuvo al ratón en su mano izquierda. Por último, decidió que era buena idea llevar un barril en su brazo derecho. Salió.

7

Más pasos chiclosos confirmaron su teoría y una de las bestias de tentáculos se mostró saliendo de la niebla. Caminaba sobre el veneno de sus iguales, cubriéndose de las medidas de seguridad que los gnomos habían construido y los pocos tablones de madera que conformaban las vías. Oda corrió hacia él, tratando de esquivarlo. La bestia explotó, manchando al gnomo de ese líquido negro que tanto daño hacía.

Usando el pitido asqueroso como una señal, otras bestias aparecieron en su camino, haciendo que Oda tuviera que ingeniárselas para no tocarlas. Esquivó a unas quince bestias a través de ese camino baboso que peligraba su estabilidad. Pero más bestias aparecieron, muchas más, haciendo a Oda imposible cubrirse de aquellas explosiones que desgarraban tentáculos y lanzaban órganos para todas direcciones.

Su cuerpo se sentía baboso, asqueroso y con una pizca de olor a pescado. Entonces corrió, corrió por toda esa baba negra, esquivando a las bestias que le iban apareciendo desde la niebla. Hasta que resbaló por los pitidos y el suelo baboso. Con la caída se le cayó el barril y con su fuerza lo rompió tantito. Una fuga de agua comenzaba a salir de él.

Una bestia lo tomó de su brazo derecho, sumergiendo una parte suya en tinta. Otra de ellas se lanzó y explotó enfrente de su cara, probablemente por haber tocado parte de su capucha. Sus ojos quedaron nublados hasta que se quitó la tinta de la cara. Cuando el gnomo trató de levantarse, otra de estas horripilantes cosas surgió de la niebla y lo aprisionó con sus cinco tentáculos, abrazando su cuerpo. Además, el pitido no le era de mucha ayuda y la mano que sostenía a Fugaz estaba perdiendo fuerzas.

El barril seguía vertiendo su contenido en el suelo y él no podía lograr levantarse del charco de sangre que lo aprisionaba. Comenzó a oír el chorro de agua y aguantó. Luego levitó.

Unos chorros como los de la otra vez causaron que Oda se moviera directo hacia arriba, sin ninguna duda. Se movía rápido y constante, y se percató de que la ropa estaba expulsando agua desde su espalda, desde su pecho, desde su cadera, desde sus piernas y desde sus brazos. Como había llegado a pensar, la fuerza era tanta que había perforado la ropa de baumo sin problemas. La bestia que lo ahorcaba pronto perdió sus fuerzas para sostenerse y cayó, ocultándose en la niebla que rodeaba a Oda en el aire.

Trató de avanzar con sus brazos, como si estuviera nadando, en dirección a Norda. Y cuando hizo esto, su ropa comenzó a expulsar agua en la dirección contraria, dándole un impulso para lograr su cometido.

Estuvo levitando durante dos horas sin peligros de bestias. Descansaba en el aire con un frío notable (a pesar de vestir las tres prendas) y una sed y hambre que lo debilitaban aún más. No podía beber de las cantimploras porque el veneno había roto las asas de la bolsa. Había tenido que llevarla en su brazo izquierdo que, a su vez, sostenía al ratón con la mano buena.

El olor a marisco dejó de ser lo más relevante, ya que su nariz percató otro olor en el aire, uno natural, uno como el que podía emitir cierta roca de las minas: la falaquera. Era cálido y ligero el aroma, era un aroma diferente, era un aroma que esperaba que pronto se hiciera más notorio y le quitara las náuseas del otro. La niebla se concentraba cada vez menos, se había debilitado y permitía a Oda darse cuenta que estaba a un paso de su objetivo, a un paso de Norda.

Un tenue rayo de sol irradió su rostro y se sintió feliz de ello. Se sintió feliz de ver aquella intensa fuente de vida apareciendo en su trayecto. Los grandes árboles palacio fue lo primero que se mostró; las verdes hojas de éstos llegaban más arriba del nivel al que estaba el gnomo minero, llegaban incluso hasta un punto donde se perdían de su vista mágica. Al mirar abajo, pudo notar cómo había uno que otro alto árbol cercano que se asomaba.

La ropa había estado bajando su nivel de presión y se había empezado a secar, tal vez porque las reservas de agua se estaban agotando. Oda supuso que cuando llegara estaría más cerca de la superficie y podría bajar sin problemas. Aunque no se confió y trató de forzar su llegada lo mejor que pudo cuando la luz del sol empezó a ser directa y empezó a cegarlo, haciendo fuerza hacia el suelo para que la ropa le hiciera caso como antes había sucedido.

Su ropa hizo lo que Oda pensó, bajando más rápido de lo que había subido. Pequeños chorros de agua lo empujaban desde su espalda hasta llegar a un punto donde Oda cayó de golpe. Su caída no fue larga, porque estaba a pocos pasos de los techos de corasi del Cuartel de Exploración Sur de Norda.

ENTRADA A NORDA

1

El gnomo descansó en aquel techo por unos cuantos minutos, cerrando los ojos y esperando a que su vista se acostumbrara a tal cambio de luz. Pasó la lengua por sus deshidratados y carnosos labios, luego se pasó la mano derecha por los mismos y rozó la carne con las yemas dañadas. Su piel estaba cálida, su rostro también.

Oyó a un pájaro revolotear a su alrededor, olió la falaquera (que formaba parte de los adornos de los tres árboles palacio de Norda Sur) y sintió con ello seguridad. Había llegado, estaba ahí, pero era momento de seguir su camino. Se levantó con los ojos todavía cerrados e inhaló una cantidad de aire desmesurable.

El aire ligero y liberador entró por las fosas del gnomo minero, infló sus pulmones hasta el tope y salió gentil, suave, como recordaba que el aire hacía en el pueblo, e incluso en la cueva. Trató de abrir los ojos, pero seguían sensibles, entonces pensó que podría cubrirse de la luz con la bolsa de tela que había dejado tirada.

La buscó con los pies a tientas, la recogió y la utilizó como escudo contra los rayos solares. Abrió los ojos y miró el techo negro que estaba pisando: estaba formado por ladrillos del tamaño de su planta del pie y se sentían algo calientes. Con la bolsa en la cara en todo momento, dio pasos hasta encontrar una puertecilla que daba ingreso al cuartel. Ésta tenía llave y no quería gastar las fuerzas que le quedaban en destrozarla de una patada.

Sacó la gema de calor y la frotó contra aquella entrada de madera. Pronto se empezó a incendiar. El fuego tardó un rato en extinguirse, en el cual, Oda cerró los ojos para no hacerse daño. Cuando se esfumaron las llamas, la puerta estuvo lo suficientemente rota y floja como para no serle un problema. La abrió y un tufazo marino le provocó una arcada. Arrugó la nariz y entró.

2

Al pie de la escalera de caracol que acababa de bajar, pudo quitarse el escudo improvisado y mirar lo que había dentro. Era un cuartel que se miraba idéntico al de Jacabaum, con los pasillos y las puertas a la izquierda, a la derecha y al frente. Se relamió los labios y sacó la cantimplora pequeña. Le dio unos cuantos tragos y luego la guardó. Pensó en irse hasta abajo, a la recepción, pero ¿dónde estaba eso? Mientras cavilaba sobre la posibilidad de que tuviera la misma estructura que el otro cuartel que había visitado, oyó pasos chiclosos. «Fyfars».

Corrió a través de los estrechos pasillos de corasi, con la bolsa en el brazo derecho y el ratón en la mano izquierda. Se metió en la primera puerta que encontró: «Oficina de Datos». Tuvo que dar una patada para romper la cerradura. Había un gnomo congelado tras un escritorio, fumando. Él estaba rodeado de papeles apilados por doquier, tapizando las paredes, la mayor parte del suelo y su escritorio, de arriba a abajo. Tenía una taza en la mano derecha que podría contener agua, o té. El gnomo minero buscó, de entre todos aquellos papeles, un depósito de aquel líquido vital y encontró un barril chaparro al lado de la silla. Estaba abierto.

Rellenó la cantimplora chica y se lo bebió por completo. Luego buscó comida, pero no había nada similar. Si encontraba la recepción, podría encontrar un libro de cartografía, y si hacía eso, podría saber dónde había comida, dónde había ropa y dónde estaría aquella biblioteca nordiana.

Atravesó los corredores con cautela, guiándose por los sonidos de los pasos de las bestias en su periferia. Si no hacía el ruido suficiente, no habría problema alguno en estar dentro de las mismas paredes que las bestias. Así que, con esta estrategia, descendió hasta la planta baja y encontró los pasillos similares a los del otro cuartel.

Estaban en el mismo orden, pero con charcos de tinta regados, puertas derribadas, vísceras esparcidas en las paredes negras y envolventes rugidos de bestias que se habían metido en lo más profundo de la primera defensa gnomil. Y quizá no tendría la oportunidad de encontrar comida y ropa en las condiciones en las que se encontraba la edificación completa.

Según su lógica, estaba a una puerta de llegar a la recepción, pero el problema circulaba en el ruido de bestias que había por ahí. Tan sólo de contar los pasos de los tentáculos, éstos llegaban a ser cuarenta a la vez. Eso indicaba que por lo menos veinte bestias rondaban aquella gran zona del cuartel.

Se colocó en la esquina de la pared del pasillo para tener visibilidad de la situación. Estaba en lo correcto al pensarlo, porque había una fiesta tremenda de bestias marinas en el vestíbulo. Buscó con la mirada la puerta de la recepción y, cuando la encontró, decidió correr lo más rápido que pudo hasta allá. No le tomó mucho tiempo ya que sus piernas tenían aún de aquella fuerza del hechizo. Las bestias se dieron cuenta de su presencia, no obstante, él ya estaba encerrado en el pequeño cuarto de la ventanilla.

Las fobor se amontonaron afuera, dando golpes y golpes a la puerta que el gnomo sostenía a sus espaldas, a la vez que trataban de meterse por la ventanilla. Analizó los libreros para encontrar el libro de cartografía. Se colocó al ratón en la caperuza y tomó el libro sin pensarlo mucho. Lo puso entre su brazo izquierdo y su torso. Las bestias abrieron la puerta de golpe a sus espaldas y él tuvo que hacerse chiquito y atravesar el tropel de bestias. Después de ocasionar un regadero de vísceras marinas, se dirigió a la salida del cuartel.

Las bestias lo empezaron a perseguir luego de esto, pero si Oda jugaba bien sus cartas, tendría oportunidad de esconderse en uno de los álamos que había mirado desde el cielo hacía unos momentos. Así que se aventuró por el sendero que llevaba afuera de las murallas negras y se topó con el portón que protegía el cuartel de posibles intrusos.

Le pegó tres patadas hasta que la puerta se abrió. Corrió hasta encontrar el árbol en punta, al que se subió y esperó. Esperó a que las bestias lo acorralaran, y entonces sólo tuvo que oír los pasos chiclosos de los tentáculos para estirar sus piernas y ocasionar explosiones con sus pantalones morados y sus zapatos punta espiral.

Mientras hacía esto, aterrado por la idea de que subieran por detrás de él, miró las murallas del cuartel y sintió que faltaba algo. Sintió que era diferente la atmósfera completa de ese cuartel al de Jacabaum. Al ver el cielo el acertijo fue resuelto, porque estaba despejado y con sol cerca del mar. Y según recordaba de las guías, y de su propia escuela, el mar sólo podía tener cielo negro.

Las bestias explotaban a borbotones, una a una, mientras Oda pensaba su siguiente paso. Depositó la bolsa en sus muslos y abrió el libro de cartografía. En él buscó el apartado de Norda. Pasando las páginas encontró lo que buscaba: «Gran Biblioteca Nordiana». Ese nombre era muy sonado entre sus profesores de la escuela, ya que era ahí donde se instruían para poder tener el título de enseñanza que otorgaba el gobierno. Si ahí no estaba lo que buscaba, su última esperanza se esfumaría.

Estaba a diez días de ahí, teniendo que tomar pequeños descansos en la cordillera Ronan hasta llegar a los árboles palacios. Después tendría que avanzar por unos pastizales hasta llegar al centro de la ciudad. Entonces cuando no hubo peligro para bajar, comenzó a caminar por aquel sendero de piedra que se dirigía a la cordillera Ronan.

3

A las dos horas se sentó en el suelo, cerca de la sombra de un pino sano, y arrancó varias piñas de sus ramas. Las trozó con su fuerza. sacó la gema de calor y se dispuso a tostar los piñones en su descanso. Su padre tenía la costumbre de llevarle piñones que sus amigos le regalaban, y aunque no eran muy de su gusto, ahora tenía que comérselos para no morir de hambre. Tomó a Fugaz de su capucha, lo dejó en el suelo y lo observó unos minutos.

Había perdido peso, su pelo se estaba cayendo y parecía a punto de dejar el mundo en el que vivían. Quizá por la misma razón que los árboles se marchitaban, que las frutas se pudrían y que el agua escaseaba, era por la misma razón que el ratón se estaba muriendo. Lo guardó en su capucha para protegerlo el resto del camino. Guardó varios piñones en su bolsa.

4

Los tres troncos de los tres árboles palacio se miraban en el cielo con una altura descomunal. Eran verdes y con copas esponjosas en cada piso que se formaba. La historia de su creación se remontaba al descubrimiento de los siete pueblos por parte de Norda, que tras varias disputas por los territorios se habían puesto de acuerdo para formar un pacto de paz. Plantaron tres semillas de fresno gigante en la entrada de cada uno de sus puentes y, cada vez que el gobernante de Norda cambiaba, construían un suelo artificial en la copa del fresno muerto donde plantaban uno nuevo. Este nuevo fresno se adornaba con las gracias de cada pueblo e indicaba que el pacto se había renovado.

El terreno se empezó a volver cada vez más desigual y polvoso. Tan desigual que había partes que Oda tenía que subir escalando y bajando con cuidado para no matarse, tan desigual que poco a poco se fueron volviendo colinas. Los cadáveres de zorros y lobos abundaban en ese lugar, y los pocos que aún estaban vivos caminaban errantes y hambrientos, para luego caer de cansancio.

A veces se encontraba con pequeños ríos al pie de las montañas, de los que bebía y trataba de que Fugaz lo hiciese también. No obstante, este último estaba a punto de palmar. Ahí, junto a esos hilos de agua, Oda descansaba y dormía, teniendo cuidado de proteger a Fugaz del frío. Un frío que no era nada parecido al que vivieron en el puente, pero que dadas las condiciones en las que estaba su amigo, sentía que podría bajar su temperatura hasta asesinarlo.

Ocasionalmente Oda miraba al cielo, donde las pocas águilas daban su viaje solitario para conseguir comida y, en estos momentos, Oda estaba seguro que Fugaz estaba mejor al lado suyo. A lo lejos también distinguía unas formas gnomiles escalando las montañas, pero no quería perder el tiempo y seguía su camino sin distracciones ni lamentaciones. En ese tiempo le dio por coser las asas de su bolsa para que el trayecto le costara menos trabajo.

A la tercera noche y encima de la última montaña de la cordillera, divisó los tres árboles palacio, árboles gigantes que se erigían tan hermosos como había visto en los dibujos de los libros. En la fachada de la hueca base tenían arcos hechos de falaquera con tintes morados (que provenían de las flores de adantín) y eran comunicados a las montañas por un lago artificial largo y rectangular que era rodeado de torres de vigilancia de piedra.

Oda se abalanzó a este lago, bajando lo más rápido que sus pies adoloridos le permitían, y bebió hasta saciarse. Sacó a Fugaz de su capucha y lo sumergió tantito en el agua. Sin embargo, Fugaz no despertaba. Y mientras se dirigía al árbol principal, lo mantuvo en su mano para que por lo menos cogiera un poco del ambiente tan delicioso que había.

Arriba de aquellas torres, gnomos se paraban rectos y mirando a la nada protegiendo los acuerdos de paz. En la entrada, justo antes de atravesar el umbral que formaba el arco de la traslúcida falaquera entintada, se encontraba una escultura de piedra que tenía la forma de un árbol de adantín. Esto representaba el júbilo que los baumos sentían al tener un acuerdo con los nordianos.

Oda entró al palacio, que estaba enteramente vacío y exiguo de gnomos y demás animales que pudieran profanarlo. Desde arriba, una bóveda de falaquera color morado cubría el tronco por dentro. Tenía dibujadas unas rayas temblorosas de decoración y unas gemas de calor que adornaban su circunferencia. Alrededor, todos los nombres de los gobernadores estaban anotados en sus paredes. Y en el centro había una escalera de mano que subía y subía hasta llegar al primer descanso artificial que habían creado. Según las tradiciones, cada sabio tenía que hacer ese recorrido hasta llegar al último árbol para tomar el cargo. Al hacer esto, tenía el conocimiento de no ser el único y de no ser el último en pactar aquella alianza.

Oda decidió meterse a los otros dos palacios. Ambos tenían exactamente la misma estructura que el principal, con las cúpulas moradas, la entrada de arco y las paredes circulares repletas de nombres importantes. Lo único que cambiaba era la estatua de enfrente, que sólo tenía el privilegio de gozarla el principal árbol de fresno gigante.

Oda estaba agotado, y a pesar de beber tanta agua y acabarse los piñones, se dio cuenta que su cuerpo estaba molido por el viaje. Se echó en el suelo del Palacio Principal, cerca de la escalera, y dejó a Fugaz a un lado. Lo cubrió con la bolsa de tela y se acurrucó a un lado de él.

5

El gnomo se despertó temblando a las pocas horas. Miró las rayas que adornaban la cúpula del árbol viejo y, justo antes de cerrar los ojos, el nombre de «Gin Mac» volvió a su cabeza. Estaba cansado, así que retomó el sueño. No se dio cuenta que se encontraba completamente solo en una tierra de la que sabía poco más de lo que los libros que había estudiado decían.

LA GRAN BIBLIOTECA NORDIANA

1

La luz del sol se colaba por la entrada sagrada del fresno antiguo. Eran fuertes rayos que se hacían más calurosos al pasar la falaquera morada. Oda se despertó, un poco molesto, pegajoso de cada parte de su cuerpo y con la cara y el cuello húmedos. Su bolsa andaba por sus pies y el libro de cartografía tirado cerca. Se incorporó y miró a sus costados. Buscó la bolsa de tela de doble asa y la levantó, esperando mirar a su amigo en las condiciones deplorables en las que lo había dejado, pero deseando con todo su ser que no fuera el caso. Sin embargo, éste no estaba ahí.

Al gnomo le dio un vuelco al estómago y se le cortó la respiración unos segundos. Sus ojos se abrieron tanto, que una gota de sudor entró en uno de ellos, le causó ardor y tuvo que cerrarlo. Su pecho parecía encogérsele porque sintió que se le comprimía el corazón dentro suyo.

Levantó como un desquiciado la bolsa y lanzó el contenido hacia el sagrado suelo: las dos cantimploras hicieron blup al salir, la gema de calor dio un tintineo a la vez que la pipa caía desarmada y el hilo y la aguja tocaron el piso mientras unas escasas hojas de tabaco se depositaban suavemente. Esculcó las cosas, una a una, luego se quitó cada prenda de ropa hasta andar desnudo e hizo una sacudida agresiva en el caluroso aire.

Corrió por toda la zona buscando alguna abertura por la que Fugaz se hubiera podido haber metido. Pero, asombrado y aterrado, sólo vio lo increíble que estaba conservado aquel árbol sagrado. Salió, teniendo un agradable momento con el viento de afuera, y rodeó el fresno para estar seguro. Después se metió a los otros dos palacios y los indagó tan profundo como el primero. Muy a su pesar tuvo que admitir que no estaba ahí el roedor. «No puede estar muy lejos», pensó. «Estaba herido, estaba casi muerto como para subir las escaleras de los palacios».

Vio el lago artificial desde lejos y buscó al ratón en su superficie cristalina y reflectante. Se sumergió en el agua, temeroso de encontrar algún cadáver atorado en alguna grieta del fondo, pero no encontró nada ahí abajo.

Y entonces, luego de haber tragado agua de forma vulgar y grotesca, subió a las torres de vigilancia, una a una. Las analizó y se metió a cada rincón de ellas; su esperanza se esfumó al visitar la última porque Fugaz había desaparecido. Se percató de que el nivel del lago artificial había disminuido notablemente desde la noche pasada que lo había mirado. Si no se daba prisa, ni él mismo estaría vivo para buscar a Fugaz y salvar a su gente.

De todas maneras había dos situaciones: la primera tenía que ver con Fugaz, que siempre se alejaba, así era, y había sido de esa forma desde que lo encontró en su casa. No le extrañaba, ya pensándolo bien, que hiciera tales actos de desaparición. La segunda tenía que ver con su búsqueda, ya que si podía encontrar aunque fuera algún libro de magia como el de Roy Peral, habiéndole pasado lo que fuera que le hubiera pasado al ratón, tenía una oportunidad de recuperarlo. Y tenía que jugársela con esos pensamientos porque se estaba quedando sin opciones.

Bebió agua del lago rectangular y ordenó sus cosas dentro del Palacio Principal. Se puso la ropa incinerable, luego la experimental y guardó la de baumo en la bolsa. Se lanzó al agua con las manos alzadas para proteger el libro de cartografía (que estaba metido a la fuerza en la bolsa de doble asa). No tenía tiempo de caminar por aburridos pastizales por más días y si el agua se acababa al ritmo que lo estaba haciendo, estaba más que perdido.

Aguantó la respiración por si se hundía al tocar la superficie líquida. Antes, en el mar, había flotado al contacto con el agua, y dependía de que volviese a suceder de esa manera. Pero no fue así. Su cuerpo se hundió como roca en aquel lago artificial. La bolsa con el libro apenas se salvó de la mortal humedad. Y entonces, justo cuando pensó que se hundiría la totalidad de su cuerpo, empezó a oír aquellos sonidos de chorritos de agua liberándose.

«Ha funcionado», pensó.

2

Dos minutos después su cuerpo estaba en el cielo, echando chorros y chorros de agua para impulsarse por el aire, mientras trataba de controlar la dirección y la fuerza que ocupaba. Primero se tambaleó y giró unas cuatro veces sobre su mismo eje. Pero después, y sólo cuando decidió soltar el aire de los pulmones que llevaba guardando desde hacía tiempo, fue cuando pudo relajarse y concentrarse en moverse a la ciudad.

Su sonrisa remarcaba el orgullo de una de sus mejores ideas porque había acortado el tiempo de llegada a la ciudad. Poco a poco aprendió a controlar aquel aparato experimental. Y tan sólo con mover sus brazos, piernas y torso a donde quería ir, respetando cierto equilibrio en el aire, pudo manejarse hasta llegar a su objetivo. A veces tenía que esperarse a dormir (aunque fueran unos minutos) o a que el dolor del hambre se le pasara para poder recuperar las fuerzas.

Parecido a cuando llegó volando desde el Puente del Mar, la gran ciudad se mostró ante sus maravillados ojos con un gélido ambiente del que sabía su causa, maravillados porque no podía creer lo que miraba. Casas apiladas unas encima de otras abundaban en aquel lugar, apretujadas y casi sin espacio hacían sentir la mina como el lugar más abierto que Oda podía haberse conseguido. Y eso no era todo, ya que la gente no se quedaba atrás. Muchas y muchas personas parecían circular por las estrechas calles que se formaban en aquellas viviendas altísimas. La mayoría corría y mostraba una cara de preocupación que Oda había mirado a sólo dos personas: Tas Yaren y su padre. Las casas apiladas pronto se vieron opacadas por la Gran Biblioteca Nordiana. Era un templo del tamaño de todo el centro de Jacabaum, de decenas y decenas de generaciones de sabios, cientos y cientos de libreros y miles y miles de libros.

Los trabajadores de aquel lugar solían vivir dentro y tenían comida y algunos privilegios por el simple hecho de trabajar allí. La biblioteca estaba hecha de cristal grueso con hierro sólido como base estructural, Oda podía olerlo desde su distancia. Parecía ser más grande a medida que se acercaba el gnomo, que descendía poco a poco y esquivaba las viviendas altas de los nordianos.

Cuando estuvo a una muy corta distancia, descendió lo más lento posible hacia el centro de la ciudad. Bajó hasta una plaza del tamaño de una décima parte de la biblioteca, que tenía arbolitos secos, pequeños jardines muertos y una plataforma techada en el medio que, a su vez, estaba rodeada de muchas fuentes de agua. También había una harta cantidad de gente paseando en aquel lugar, mucho más despreocupada (y más normal) que la vista anteriormente, pero vestida con las mismas ropas extrañas que alguna vez había visto Oda a su padre: una especie de atuendo negro encima de una prenda superior blanca y un arreglo de tela que su padre había llamado «moño».

En ese momento Oda estaba exhausto, el viaje, a pesar de no agotarlo como para sentir que su fuerza mágica se había ido, había sido un problema a la hora de sostener la forma en la que había que mantener el cuerpo (con la bolsa de doble asa como añadido). Así que se asomó a las fuentes para recoger un poco de agua y quedar satisfecho. No obstante, éstas (por más jodido que pareciera) estaban a la mitad de su llenado normal. Y si Oda le pensaba tan siquiera un poco, podría saber que su tiempo de vida era casi nulo.

Después de saciar su sed corrió a la entrada abierta más cercana a la biblioteca, sin embargo, algo pasó por sus ojos desde el suelo: un ratón blanco. Oda pensó que aquel ratón blanco era otro enviado de los siete, o quizá un Fugaz reencarnado en un ser joven y más fuerte que el anterior. Lo siguió por el borde de la biblioteca hasta topar con una entrada que estaba cerrada, y en la que parecía que nadie entraba muy seguido.

Se percató que el ratón blanco se metió debajo de ella. Era pequeño, peludo y escurridizo. El negro preparó sus piernas y, esquivando la multitud de estatuas gélidas que rondaban por la plaza, soltó una patada y destrozó la cerradura de la puerta. Al estar dentro, un aire de frescura le invadió todo el cuerpo como si fuera el mejor ambiente en el que podía haber estado. No era el frío que ponía la piel sensible que hacía allá afuera, tampoco era el calor que había sentido al despertar dentro del árbol de paz, sino que éste podía ser el clima que había sentido en la zona feliz del Puente del Mar, aunque un poco más fresco.

A sus dos extremos la biblioteca estaba desierta, vacía y parecía infinita. Escaneó con la mirada buscando al ratón blanco de hacía unos segundos. Arriba, los libreros parecían flotar y flotar en muchísimas secciones cúbicas de cristal puro, conectadas por puentes del mismo material. El ratón blanco estaba en uno de esos puentes y corrió hasta meterse a la única sala que no estaba hecha de cristal.

El gnomo buscó unas escaleras por las cuales subir, pero no encontró nada. Observó la edificación y miró una sola puerta de hierro hasta el fondo, indistinguible a primera vista. Se acercó a ella y dio otra escaneada a la planta baja, empezaba a sentir que algo andaba extraño en ese lugar.

Abrió la puerta con patadas y se metió a un cuartito con una lámpara de aceite en el techo. El gnomo descubrió un botón en forma de círculo pequeño incrustado en una placa al lado de la puerta. Cuando lo presionó, el cuartito comenzó a moverse hacia arriba. Oda sintió una emoción fuerte ya que sabía lo que posiblemente estaba sucediendo: alguien había logrado inventar un cuarto que se moviera de abajo a arriba. Pensó que eso serviría perfecto para la mina.

El cuartito movedizo se detuvo y el círculo volvió a su posición original haciendo un sonido de burbuja explotando. Salió y miró lo increíble que era la biblioteca. Había un estrecho puentecillo de cristal que conectaba a más puentecillos de cristal que, a su vez, conectaban a entradas de las secciones cúbicas. Anduvo alrededor de las secciones cúbicas, entre paredes de cristal que protegían libreros y libreros de información, buscando el cuarto negro que había mirado desde abajo. Al llegar vio la puerta cerrada. No ponía nada arriba ni por ningún otro lado, así que decidió dar otra de sus patadas para romperla. Se metió.

3

A primera vista la sección se miraba mucho más grande de lo que aparentaba afuera, y unos robustos libreros de fresno se alzaban frente a él. Eran cinco, organizados uno tras otro y girados a la derecha. Oda avistó al ratón blanco y lo siguió hasta meterse entre el segundo y el tercer librero, donde desapareció. El gnomo lo buscó hasta el fondo del pasillo, lo buscó detrás y por encimita de los libros, pero no estaba ya.

Decidió echar un vistazo a los libros que había allí; no eran muchos, pero Oda sintió que la cabeza se le estaba yendo a otro lado cuando los tuvo cerca. Quiso leer los títulos registrados en el canto, pero la mayoría no tenía, y los pocos que sí tenían estaban escritos en un lenguaje que Oda no podía entender. Registró los otros pasillos para irse de ese lugar lo más pronto posible porque se estaba sintiendo raro.

Los libros tenían capas de polvo y se miraban antiguos, casi tan viejos como los de cinco sabios con edades sumadas. Eran de todos tamaños y de todo tipo de caligrafías (los que tenían algo escrito), y como los que había mirado antes, éstos no se entendían. ¿Qué lengua era esa? «Humano», pensó. Regresó a donde el ratón lo había llevado, al pasillo entre el segundo y el tercero, tratando de encontrar alguna pista extra. Trató de leer cada uno de los bordes de los libros que se le disponían, cada palabra confusa escrita en alfabeto confuso. Hasta que llegó a una palabra.

Era una palabra que estaba en su alfabeto y que sintió que ya la había leído antes. Se dio cuenta que era la misma palabra que la que había en un fragmento de los conjuros que había olvidado pronunciar correctamente. ¿En dónde diablos estaba metido el señor Peral? ¿Por qué tenía un libro de hechizos de aquella biblioteca? ¿Acaso se lo había robado?

Sacó el libraco con la palabra misteriosa y lo abrió. Cuando hizo esto, sus ojos se nublaron y perdió las fuerzas para seguir de pie. Gritos comenzaron a hacer temblar sus tímpanos y, cuando éstos lo atormentaron durante un minuto, comenzó a oír llantos de bebés y de ancianos. Como última imagen se le apareció un árbol de la altura de los palacios, un árbol que Oda pensó imposible que llegara a existir por la altura y tamaño de las hojas.

Entonces se recuperó con la cara al suelo, las rodillas adoloridas y un sentimiento de que alguien lo observaba. Miró a todos lados, pero no encontró al sospechoso. Es más, ¿quién lo observaría si estaban todos rígidos como cadáveres? ¿El nuevo enviado de los siete? ¿Fugaz?

Decidió salir y descansar un momento en el suelo, alejado de aquel libro hechizado. ¿Qué mierdas estaba pasando? Oda estaba temblando, algo muy grande sucedía con esos libros y estaba seguro que tenía que ver con el libro de hechizos que tanto hizo a su vida. Se quedó pensando un rato. ¿Sería capaz de soportar otra vez el sufrimiento que le ocasionó el abrir el libro con la palabra sospechosa? Y es que no sólo experimentó sufrimiento en esos minutos de vista nublada, sino que también sintió un fuerte deseo de nostalgia. ¿Nostalgia de qué? ¿De volver al bosque? No, no era esa nostalgia, no tenía nada que ver con lo que sabía que podría generarle la nostalgia.

Sacó su pipa, su gema y las pocas hojas de tabaco que le quedaban (separó la mitad). Dio una inhalada como hacía mucho no hacía, y se quedó ahí, fumando. El humo salía de su boca tan natural como respirar, y eso lo liberaba, lo relajaba. El presionar el contenido en el hornillo le hacía recuperar un poquito la cordura que había perdido hacía tiempo.

Ahora no tenía a su gran amigo que podía guiarlo, o simplemente acompañarlo. Platicar era lo que necesitaba, pero ¿eso de qué le serviría ahora? Lo que necesitaba aún más eran respuestas, eran respuestas como las que necesitó todo este tiempo. Por eso acudió al sabio del pueblo, por eso conoció a Roy Peral y por eso tuvo que romper muchas reglas. Miró su bolsa, el ejemplar de cartografía se apretaba dentro y hacía que sus puntas se marcaran en la tela. Lo cogió y buscó algo en el apartado de Norda. Siguió con el dedo su trayecto desde el cuartel hasta la biblioteca. Y de allí se siguió por la zona de agricultura hasta finalizarla.

Cerró el libro, lo guardó en su bolsa y se paró en el umbral del cubo. «Voy a volver», pensó. Se giró para irse por donde había llegado y se metió al cuartito que se movía de arriba a abajo. Miró el circulito color negro en la placa y lo presionó. El cuartito descendió.

Cuando salió, buscó en las fuentes de afuera alguna para beber. Luego buscó la que tuviera más agua, a la que se lanzó sin temor. Esperó a que su ropa respondiera con chorros de agua y, al elevarse, trató de divisar lo que había visto en el mapa.

Mientras estaba suspendido en el aire su mente no paraba de dar vueltas sobre lo que estaba a punto de hacer. Si se suponía que al sabio del pueblo acudían los gnomos para resolver sus problemas, era porque él tenía soluciones, y las tenía por su conocimiento y sus libros. Pero en una ciudad donde la gran biblioteca existía, ¿por qué razón conservar sabios si la gente podía apañárselas sola? Eso no podía ser cierto, no podía ser cierto que la gente tuviera acceso a toda la información. Y si estaba en lo correcto, los sabios de Norda debían saber cosas que la gente común no, o por lo menos tener acceso a mucha más información. Tal vez alguno supiera qué idioma era ese, tal vez alguno tuviera más libros de hechizos. O quizá, y sólo quizá, alguien supiera lo que estaba sucediendo.

LA SECTA DEL RATÓN

1

Al dejar de ver sembradíos aburridos fue cuando se dio cuenta que había llegado. Unas casas con forma de champiñón hicieron su aparición. Eran siete, siete casas dispuestas en un círculo protegidas por una muralla de piedra, alrededor de un abundante y cristalino lago profundo.

Bajó y se paró en el centro de las siete casas, a unos pasos del lago. Las observó y leyó los letreros que se encontraban ahí: «Casa de Irrib Tnake», decía la de la derecha; «Casa de Sorose Leranetera», decía la que estaba a su lado; «Casa de Aita Kass», decía la siguiente.

Y a Oda se le estrujó el corazón y tuvo un miedo diferente, un miedo de ignorancia absoluta. ¿Por qué la señora con la que se encontraba su padre estaba en la sección de los sabios? Se apresuró a entrar sin molestarse en leer los letreros de las otras casas. Se paró frente a la puerta redondeada de la entrada y evitó asomarse por la ventana.

Entró rompiendo la manija y se sorprendió de lo simple que llegaba a ser esa casa de sabio. Las paredes estaban hechas con las mismas ganas que las de su casa, grises y sencillas. No tenía mesas elaboradas, ni libreros atiborrados de títulos extravagantes, ni tampoco tenía plantas, animales u otro adorno. Sólo había una silla sola frente a un barril con una tabla de madera improvisada que hacía de mesa. Al fondo había otra puerta donde Oda supuso que estaba el dormitorio.

Entró a la única habitación que había en la casa y descubrió una cama destendida. Ese lugar se sentía solo, probablemente igual de solo que de

156

donde venía. No tenía más chiste que una ventana de vidrio arriba de la cabecera. Oda se agachó y miró debajo de la base de la cama. Se sorprendió de ver libros mal escondidos bajo una manta. Los sacó. Eran tres y eran pequeños.

Abrió uno al azar y miró el título: «Crónicas de Jaxi Senner por petición de Aita Kass, número tres». ¿Jaxi Senner? ¿por qué estaba el nombre de su padre escrito ahí? ¿en qué mierdas estaba metido su padre? Sabía que había viajado a Norda pero ¿tanto era el placer por hablar con esa señora que decidió mudarse a su casa? Le quitó la manta a los otros dos libros, se recargó en la pared de la ventana y empezó a leer el número uno.

2

Soy Jaxi Senner, fundador de los territorios Senner allá en Jacabaum. No sé por dónde empezar, pero debo hacerlo. Este libro lo escribo por una sola razón: por y para calmar mi alma. Calmar mi alma de los horrores que he tenido que vivir todo este tiempo. Si alguien supiera todo el dolor que he tenido que aguantar me darían el privilegio de tener una pintura por lástima. Debo escribir esto porque Aita Kass, la mejor gnómida que he conocido en mi vida, se dio cuenta que me pasaba algo.

Oda dio un suspiro, la felicidad con la que Aita Kass había mirado a su padre tras la ventana de la posada vino a su mente. Sintió un nudo chiquito en la garganta, un nudo que se expandió y expandió hasta que Oda apretó sus puños. Siguió con la lectura.

Desde hace tiempo mi mente se desborda, primero no le ponía atención, pensé que se me pasaría, pero ya no lo aguantaba y me ponía más irritable de lo normal. En una de las visitas que me hacía Aita desde Norda, me sugirió que fuera a ver a un médico, de esos que curan con hierbas. Pero cuando vio lo grave de mi asunto, no hubo más remedio que decirme lo que yo ya me sabía: que estaba en la olvidada.

El gnomo pasó la página y su dedo dejó una mancha de sudor sobre el papel.

¿Cómo? Ni siquiera he llegado a los ciento cincuenta años, la olvidada no puede ser una opción. Cuando le dije esto a Aita, se puso atónita, pálida. Y luego me mostró todos sus dientes con una sonrisa caótica. Hablamos en privado y me soltó una sarta cantidad de barbaridades que no podía creer. Me dijo que allá afuera la gente pensaba que la olvidada era el fin de los gnomos, pero que para ella no era verdad, que ella no pensaba así. Me dijo que más bien era la «liberación». Que era muy interesante la cantidad de coincidencias que gritaban los ancianos en el estado de la olvidada.

Yo no entendía qué pasaba, no entendía por qué me decía esas cosas. Y luego me dijo algo aún más extraño: «¿Confías en mí?» Le dije que sí, que sí confiaba en ella. Ella me había estado ayudando con lo de mi esposa, con lo de Nara. Por supuesto que confiaba en ella como si fuera yo mismo. Me dijo sobre una misión que consistía en recolectar escritos sobre gente olvidada. Y que por lo que más quisiera, aunque yo no creyera que en verdad tuviera la olvidada, le hiciera el favor de escribir mi proceso. Bueno, heme aquí, haciendo el favor a mi amiga nordiana.

Oda se detuvo, sacó la pipa de su bolsa y se dispuso a fumar las últimas hojas de tabaco que traía. Su mente procesaba lo acabado de leer mientras aceptaba su tristeza. Su padre no le había contado de su olvidada y no podía creer que ni siquiera le hubiera contado sobre Aita Kass. Ahora ahí estaba, en una casa de una gnómida a la que había odiado toda su vida sin siquiera conocerla.

3

Leyó el primer ejemplar. A su mente le fue imposible no comparar lo sucedido con su padre con lo sucedido con Roy Peral. Y es que si no hubiera visto desaparecer y aparecer páginas completas, hubiera pensado que Roy Peral estaba sufriendo los efectos de la olvidada tal y como se los habían contado en la escuela.

Los dos la ocultaban perfectamente por la simple razón de poder ser ejecutados por tenerla. Porque corrían el riesgo de volverse locos en cualquier momento y atacar a algún gnomo inocente por la guerra olvidada que según se avecinaba. Oda se acostó en la cama de Aita Kass, abrazó su bolsa y durmió toda esa noche. Se disponía a estar ahí hasta descubrir más sobre lo que estaba sucediendo. Y entonces, al día siguiente, leyó el inicio del segundo libro.

Pensé que este favor duraría poco, de hecho, pensé que ya había acabado con él. Pero Aita me confesó aún más cosas. Un mes después de acabar de escribir el diario, llegó a mi casa otra vez. Me preguntó si habían sufrido algún cambio las páginas del diario. Le dije que se explicase, me confesó más de la cuenta. Me dijo que ella pertenecía a una organización, a una secta llamada la «Secta del Ratón».

Las pupilas de Oda estaban atentas a cada palabra que su padre había escrito, y aunque sonara muy descabellado, creía lo que decía.

Me asusté mucho al oír eso, pero seguí escuchando su relato. Me dijo que la gente olvidada, como me había contado la vez pasada, era gente muy vieja que compartía un mismo síntoma: sentía una gran necesidad por preparar a la gente para una guerra.

Y ahí mismo me dijo: yo soy una olvidada. Me dijo que la olvidada también le puede dar a gnomos con mucho estrés de por medio, a gnomos con muchas cosas en las que pensar, como los gnomos nordianos o los gnomos importantes de cada pueblo. Y de hecho me contó que ahí en Norda había reclutado gente, a ciudadanos nordianos dispuestos a cooperar con su información. Yo le pregunté por el nombre de la secta. La razón que me dio fue que ella había empezado a darse cuenta que siempre había un ratón blanco que los seguía a todos lados y que los ayudaba. Jamás lo habían atrapado, pero parecía ser consciente de lo que hacían porque los vigilaba siempre que hablaban de la olvidada.

Ahora está en una misión aún mayor. Ahora debe tener contacto con los sabios de los pueblos para ampliar su investigación. Yo le dije que ya no quería meterme en más situaciones raras, pero ella pudo convencerme de un último favor. Me dijo que me mudara a Norda y que escribiera un segundo libro para ello, llevando el primero conmigo. Que trataría de hablar con el sabio Roy Peral para recolectar información. Ahora mismo me quiero despedir de mi hijo porque tengo un mal presentimiento. Tengo todo listo para irme y sólo estoy esperando a que se acabe la investigación que hay en la cueva para irlo a visitar.

Oda estaba furioso, no obstante, soltó una lágrima al papel. Se sentía decepcionado, se sentía inútil. Tardó tres horas en leer todo el ejemplar, mientras el nudo en la garganta se volvía más grande y más fuerte, como una enfermedad. Ahora sus puños no podían detener el crecimiento.

Su padre relataba su viaje hasta el Cuartel de Exploración Sur de Norda. Relataba su día a día, relataba la repugnante actitud de su hijo la última vez que lo visitó, y también las vueltas que tuvo que dar en el cuartel para que le dieran el permiso de mudarse temporalmente.

Salió a tomar agua, a refrescarse y luego volvió para terminar de leer.

De nuevo estoy empezando otro de estos diarios, Aita debe de estar posiblemente tratando de contactar con Roy Peral, aunque no creo que le haga mucho caso, ya sé cómo es ese señor. Cuando llegué aquí, siguiendo todas sus instrucciones y siendo guiado por dos miembros de su secta, me sorprendí al mirar lo importante que era ella en Norda: era una maldita sabia. Cuando llegué, me acosté en la única cosa que había en la casa, era una cama en un cuarto vacío, y miré que había una nota.

Debajo de este texto se encontraba un papel pegado y doblado. Oda lo desdobló y lo leyó:

Necesitamos tu ayuda otra vez, ahora por parte de todos los de la Secta del Ratón. Al igual que lo hacía nuestra querida Aita Kass, tú tienes el dinero para seguir con la misión: entrar a la habitación prohibida de la biblioteca. Vamos a ir por ti al mediodía mañana, necesitamos que sigas escribiendo a partir de ahora otro de los diarios.

El gnomo pasó de página tan rápido que se rasgó una parte cercana al margen del lomo.

Me llevaron a una de esas casas apiladas que llaman departamentos, donde me explicaron la locura en la que estaba metido. Me contaron que los diarios deberían empezar a desvanecerse o a desprender un «aura muy rara», pero que tomaba tiempo. Y me enseñaron el que había escrito Aita, uno que tenía páginas borradas al completo.

También me explicaron que había una parte prohibida en la biblioteca que sólo el sabio gobernador podía abrir. Aita había estado peleando todo este tiempo para tener el derecho de ingresar haciendo muchos favores. Pero que yo tenía el poder de intentar sobornar a los guardias. Que esa habitación era especial porque de alguna forma los llamaba. Como vi que me había metido en algo raro, lo dejé para después.

Me fui a la casa provisional, debo pensarlo bien antes de cometer algo que me lleve a la ejecución o a las desapariciones del gobierno. Voy a decirles que no puedo, que esto está muy extraño, este libro va a estar incompleto porque no me siento cómodo con todo esto. Ya no puedo con este favor tan grande a pesar de querer muchísimo a mi querida Aita.

A partir de la siguiente página estaban todas en blanco. Ahora que sabía un poco sobre el paradero de su padre, se le hizo todavía más importante aquel cubo negro de la biblioteca. Si ese era el destino de la Secta del Ratón, tenía que ser el suyo también. Y si todo apuntaba ahí, era porque eso debía tener las respuestas hasta de los misterios de la desaparición de Fugaz y de las apariciones de su amigo blanco.

Se metió en las otras casas de sabios esperando encontrar algo, hasta que descubrió en un librero, en la penúltima casa en forma de hongo, un libro muy interesante. Era bastante pesado, de unas cuatro mil páginas, y tenía en la cubierta el título más adecuado a su problema: *Lenguaje humano eficaz para gnomos*. Debajo estaba escrito algo con las mismas letras que las que había visto en la sección prohibida.

No había tiempo que perder, así que salió de ahí, se lanzó al lago (que había disminuido su nivel considerablemente) y se dispuso a regresar a la biblioteca con aquel libraco en su posesión. Mientras volaba decidió mirar su contenido. Y en lo que atravesó los sembradíos aburridos pudo aprender el alfabeto humano de memoria. Se le olvidaría en unos días, pero ahora sería de mucha ayuda.

4

Al llegar, al tocar sus plantas el suelo de la plaza del centro de Norda, el libro de lenguaje humano comenzó a tener un comportamiento muy raro. Trataba de moverse por cuenta propia como si fuera un animal queriendo escapar de alguna trampa o un pez brincoteando por volver a su preciada agua. El gnomo lo apretó contra sus piernas y se inclinó en una de las fuentes para beber agua con ayuda de sus manos.

Con la boca escurriendo del sabroso líquido, dejó que el libro lo guiara. Mientras más avanzaba, el libro ganaba fuerza y tenía que apretarlo contra sí mismo para que no se le escapara de las manos. Llegó subiendo por el cuartito al cubo negro prohibido de la biblioteca. Sus manos estaban sudando y el libro simplemente seguía queriendo escapar de su cuerpo. Al entrar a la sección prohibida, el libro se le salió de las manos y por poco no lo recupera.

El gnomo se metió en el pasillo del segundo y el tercer librero. Quería ver el libro que había visto la primera vez, el libro que lo había hecho tener visiones. Pensó que estaría tirado en el suelo, no obstante, el libro había sido colocado por alguien porque estaba en el librero del que lo había tomado. Trató de leer fonéticamente el título humano. Sus labios pronunciaron palabras ajenas, quizá pegadas unas con otras o cortadas por la mitad. Quería saber lo que significaban. Entonces, con mucha concentración, soltó el libro que tenía apretado con ambos brazos a su pecho, el libro de idiomas. Y al tratar de abrirlo, éste salió atraído a un librero de atrás.

El libro voló como si fuese un ave. Oda corrió para ver a dónde se había metido y se dio cuenta que estaba colocado en el librero de atrás. No quería estar allí, se estaba sintiendo raro, así que lo tomó y salió al pasillo. Lo quiso volver a abrir, pero al hacerlo sus ojos se nublaron como aquella vez, sus piernas chocaron contra el suelo y lastimaron sus rodillas y se envolvió en el mismo ambiente nostálgico que la vez pasada.

Los lamentos cesaron cuando una imagen apareció frente a sus ojos, la imagen del árbol gigante, el mismo de la otra vez. ¿Qué significaba eso? ¿Tenía que buscar algún árbol gigante?

Cuando su visión se disipó, su cara miraba hacia el piso, sus brazos lo sostenían temblorosos y su oído alcanzó a percibir un chillido. Fugaz. Giró la cabeza en dirección al sonido, en donde no encontró nada. Su boca estaba seca, su cabeza le dolía y su estómago le rugía. Entonces regresó a las fuentes y se sació, llenando su cuerpo de agua para detener un poco el hambre. Se sentó al borde de una de ellas y se dedicó a pensar en lo ocurrido.

Podía leer el libro antes de que se metiera a la biblioteca pero ¿porque no podía después? ¿Los libros estaban hechizados y por eso se ponían de nuevo en su sitio? ¿Qué significaba el árbol gigante? Indagó en su cabeza las memorias de la escuela. Nada ahí le sugería una pista de lo que acababa de suceder.

Entró de nuevo al cuarto negro, sacó el libro de idiomas y lo colocó en su brazo, sacó el otro libro y lo colocó en su otro brazo. Salió de ahí, resistiéndose a las fuerzas magnéticas que acompañaban los ejemplares, y se alejó hasta estar por el centro de la plaza. Se alejó hasta que los libros dejaron de moverse. Se sentó en el suelo, colocó los dos libros frente a él y los observó.

Ahora era tiempo de averiguar si tenían ese comportamiento fuera de la biblioteca. Con suma delicadeza trató de abrir el libro de idiomas, con el índice y el pulgar sosteniendo el borde de la portada. Entrecerró los ojos esperando ese destello hechizante que le hacía sentir nostalgia, pero no ocurrió nada. Entonces trató de hacer lo mismo con el otro, el que estaba en lenguaje humano. Con los dos dedos lo abrió, lento, apretando los músculos de todo su cuerpo y sosteniendo la respiración. Pero nada, podía hacerlo sin problemas.

—¡Miraste Fugaz! ¡Qué buena idea!

Recordó a su amigo, moribundo y desaparecido. ¿Qué habría sido de él?

GIN MAC

1

Oda había traducido a ciegas la primera parte del libro. Con su ingenio y su capacidad pudo retener las palabras en su mente mientras traducía las siguientes. Cuando sintió que ya no podía acumular más, regresó hasta el inicio. Soltó de forma coordinada (con su dedo índice) lo que decía con lo que estaba escrito. Era una leyenda al inicio de la primera página:

—Usar la información escrita en las páginas de este libro es muy peligroso. Por lo general, se debe de usar en situaciones de peligro.

La advertencia le era interesante ya que indicaba que algo muy importante se cernía después. Pasó la página y siguió con la traducción.

—Mi nombre es Gin Mac, uno de los ocho hechiceros humanos de la última generación. Al encontrarnos en tiempos difíciles y después de pactar la alianza con los gnomos y las hadas, he decidido compartir los conocimientos básicos de la hechicería, con un listado de hechizos para la defensa en caso de emergencia. Así doy a conocer mi parte del trato de paz de parte de los humanos.

Oda se detuvo hasta ahí. Una sonrisa de felicidad se imprimió en su rostro, sus mejillas se pusieron rosadas y su cuerpo se estremeció, no sólo por el frío, sino por lo que había descubierto. Hizo el mismo procedimiento y siguió leyendo, aunque de una palabra no pudo encontrar significado en su lengua.

—Lo primero que voy a explicar es el funcionamiento básico de la hechicería y cómo es que los seres pensantes pueden utilizarla. La primera cosa que hay que saber es que todos los seres vivos tenemos algo llamado *bik*. Es la energía vital de cada uno de nosotros, y es la que se utiliza para ejecutar los hechizos. Los humanos nacemos con un límite muy corto, el más corto de todas las razas, que es de cien *biks*. Los gnomos, en cambio, nacen con el límite de trescientos *biks* y las hadas con uno de doscientos. Estos *biks* son por día, y se regeneran cuando uno descansa.

El día se miraba nublado, así que Oda recogió sus cosas y se puso en la plataforma techada. Los libros se movían tantito, pero no era tan molesto como él pensaba. Después de frotar sus manos para calentarse, memorizó y soltó.

—Ahora, ¿por qué podemos ejecutar los hechizos? Es bastante simple: por los siete y sus mensajeros. No me voy a extender mucho, pero ellos son los responsables de que tengamos estas capacidades. Siguiendo con esto explicaré los pasos, las partes y los significados de cada uno de ellos.

Al voltear la siguiente página, se dio cuenta que estaba en blanco, luego miró las siguientes y se dio cuenta que estaban igual (a excepción de unas líneas que tradujo).

—Aclaración necesaria: cuando el hechicero libera los *bik*, los manda al *amuleto* para que sean transformados ahí dentro, y después estos devuelven el *bik* transformado para que pueda ser utilizado el hechizo. Si el *amuleto* es destruido, ya no puede mandarte esa energía hechizada que podía hacer cuando estaba en perfecto estado, así que debes de usar algún objeto resistente y que puedas proteger, como un báculo de metal.

No le quedó del todo claro, pero supuso que los amuletos que había escogido antes eran lo suficientemente fuertes como para no ser destruidos, porque su fuerza y su vista mágica no habían desaparecido. La lluvia comenzó a caer, o más bien, el granizo. Oda dio un suspiro, le dolía la panza, le dolían los ojos, la cabeza, los labios y la mano lastimada. Siguió con la traducción.

2

«Defensa», decía el título de la página que había podido encontrar que no estuviera en blanco. Y ponía abajo como explicación:

Los hechizos que he recolectado a lo largo de los años, los cuales se deben de usar en situaciones extremas de vida o muerte y con precisión.

Control de hielo. 120 bik. Para conservar alimento.

El objetivo es rodeado de hielo condensado que lo va a encapsular y conservar a cambio de bik por día. No vivo, cincuenta biks.

Y después había una serie de palabras circulares y con un alfabeto que no era humano, con la pronunciación humana. Estaba incompleto. Al acabar esas páginas de puro texto extraño, miró que había unos recuadros con movimientos. Y al ver cada uno de ellos, sintió que le sonaban de algo: el libro de hechizos de Roy Peral.

Pasó las páginas de reojo y miró el contenido del libro humano. Era texto humano y texto extraño en forma de círculos, con pedazos incompletos como los que había mirado en el libro que había robado. Era el libro de hechizos, pero su versión original. Su corazón palpitó ruidosamente, casi tanto que Oda podía percibirlo a pesar de todo el ruido que hacía el granizo al chocar contra las estatuas de hielo. Pasó la página.

Control mental. 110 bik. Para cazar sin verse involucrado.
El objetivo es alterado de sus facultades mentales, ya que las une con el hechicero hasta que se dé cuenta. Vivo, cincuenta biks.

Oda estaba cansado de pensar tanto en algo, y se estaba distrayendo de tan sólo leer el segundo hechizo. Se recostó y pensó en el posible amuleto que había usado con sus hechizos. A su mente le costó encontrar esas memorias lejanas donde se almacenaban los conjuros y todo lo relacionado a ellos. Le costó siquiera recordar cachos de más de cinco palabras de lo que estaba escrito. ¿Por qué era eso? ¿En qué momento empezó a sucederle esto a su mente? ¿Acaso le estaba dando la olvidada? Cerró los ojos y pensó. No podía ser la olvidada, no podía ser que le diera a alguien tan joven como él. Además, el estrés al que se había sometido estos últimos días no creía que fuera el suficiente como para detonársela, en dado caso de que fuera por eso.

Respiró hondo y trató de recordar. Primero pensó en su casa, él cansado después de una jornada laboral. Estaba listo para realizar el primer hechizo que había mirado. Repetía palabras desconocidas con una concentración ejemplar mientras ejecutaba unos movimientos dignos de un ritual a los siete. Y finalizó, o no. No era el final ese, tenía que acabar señalando algo: el amuleto. Cuando estuvo a punto de señalar el amuleto no sabía qué era lo que significaba señalar el amuleto, y entonces señaló... ¿el libro? Creía que sí, que lo había señalado. Suponía que ese era el amuleto que había utilizado al inicio.

¿Qué había hecho después? ¿Qué había hecho cuando intentó el segundo hechizo? Se pegó en la frente con la palma abierta, su cuerpo necesitaba humo de tabaco, pero ya no tenía algo como eso. Se levantó y asomó la cabeza hacia el granizo, estaba frío, y una de esas piedras de hielo le dio de lleno en la frente. Más de estas le pegaron tanto en los hombros como en la nariz y la nuca. Volvió a su lugar.

¿Qué había pasado después? Recordaba haber ido a comprar al mercado la comida de la semana: unas ricas manzanas para hervir. ¡Eso era! Una manzana era lo que había señalado como amuleto la segunda vez. Inhaló y exhaló. ¿De qué mierda le servía saber que si el amuleto esto o el amuleto aquello? ¿Qué tan importante era el amuleto en todo esto?

Su vista andaba perdida en el techo, con el ceño fruncido y la boca apretada, hasta que oyó un chillido. Salió de sus pensamientos tan rápido como lo procesó su cerebro. Y ahí estaba, enfrente suyo, el ratón blanco empapado. El hocico lo tenía bien duro mordiendo un bonche de hojas del libro de hechizos. El gnomo nada más tuvo que oír la cubierta deslizarse por el suelo para poner la mano en las páginas abiertas y detener lo que fuera que planeaba el amigo roedor. El ratón salió corriendo, huyó, directo a la biblioteca. Oda lo siguió con la vista, pero el ratón se le perdió cuando se metió por la puerta rota en medio de la granizada.

El ratón se metió por la puerta rota. ¿Fugaz no había adquirido una fuerza como la suya cuando le había metido el conjuro por error? ¿Dónde había quedado esa gran fuerza después? ¿Qué había pasado con ella? Los treinta días ¿no? Había llegado a la conclusión de que a los treinta días se agotaba el hechizo puesto. ¿Por qué? Simple, porque a él mismo le había pasado eso.

Eso quería decir que le faltaba poco para que sus hechizos se desvanecieran. ¿Cuánto? No sabía muy bien cuánto había pasado desde que se los colocó a sí mismo. Y si el amuleto era el que ayudaba a que esos dichosos biks hicieran el hechizo, quizá tendría que conseguir otro amuleto pronto. Dio un suspiro y se acercó al libro otra vez. Si se le iban a desvanecer los hechizos, era mejor que se los pusiera de nuevo cuando se le fueran.

Sin embargo, cuando abrió el libro se dio cuenta que tenía casi todas las páginas completas. «¿Qué fyfars?». Algo similar había pasado cuando Fugaz había puesto sus patas encima, ¿el ratón blanco había hecho lo mismo? Quizá sí, quizás no, pero ahora podía saber la verdad sobre los hechizos. ¡Y por los siete que fuera antes de caer muerto de hambre!

3

Entonces siguió traduciendo desde donde podía hacerlo.

Decidir qué tipo de hechizo es lo más importante para empezar, ya que es la zona que el hechicero va a tocar para liberar su bik. Empecemos con la dirección. Si va dirigido hacia los seres vivos, se debe tocar la nuca, si va dirigido a los no vivos, se tocará la frente.

Debajo había una imagen del mismo gnomo alargado que había visto antes, tocándose la frente con una mano larga. Ahora era lógico que fuera un humano el que se trataba de representar. Quizá Tas Yaren tenía razón al decir que había visto a los humanos por ahí y que estaban en esa isla perdida en el mar.

Lo siguiente que uno debe hacer para poder usar el bik correctamente es relajarlo. Durante toda nuestra vida, los bik van de un lado a otro y se amontonan en zonas de dolor. Si queremos que nuestro hechizo vaya a la perfección, la mejor posición es la abierta, con los brazos y las piernas extendidos.

Debajo un recuadro de un humano haciendo la pose.

Cuando uno ya relajó el bik, necesita concentrarlo en la zona en la que se va a usar, y eso se logra apretando los músculos. Si el hechicero quiere usar los brazos, necesita apretar los músculos de los brazos para que el hechizo se vaya a ejecutar ahí.

Una imagen de un humano apretando los puños fue la representación que Gin Mac dio en esta ocasión. Oda dio vuelta a la hoja.

Y como último paso, necesitamos sellar el bik en el interior de nuestro amuleto. Con señalarlo se creará la simbiosis necesaria. Y ya aquí dependerá de si queremos que el hechizo afecte la parte concentrada, o si en cambio queremos que afecte otra cosa, que será esperar treinta segundos o tocar lo que sea que necesite ser hechizado.

Después, unas páginas en blanco. «Fyfars». Lo siguiente era la lista de hechizos.

Control de hielo. 120 bik. Para conservar el alimento. El objetivo es rodeado de hielo condensado que lo va a encapsular y conservar a cambio de bik por día. No vivo, cincuenta biks.

Oda repitió lo que acababa de leer ya que no había puesto la atención debida la primera vez.

—Control de hielo... —dijo—. Encapsular...a cambio de bik...

Ese era el hechizo que había ejecutado con antelación, el de las estatuas de hielo. Pero estaba tan cansado, que al cerrar los ojos y estar calentito con sus ropas se quedó dormido.

4

Despertó desparramado, con los brazos aquí y allá y la saliva escurriéndole por la barba un tanto crecida. Cuando se percató de lo que había sucedido mientras dormía, se le vino una imagen a la mente: el ratón blanco.

Corrió hacia la biblioteca, dejando la bolsa de doble asa tirada en la plataforma. Se apresuró a meterse al cuartito sube y baja y le picó al botón con rudeza. Menos mal que era resistente, porque lo hubiera roto de haber sido de madera o algún material frágil. El cuartito subió, el gnomo corrió y se metió a la zona prohibida. Fue al pasillo entre el dos y el tres y vio que el libro de hechizos andaba ahí, colocado. El maldito ratón blanco lo había llevado hasta allá. ¿Por qué razón? ¿Acaso quería que se quedaran ahí los libros? Cogió el libro de hechizos, después fue al librero de atrás para coger el de lenguaje humano y se los puso a los costados. Cuando estuvo a punto de retirarse sintió un dolorcillo en el tobillo. El ratón le había pescado un buen trozo de pie y parecía no querer soltarlo.

—¿Qué haces maldito roedor estúpido? —dijo Oda, casi como un gruñido.

Pof. Los libros se le cayeron de la sorpresa. Después se comenzaron a mover por su cuenta hacia los libreros. El ratón no cedía, Oda tuvo que dar un patadón hacia atrás. El ratón se desprendió, sacándole unas gotitas de sangre al gnomo minero. Se estrelló contra la pared y cayó, atontado. Oda volteó a mirarlo, pero el ratón se recuperó rápido y huyó. No podía dejar que se escapara porque volvería a robarle el libro de hechizos (o cualquier otro que cogiera de la biblioteca), así que lo persiguió hasta que se escondió detrás de un libro en el primer librero.

—¡Sal de ahí! —gritó Oda, furioso.

El ratón chilló muy agudo y se abalanzó directo al dedo índice de su mano derecha. Lo mordió tan fuerte que cayó con un trozo de piel entre sus bigotes, un trozo de piel negra. Luego se propuso a subir por los demás libros y meterse entre las páginas del mismo libro tras el que se había escondido antes. Éste quedó medio abierto con el roedor en medio de las dos mitades (la mitad más pequeña era de dos páginas). Oda acercó su mano sana, pero el ratón chilló agudísimo otra vez y se revolcó para que el libro se abriera más.

—¿Quieres que lea esto? —preguntó Oda.

El ratón chilló. El viajero acercó las manos al libro y lo sacó de su sitio, precavido de cualquier acción que fuera a cometer el roedor blanco. El peludo se coló detrás de otro libro y se hizo bolita.

—Tienes que dejar de molestar. Voy a leer esto que me pides, pero deja quedarme con estos dos.

Oda señaló con la barbilla hacia el segundo y el tercer librero. El ratón chilló y luego enmudeció.

5

Ahora se encontraba en la plaza (debajo del techo) con tres libros abiertos esperando a ser usados por él. El agua que había llovido había llenado las fuentes, pero ya se estaba acabando, así que debía encontrar algo que por lo menos le solucionara su problema de sed. El libro que el ratón blanco le había dado se llamaba *Misterios humanos y gnomiles*. Volvió a aplicar la misma técnica de traducir palabras a lo loco, retenerlas y recitarlas al ritmo de su lectura. Puso su dedo sobre el primer renglón y empezó a decir lo que venía escrito.

—Mi presentación quedará opacada por la magnífica hechicera que tengo a mi lado, de la que podemos resolver algunas dudas sobre la raza humana. Mi nombre es Ayam Rikat, gnomo de nacimiento, hechicero por pasión. Y escribí una serie de preguntas que Vanessa Hon, miembro de Los Ocho, me resolverá sobre los humanos. Lo mismo va para ella, me ha escrito preguntas que resolveré en breve y conciso. Esto con el propósito de volver nuestra alianza aún más fuerte y conocernos más a fondo. Empezaré con la primera pregunta y ella me hará la segunda. Por consiguiente, seguiremos este proceso.

Oda observó la estructura de la página a continuación. Venían pequeños párrafos (o a veces una sola línea) con una pregunta arriba.

—¿Cuánto mide exactamente un humano promedio? Un metro ochenta los hombres y un metro sesenta las mujeres.

El gnomo minero se detuvo un segundo porque no había encontrado la palabra «metro» en su libro de lenguaje, pero asumía que era una unidad de medida conocida por los hechiceros.

—¿Qué relación tienen los gnomos con los bosques? Esto es complicado de responder, porque no sólo es con los bosques, sino que con toda la vida que surge de la tierra. Trabajamos la tierra desde dentro y desde afuera, para así darle la vitalidad que tenemos dentro, y que a su vez, ésta no las dé como respuesta.

El gnomo no quiso detenerse y quiso acabar de leer hasta donde había logrado traducir, que era toda la primera página.

—¿Ustedes fuman mucho? Sí, es uno de nuestros placeres como lo es el de ustedes cuando tienes sexo. ¿Cuántos años pueden vivir? De trescientos cincuenta a ochocientos años. ¿Qué es lo que sienten al ser grandes? Nos superan los elfos en esto, pero se siente una gran potencia contra todos ustedes. ¿Es cierto que saben hechizos de resucitación? Sí, es cierto, uno de nuestros hechiceros legendarios rezó tanto que obtuvo ese hechizo.

Oda paró de leer. ¿Trescientos cincuenta a ochocientos años? No, eso era imposible, ningún gnomo podía vivir tanto, antes le daba la olvidada y era ¿sacrificado? Y cuando se lo puso a pensar detalladamente, jamás había oído de alguien que muriera de viejo sin ser sacrificado. Parecía como si la olvidada fuera el fin de toda la vida gnomil, lo cual a Oda le daba repelús. Releyó la parte de la tierra (teniendo que traducirla de nuevo):

—Trabajamos la tierra desde dentro y desde afuera, para así darle la vitalidad que tenemos en nuestro interior, y que a su vez, ésta no las dé como respuesta.

Si los gnomos eran esa parte tan importante para la naturaleza, entonces al desaparecer, la naturaleza desaparecería también. Tenía sentido que fuera así, porque desde que dejaron de trabajar los gnomos toda la vida se estaba muriendo. Incluso Fugaz fue un efecto colateral de la falta de trabajo. ¿Pero por qué el ratón blanco seguía vivo? ¿Cuál era la intención de darle a leer ese libro?

Oda miraba la puerta destrozada que llevaba al cuartito que se elevaba. Si lograba encontrar un «hechizo de resucitación», ¿eso significaba que podía resolver su problema? Volteó la página para que le resolviera más dudas, pero estaba en blanco, vacía. Parecía tener el mismo comportamiento que los diarios y que el libro de hechizos. Cerró aquel libraco y se centró en aprender algún hechizo de resucitación. No estaba ahí nada parecido y, si quería tener más tiempo, tenía que resolver el problema del agua y la comida antes que cualquier otra cosa. Ese día se esforzó al máximo para traducir dos conjuros completos, ya que eran los primeros que encontró que no fueran sólo pedazos (y que seguían al de hielo). El primero, que ya había leído, ponía esto:

Control mental I10 bik. Para cazar sin verse involucrado.
El objetivo es alterado de sus facultades mentales, ya que las une con las del hechicero hasta que se de cuenta. Vivo, cincuenta biks.

Oda pasó de éste por el momento. El siguiente lo tradujo de esta forma:

Control del sexo I30 bik. Para tener granjas y criaderos. Destruir amuleto cuando se vea necesario.
El objetivo tiene fuertes deseos de aparearse hasta morir. Vivo, cuarenta biks.

El gnomo pasó de éste también y durmió ese día sin soñar.

6

Al día siguiente, con la boca seca y un dolor de cabeza que le molestaría si no se trataba, decidió levantarse y buscar en cada una de las fuentes un poco de agua para hidratarse. Lo consiguió, pero ésta sería la última vez que lo conseguiría, por lo menos ahí, ya que se la había zampado toda. Se sentó de piernas cruzadas, respiró hondo y cerró los ojos por un minuto aproximadamente, luego abrió los libros que tenía por traducir. Doce horas se forzó, con descansos suficientes pero más dolor de cabeza entre cada uno, a traducir los tres hechizos siguientes.

Su boca se sentía terrible (como si hubiera mascado tierra seca), su frente apretaba su cerebro mientras su nuca regresaba la fuerza y su estómago hacía ruidos raros y le dolía como para cagar sangre. Los resultados no eran los esperados. Estos tres hechizos hacían cosas horribles que no le servirían. Todos estaban hechos para causar el máximo dolor en el menor tiempo posible; desde extraer la sangre del enemigo gota por gota, reventando cada vena dentro del cuerpo, hasta causar miedo constante por el resto de sus días. Oda se recostó en la piedra de la plaza y observó a una estatua de hielo que contrastaba con las demás. Una estatua que parecía llegar tarde a algún lado.

—¿A dónde vas? ¿Qué te da tanta prisa? —le preguntó.

—¡Necesito llegar a mi trabajo! —le respondió a Oda, con una voz aguda y nasal.

—Pero mira cómo estás, estás corriendo sin parar, pero no puedes mover un solo músculo.

—¿Por qué? Si hago esto puede que no llegue a tiempo —dijo asustado

Por un segundo creyó ver que la estatua estaba sudando.

—¿Y qué pasa si no lo haces?

Un plop de una gotita se oyó, o por lo menos el gnomo minero lo percibió.

—Me despiden y necesito cuidar de mis hijos.

—¿Sabías que tu jefe también está en tu estado?

—No… —La estatua calló, miró al suelo y luego otra vez a Oda—. ¿Cómo sabes eso? —le preguntó.

—Porque yo los puse así, detenidos. Los estoy matando lentamente.

—¿Y por qué haces eso? —El gnomo de hielo empezó a hiperventilarse, sus pupilas se dilataron y su estómago se revolvió— ¡Sácame de aquí! —exclamó, con su voz nasal.

—No puedo.

—¡Sácame por favor! Debo ver a mis hijos una vez más.

—Es imposible hacer eso. Incluso yo, que puedo moverme, estoy muriendo.

—¿Y qué te detiene a encontrarte con tus hijos?

Oda rió.

—Nada. No tengo hijos. Pero mi padre…

—¿Ya lo buscaste?

—No. —Oda retuvo aire, recordó la cama en la que había dormido su padre antes de desaparecer y luego lo soltó—. ¿Por qué habría de hacerlo? Se veía igual o más perdido que yo.

—¿Y qué vas a hacer? ¿Te vas a quedar ahí?

—No.

El juego de cartas en casa de Falco Dronon dio esa respuesta. Las promesas a los otros baumos dieron esa respuesta. La promesa a los exploradores en el puente dio esa respuesta.

—¿Entonces?

—Voy a seguir… estoy muy cerca de lograrlo.

—¿Y qué te detiene a lograrlo?

El gnomo miró los tres libros que tenía frente a él. Aún no había exprimido todo su potencial, y probablemente ese era el día en el que comenzaría a morir, a morir como ellos. «Nada»

7

Oda volvió al libro. Maldita sea, debía de haber algo en aquel libro misterioso, sólo necesitaba encontrarlo. Volteó la página para el siguiente conjuro a traducir. Se relamió los labios y frunció el ceño con dolor. No era suficiente descanso, pero el tiempo apremia y debía de saberlo de una vez. Había estado perdiendo tiempo valioso en descansar, así que ahora no descansaría hasta encontrar el hechizo adecuado. Memorizó la siguiente explicación y se la dijo en voz muy baja, su garganta estaba igual de seca que su lengua.

—Robo de vitalidad. Uso sólo para emergencias. Roba biks inestables que se escapen de un ser vivo hasta que se muere. Vivo, diez biks.

Oda se desplomó después de decir las últimas palabras con un hilito de voz que no se oía. Sus ojos daban vueltas y no podía mantener su cabeza enfocada en algo que no fuera beber agua y masticar aunque fuera un piñón podrido. Cerró los ojos, inhaló y exhaló por varios minutos y trató de ordenar lo que acababa de leer. «Robo de vitalidad», decía. «Roba biks inestables que se escapen de un ser vivo hasta que muere». ¿Eso que significaba? ¿Que le absorbía la vida?

El gnomo se durmió por un par de minutos hasta que sintió un lengüetazo en la nariz. Lo trató de quitar con la mano y abrió los ojos. Sintió que unas patitas caminaban por su tórax y se bajaban de su cuerpo. Se sentía un pelín mejor que antes, así que se incorporó. Miró que el ratón estaba dando vueltas sobre la página del conjuro. Señaló al ratón blanco.

—¿Quieres que yo...? —preguntó, con una voz extremadamente bajita, pero el ratón interrumpió con un chillido.

El ratón corrió hacia la figura helada del gnomo al que se le hacía tarde y se subió a su pierna derecha, encima del muslo. Oda se acercó.

—¿Quieres que lo haga con él? —El ratón lo siguió mirando—. Pero…

Oda estaba mal, la sed, el hambre y el cansancio lo estaban matando, así que si el enviado de los siete le decía que hiciera algo, quizá había que creerle. Se acercó al libro y pasó dos horas haciendo la traducción de las palabras a decir. No tenía ni la más mínima idea de lo que significaba nada, pero lo aprendió. Entonces se puso de pie y comenzó. Se tocó la nuca, hizo la posición abierta, luego apretó el puño izquierdo y apuntó al libro de hechizos como amuleto. El ratón observó cada paso sin rechistar, al parecer, el ratón sabía o tenía conocimiento de lo que sucedía. Y chilló. Dio unas vueltecillas sobre el muslo de hielo de aquel hombre y Oda se acercó.

—Debo tocarlo ¿verdad?

El ratón no dijo nada, entonces Oda posó su cansada mano izquierda en el hombro del gnomo apurado. Al rozar sintió una energía curiosa, como si estuviera siendo sanado desde el corazón. Colocó la palma extendida en la estatua y ésta comenzó a agrietarse mientras Oda se empezaba a recuperar. Su garganta se reparaba, su lengua se curaba, su mano derecha sanaba y su estómago se saciaba. Su cerebro estaba cada vez más enfocado, así que siguió hasta que se desmoronó la estatua de hielo con el gnomo apurado dentro. O más bien, con su esqueleto hecho polvo dentro de una cáscara de piel. Primero se sintió bien, pero luego razonó lo que acababa de ocurrir.

—Lo maté —le dijo al ratón.

Éste estaba posado encima del libro de hechizos. Oda recordó su pesar. Y entonces se sintió mejor al saber que su vida era más valiosa en ese momento que la de cualquier gnomo de ciudad. Se sentó de piernas cruzadas y se dispuso a seguir leyendo aquel libro.

Tercera Parte: El Hechicero

RATONES Y SECRETOS

1

Y pasaron los días, las semanas, los meses y los años. La barba del gnomo llegó hasta el piso, el cabello cubrió sus orejas y comenzó a tener uno que otro vestigio color plateado; su cuerpo se volvió poderoso, fuerte y musculoso, pero también oloroso, descuidado y sucio. Su búsqueda lo había llevado a cada extremo de Norda, ya que supuso que el árbol que constantemente miraba en sus visiones era alguno de los árboles palacio que había cerca de los cuarteles de Norda.

Cada vez que notaba que alguna fobor, u otra bestia marina, llegaba desde la orilla hasta los palacios, escapaba y se prohibía ir a ese lugar para continuar con el siguiente. Cuando regresaba, el ratón blanco lo ayudaba a revelar una que otra página del libro, pero luego se escapaba de él como Fugaz lo había hecho toda su vida. Por eso mismo, Oda había memorizado cada hechizo que venía en el libro de hechizos, mientras hacía que las estatuas se derrumbaran en su propio polvo de huesos. Les absorbía hasta la última gota de vitalidad, lo que le había dado los beneficios de una salud física ejemplar. Trataba de no mantener conversaciones con ellas, pero le era inevitable, porque necesitaba de sus palabras para seguir adelante.

Con el tiempo sus hechizos se volvieron mejores, de hecho, cuando logró perfeccionar el de «Robo de Vitalidad», se dio cuenta que podía aprovechar mejor las estatuas gélidas de su entorno. Entonces, una estatua joven le duraba hasta una semana sin tener que robar vitalidad a otra persona. Y desde que dejó de servirle el libro de hechizos, decidió traducir otros libros de la zona prohibida.

En estos descubrió más cosas, algunas grandiosas y otras macabras. Descubrió un mundo más allá de su cuevecita y el ocasional bosque de Jacabaum. Se volvió un erudito en el mundo donde la ignorancia acerca de los humanos sobrepasaba lo absurdo, se volvió un ser con un conocimiento ejemplar si se comparaba con el gnomo promedio. Conoció algunos escritos de humanos importantes, que con tan sólo leer sus aventuras, sus peripecias y sus increíbles tamaños, deseaba algún día poder ver alguno. Se preguntaba por qué habían desaparecido de repente, se preguntaba por qué habían abandonado a los gnomos y por qué los habían dejado en ese estado de ignorancia pura. Y tal vez, pero sólo tal vez, los humanos podían ser la solución a su problema.

Un día de esos, mientras buscaba qué leer en la zona prohibida, se asustó por algo, o por lo menos se alteró su sistema circulatorio. Una cabecita de color gris se asomó en uno de los espacios que estaba husmeando. Primero pensó que era un cadáver roedor conservado milagrosamente, pero éste lo miró de regreso. Oda le lanzó una sonrisa, pensando en las pocas, y casi nulas, probabilidades de que hubiera otro ser vivo aparte de él y el ratón blanco. Éste serpenteó hasta la orilla de la madera y se le abalanzó al pecho. Encajó sus garras entre los hilillos de tela que conformaban su prenda y luego decidió escalar hacia arriba. El ratoncillo se escurrió por la nuca y se lanzó a la capucha. Oda se lo trató de quitar y éste pegó un brinco hasta la parte de arriba de su cabeza. Y se quedó ahí. Oda lo percibió de forma lenta, pero todo sucedió en menos de cinco segundos.

—No. No puede ser —se dijo—. ¿Tú no habías…?

El ratón saltó de su cabeza y corrió hacia el fondo de la zona. Oda lo siguió. Percibió un chillido que Fugaz respondió con otro igual. Y entonces, oyó cómo algo se arrastraba, lento pero continuo. El ratón blanco estaba trayendo un libro hasta donde Oda estaba dispuesto.

—Hace mucho que no te veía —le dijo al ratón blanco—. ¿Dónde habías estado?

El ratón gris se subió al libro y dio vueltas sobre sí mismo, el ratón blanco destensó la mandíbula y chilló.

—¿Quieren que lo abra?

El hechicero se sentó en el frío suelo, y cuando estuvo a punto de abrir el libraco, se detuvo.

—No, esperen, aquí no.

Cogió el libro y salió de la zona prohibida de la biblioteca. Bajó por el elevador hasta la planta baja y se dirigió a la plaza. Se dispuso a caminar hasta la plataforma techada, donde una bolsa de tela desgastada yacía desde hacía tiempo, y se sentó en el suelo junto con ellos. Los ratones dieron vueltas sobre sí mismos y lo miraron. Luego chillaron.

—Lo leeré.

La portada del libro era una que había mirado antes: «Bestiario de Sire Darat». En este libro, escrito por una hechicera humana, catalogaba a las criaturas con las que se había encontrado en sus vastas aventuras. Bestias que Oda conocía de cuentos de su infancia, bestias como pegasos, basiliscos o quimeras. No había podido mirarlo al completo, de hecho, tan sólo había podido mirar unas diez páginas, con una bestia en cada una de ellas. Las demás páginas habían permanecido en blanco y el ratón no había aparecido como para develárselas.

Cuando miró en su interior, efectivamente, las páginas que no había mirado estaban vacías. Los dos ratones lo miraban expectantes, moviendo sus naricillas de un lado a otro como si quisieran que hiciera algo más. El gnomo pasó las páginas, una a una, checando en todo momento que los amigos roedores le avisaran que se detuviera. Lo hicieron más o menos a la mitad del libro. Chillaron a la vez y se subieron a la hoja. El hechicero soltó una sonrisa, sabía lo que iba a suceder; el momento que le maravillaba siempre que lo veía. De sus patas se comenzó a extender una onda expansiva, con la cual se iba dibujando el contenido lentamente. Cuando la página se apareció al completo, los ratones se bajaron de ella.

—Quieren que lea esto.

Miró la imagen que yacía ahí; era la imagen de algo conocido, algo que Oda ya había mirado antes y que le había causado muchos problemas. Era algo aterrador que hizo que sus manos temblaran como si fuesen abejas, que sus pulmones se dilataran tan rápido como su corazón palpitaba. Sus dedos sintieron unos hierbajos húmedos, mientras sus ojos se perdían en una figura a contraluz, una figura que explotaba frente a él. El ratón blanco le mordió el dedo, el gris chilló. Oda volvió.

«Criaturas para invocación de nivel avanzado», ponía en el título de la página escrito en humano. Había una imagen que ocupaba la mitad de la misma, y debajo de ésta ponía una descripción:

La fobor es una bestia que se alimenta de la carne. Vive en las aguas saladas de Sutone y no puede morir de vejez. Ataca con sus ventosas y se defiende con su chillido atontador. Usualmente, invocar una sola requiere tiempo, pero se puede lograr. Con los suficientes bik, uno puede hacer que permanezca en el mundo invocado y, con suerte, que se reproduzca por sí sola.

El gnomo miró a los dos ratones.

—¿Qué están diciéndome? ¿Por qué me cuentan esto?

El ratón blanco se subió a la orilla de la página. Fugaz se paró sobre sus dos patitas y el blanco corrió por el borde del papel, mientras el gris lo perseguía desde el suelo. Luego, el gris subió el bonche de hojas que conformaban la mitad del libro y se le abalanzó al blanco. Al mirar que Oda no había comprendido muy bien lo que sucedía, los dos se bajaron del libro y se alejaron unos pasos a la derecha. Se pararon en dos patas y corrieron desde ahí hacia el gnomo barbudo. Pero se detuvieron, se detuvieron más o menos a unos tres pasos de donde estaba sentado Oda.

Oda apuntó hacia la derecha, hacia donde estaban los ratones.

—¿Vienen para acá?

Los dos animales chillaron al unísono.

—Vamos a la zona. —Se levantó—. No se preocupen, no pueden hacernos nada si nos encerramos ahí.

Oda levantó el libro de Gin Mac. Y cuando se iba a ir a la zona prohibida, los dos ratones llamaron su atención yendo hacia uno de los edificios de departamentos. Oda los siguió.

2

El gnomo hechicero miró la puerta de cristal que protegía el interior. Los ratones se colaron por una grieta en la piedra, Oda dio un toque con el pulgar a la cerradura en el costado derecho. El cristal de alrededor se agrietó un tanto. Las puertas de los edificios eran distintas, ya que eran corredizas, y al abrir con el más sumo cuidado aquella puerta, la quebró dentro del hueco de la pared en el que se metía.

Jamás se había acercado a los edificios porque sentía que eran una pérdida de tiempo muy valiosa para seguir investigando en la biblioteca o en los árboles gigantes. Entonces no sabía cómo lucían por dentro y sus ojos fueron impresionados por la pizca de arquitectura nordiana que tanto había admirado en la biblioteca. Los suelos estaban hechos de cristal, donde unas lámparas (ya apagadas) yacían bajo los pies del hechicero. Las paredes de piedra estaban enceradas y tenían unos colores turquesa y escarlata tan característicos de aquella sociedad. Los ratones se detuvieron frente a una puerta de metal, que Oda supo que era de un elevador. La recorrió hacia la izquierda y entraron.

—¿Cuál de todos estos es?

El ratón blanco subió hasta su mano y se quedó suspendido encima de su dedo índice. El gnomo acercó el dedo y el ratón chilló mientras Oda lo movía lentamente, en orden de arriba abajo frente al tablero de botones. El roedor dejó de chillar unos cinco botones abajo. Presionó y esperaron. Salieron de aquel cuartito y los ratones lo dirigieron hasta el fondo del pasillo. Hacía un frío notable en ese lugar, quizá porque las estatuas de hielo no eran afectadas por el sol o quizá porque el calor del mismo no llegaba tan adentro de los departamentos. Ahí había una puerta con el número ocho en el costado derecho. Los ratones se metieron por un agujero en el suelo y entraron. Oda rompió la cerradura con la palma de la mano y metió la puerta en la ranura de la pared.

Se miraba una mesa con restos de un banquete; había platos, vasos, tazas, cubiertos, cacerolas y velas apagadas. También un olor a podrido que hizo que el gnomo arrugara la nariz. Alrededor de este peculiar banquete unas veinticinco personas reían y disfrutaban de la comida servida (la mayoría eran gnomos viejos). En la cabeza de la mesa se miraba a alguien, alguien conocido para Oda, alguien que no había buscado pero que le alegró el día encontrarlo: era Jaxi Senner, su padre. No se veía muy cómodo en esa habitación.

3

La pareja de peludos siguió su recorrido por ese lúgubre lugar mientras Oda no paraba de observar la estatua gélida que un día fue su padre. Lo miró directo a los ojos, a la vez que pasaba de largo las demás estatuas sentadas a la mesa. Estuvo a dos pasos del asiento que ocupaba su progenitor. Las barbas grises que brotaban de su rostro ahora se asemejaban a las que él llevaba. Sin pensarlo más, extendió los brazos y lo atrapó en ellos. Estaba frío, helado, pero tenía una pizca de calidez en el centro que le dio una esperanza a Oda.

—Papá… —le dijo—. Perdón. —Bajó la mirada y observó sus manos. Estaba atado con una cuerda que se había congelado también—. Perdón. Te pido perdón.

—¿Me tienes que pedir perdón? —dijo Jaxi, su voz era gruesa.

—No pude tratarte bien aunque fuera una vez. Lo pensé mucho, y creo que tú eras el más afectado con la muerte de mamá. Nos alejamos los dos… y no sé… ahora ni siquiera puedo salvarte… ¿Me perdonas?

Sus ojos comenzaron a tener una capa de agua. Cada vez le costaba más decir palabras tan seguidas.

—Ey, ey, ey, ey, ey. Alza la cabeza.

El hechicero hizo caso a la voz. Volvió a encontrar la mirada vacía de su padre. Una electricidad atravesó todo su cuerpo, los vellos se le erizaron y sintió unos escalofríos tremendos.

—¿Papá?

—¿Alguna vez te dije que siempre hay que cumplir las promesas? Tú prometiste a tus compañeros que ibas a salvarlos, prometiste a tu jefe que ibas a salvarlo, prometiste al sabio que ibas a salvarlo. Y hasta a los viajeros del puente. Roy Peral te dijo que podías hacerlo, no creo que un sabio tan ermitaño como él te haya dicho mentiras. Además, no está todo perdido, tienes tiempo para seguir investigando.

—Roy Peral no sabía nada… no sabía lo complicado de esto… podría si supiera cómo, pero… pero estoy ciego y el tiempo corre. Y mientras yo pierdo el tiempo investigando sobre los humanos… haciendo hechizos que no sirven… que no sirven de nada y matando maldita gente… —Oda volvió a bajar la cara—. Mírate… tienes las malditas manos atadas… tienes la cara tan mal como la de un asqueroso muerto… y el cuerpo… el cuerpo está más frío que…

—¿Quién hizo esto? —El gnomo se quedó callado. Tal vez no por voluntad, sino porque de repente se volvió mudo—. ¿Quién hizo esta estupidez?

—Yo…

—¿Quién la va a solucionar?

—No sé.

Oda le vio la nariz redonda y los labios húmedos e inertes. El brillo en sus mejillas que tanto lo caracterizaba ahora no era más que un recuerdo lejano.

—Falco Dronon. ¿Ese no era el que siempre buscaba caminos? ¿No era el que tanto querías?

—Sí, pero…

—Si el buscaba caminos, tú puedes hacerlo, tú eres como él. Siempre lo he sabido. Eres fuerte Oda. Tu madre también sabía que serías fuerte, por eso perdió la vida para salvarte. ¿Entiendes? Aquí el único que es fuerte eres tú. Yo ni siquiera pude olvidar a tu madre, ni siquiera con una mujer tan increíble como Aita Kass pude ocupar su lugar. Si tú me dijeras que fuiste inteligente al no seguir mis pasos, te daría toda la razón…

De sus ojos brotó una lágrima. Se lamió los labios y giró la cabeza.

—¡No! —gritó—. Se suponía que esto era para impresionarte… se suponía que tenía que superar tu increíble fuerza… tú eras el fuerte… papá.

—Hijo, la única fuerte aquí era tu madre. Ella era espectacular. Ella fue la que me convenció de crear el imperio Senner. Ella y sólo ella fue la que me impulsó a sentar las bases y tenerte aquí conmigo. Oda… ¿me puedes demostrar que tu madre murió por la verdad? ¿Me puedes demostrar que tu madre no nos dejó para arruinar nuestras vidas?

—Sí papá, puedo hacer eso… —Oda se levantó y miró a los ojos a su padre—. Te amo.

4

Un chillido. De hecho, eran varios chillidos seguidos. Uno tras otro. El gnomo espabiló y se dio cuenta que estaba siendo mordido de ambos pies, un ratón en cada uno.

—Ustedes deben de ayudarme… deben de saber…

Los ratones se bajaron de su cuerpo y caminaron hacia atrás de donde su padre se sentaba. Allí había una puerta que el gnomo no había notado al inicio. Preparó su fuerza y trozó el candado. Otro librero, otro más de los tantos en los que se había involucrado. Era pequeño, de dos pisos y contenía apenas veintidós libros que completaban la colección. Leyó los títulos visibles que estaban en los lomos y, para su sorpresa, estaban en su propio idioma.

—¿Qué quieren que lea?

El ratón blanco se acercó al primer libro del segundo piso y le dio una mordida. «Plan de la Secta», ponía. Oda lo sacó, dejando el otro libro sostenido por su brazo izquierdo, el de las bestias. Ahí, de pie, comenzó a leer.

5

Debo serles claros, mis leales ratoncillos, jamás creí que me fuera a suceder esto, pero deben de creerme, seremos los causantes de la liberación de la raza gnomil. Primero que nada, deben dar por hecho una cosa: el ratón blanco es nuestro salvador. Si no creen eso, estaremos cayendo en un error gravísimo.

Oda desvió la mirada hacia el ratón blanco. Después, siguió leyendo.

Hay dos razones para creerle: la primera es que él me deja pistas de su plan todo el tiempo, él se comunica conmigo casi siempre. Nos comunicamos con un libro, en el que me explicó lo siguiente:

Me dijo que para la salvación debía de juntar la mayor cantidad de trozos, o en otras palabras, cualquier cantidad de libros que dieran la sensación de liberación. Que cuando los tuviera listos, los llevara a la fuente que él había ido creando a lo largo de los años, y que en ésta había aún más trozos.

Lo que quiero decir con esto es que escribiré avances de estas dos misiones que nos dejó el salvador: la primera confiere a juntar la mayor cantidad de relatos en la olvidada y libros con lenguaje extraño, la segunda a buscar una manera de ingresar a la fuente. Si hacemos estas cosas bien, seremos recompensados. No lo digo yo, nos lo dice nuestro salvador el ratón.

Dio vuelta a la página, pero el ratón blanco chilló. El gnomo entendió y cerró el libro.

—La zona prohibida es de donde saqué este libro. —Oda señaló el libro de Sire Darat que tenía en el brazo izquierdo—. ¿Esa es la fuente? ¿La que hace que me sienta horrible cuando abro los libros? —El ratón chilló. Fugaz se quedó callado—. ¿Quieren decir que debo llevar todos estos libros para allá? —El roedor blanco le mordió el pie—. Explíquenme qué debo hacer, explíquenme qué es lo que necesito para que los gnomos vuelvan a su estado original. Si me dicen eso… los ayudaré a llevar los libros hasta allá. —El ratón blanco le chilló al gris, y luego los dos señalaron otro libro. No tenía registrado nada en el lomo y era de una cubierta blanca—. ¿Lo leo?

Los dos ratones chillaron. Oda depositó los otros dos libros en el suelo, sacó el de cubierta blanca y se sentó a leerlo. Pasó las páginas en blanco lentamente hasta que llegó a una que los roedores le indicaron. Se subieron a ésta y revelaron su contenido.

—¿Reglas básicas de hechicería? —dijo, extrañado, en lenguaje humano.

Para ejecutar un hechizo correctamente se necesitan tres cosas fundamentales: el conjuro (que indicará el propósito del uso de tu energía vital), el movimiento (que liberará dicha energía) y el amuleto (donde se guarda la energía alterada para hacer una simbiosis). Si este último es destruido o se le agota la energía dada, el hechizo se anulará.

Oda releyó unas diez veces la última línea. «Si este último es destruido o se le agota la energía dada, el hechizo se anulará». Sabía que por eso no había perdido sus poderes todo este tiempo, porque el amuleto no había sido roto antes, el amuleto que había usado para tener los dos hechizos que ahora seguía teniendo. Era una estupidez haber buscado algún hechizo que anulara el de hielo si podía anularlo destruyendo el amuleto. Entonces, si destruía el amuleto que había causado que la gente se hiciera de hielo ¿se solucionaría? Pero ¿cuál era el amuleto que había usado para hacerlos de hielo? Se pegó en la frente con el puño tratando de recordarlo. No sabía, no tenía idea.

—¡Fyfars! —exclamó—. Los ratones mordisquearon el libro de la secta y lo miraron—. No puedo recordar el amuleto. —Los ratones chillaron—. Sí, sí, lo sé, los ayudaré.

Oda levantó el pequeño librero con una mano. Los ratones estaban felices, se miraban así, y entonces Oda salió por la puerta que tenía el número ocho inscrito encima.

6

Oda, cavilando sobre el amuleto que usó para su hechizo, picó el botón del elevador de la biblioteca. Los dos ratones estaban subidos a su cabeza y olisqueaban su grasoso cabello mugriento con sus naricitas sucias. Cuando llegaron, los ratones salieron corriendo hacia la zona prohibida. Oda los siguió, balanceando de un lado a otro el librero pequeño por el pasillo de cristal. Lo había notado desde antes de estar cerca de la zona prohibida, pero ahora los ejemplares temblaban con una fuerza y magnetismo parecida a la de una campana grande al ser tocada por el campanero. Al entrar a la zona prohibida, la fuerza fue tanta que el librero se rompió de la parte que Oda estaba agarrándolo.

El gnomo se quedó inmóvil, con los dos pies apoyados en la entrada del cubo negro. Su cabeza apuntaba a los dos ratones que miraban atentos cómo se colocaban los libros en los libreros grandes. Uno a uno, salían del librero volcado en el suelo, flotando gentilmente. Se iban introduciendo en los huecos que aún quedaban en los libreros de la biblioteca. Unos se fueron al quinto librero, otros se metieron entre el segundo y el tercero y uno pequeñito tuvo el honor de ser el único en meterse en el primero. Pero no pasó de ahí. Oda esperaba a que sucediera algo con tantos «trozos» en la «fuente» como había dicho el plan de la secta. ¿Qué debía de pasar? ¿Había de suceder algo? ¿Su plan había fracasado? Ellos lo voltearon a ver. Sus cabecitas se miraban tristes y su lenguaje corporal mencionaba que estaban abatidos. Luego corrieron a esconderse detrás de uno de los libreros.

—¿Necesitan más libros para completar su fuente? —preguntó Oda, al aire—. Si me ayudan a descifrar cuál es el amuleto, les juro que los voy a ayudar a recolectar más libros. —Los dos ratones no dijeron mucho. Tan sólo se quedaron escondidos y chillaron muy bajito—. ¿Fugaz? —preguntó Oda, luego dio un paso al frente—. Necesito tu ayuda, amigo. Estoy desesperado y cansado. Por más que he buscado y buscado, no puedo revertir mi desgracia. Y cuando por fin tengo una pista… —Cerró los puños y, de la presión, sus dedos se pusieron blancos. Se tragó el nudo que se le había hecho en la garganta—. Les explico, quizá me puedan ayudar. Cuando estaba escapando de los inspectores, me tuve que esconder en algún lado y ahí ejecuté el hechizo. No sabía en dónde, pero lo tuve que hacer para no ser visto. Y ese es el lugar donde me quedo, sólo recuerdo que era un lugar, creo que obscuro, no lo sé muy bien. Hace mucho tiempo que no puedo ver obscuros como ese.

Oda se calló. ¿Por qué no había visto obscuros como ese? ¿Desde cuándo no podía verlos? Desde que tuvo su hechizo de la vista. Y si tuvo su hechizo de la vista, ¿a dónde miró que no funcionaba?

—Desde antes de ello no podía… —La decepción de pensar que la vista mágica no había sido la respuesta a su misterio le puso los vellos sensibles. No funcionaba con algo, era la única cosa con la que no había funcionado el mentado hechizo—. ¿Y si usé de amuleto la obscuridad?

Un silencio incómodo se generó en la zona. Después los ratones salieron de sus escondrijos. Lo miraron un par de segundos. El ratón blanco se dirigió al último librero, el gris se quedó olisqueando el sudor en el que se bañaba

Oda. Con la boca, el ratón blanco arrastró hasta los pies del gnomo un libro que no tenía escrito nada en la cubierta.

Oda se agachó a tomarlo, el ratón blanco chilló y el ratón gris se le acercó. Así que Oda salió y se escabulló entre los pasillos de la biblioteca para alejarse un poco. Sostuvo el libro con fuerza, se sentó en el suelo y pasó las páginas. El ratón blanco le avisó que parara. Oda apretó el libro contra el suelo y el ratón brincó encima. Se empezó a dibujar una página, era una página escrita en lenguaje humano. Oda leyó.

7

El hechizo de reversión es uno de los hechizos más complicados que un hechicero puede hacer. Matan a los humanos y dejan moribundos a los demás seres, a excepción de los gnomos. Primero tengo que recalcar que cuando el amuleto se rompe, el hechizo desaparece.

El gnomo minero se puso a pensar un poco; amuletos como piedras o ramas pueden ser destruidas de varias formas, ¿pero cómo mierda destruyes una obscuridad? ¿Con luz? Eso sería si la obscuridad tuviera comportamiento normal, ésta en específico se la tragaba. No había otra forma de combatirla que se le ocurriera. Sus ojos volvieron al presente y sus manos jalaron el libro con más fuerza.

Pero los efectos que causó no son solucionados, sólo son eliminados. Por ejemplo, si tú tienes un hechizo que asesinó, la persona no va a ser resucitada. Lo mismo si se ejecutó uno que haya dañado mentalmente a una persona, no pueden ser removidos los efectos que éste dejó en el proceso.

Oda vio a los dos ratones, Fugaz lo estaba mirando, el ratón blanco observaba la página.

La diferencia con ese efecto y este hechizo, es que la reversión tiene posibilidades de restaurar todo a como era antes de ejecutar el hechizo. No te confundas con los hechizos prohibidos de viajes en el tiempo, sino que éste sólo vuelve a su estado original al objetivo del hechizo que se ejecutó, destruye el amuleto y, como requisito adicional, requiere reducir los límites de bik del hechicero.

Oda dio un suspiro y siguió leyendo. Debajo estaban los pasos a seguir y las palabras a decir. No pudo estar más que emocionado al leer esto. Él sabía de un hechizo de concentración. Duraba una hora, pero le serviría de mucho en esta ocasión porque podía memorizar textos con una sola leída. Así había aprendido a leer humano y así era como aprendería el hechizo de reversión.

Entonces se tocó la nuca, se puso de pie en posición abierta y apretó su cuello, todo esto mientras decía aquellas palabras en idioma ajeno y lentamente señalaba el amuleto: el libro que estaba leyendo. Esperó los treinta segundos hasta que su cuerpo comenzó a sentir la energía pasar hasta su cerebro. Sus neuronas empezaron a volverse ágiles y a crear imágenes mentales como si fueran respiración. En un parpadeo, Oda logró saber cuántos pelos tenían en las orejas los dos ratones y el número de sus bigotes, también sucedió con la página, ya que pudo memorizar el número de líneas y de letras que estaban escritas encima. Lo miró dos veces de principio a fin. Lo memorizó y lo aprendió. Dio un suspiro largo y reconfortante.

—¿Están conmigo? —Ellos chillaron suavecillo—. ¿Creen que puede ser la obscuridad?

Cuando estuvo a punto de tocar el botón del elevador para irse de allí (con ambos ratones subidos a su cabeza), Oda oyó algo. Era chicloso y viscoso, y supo lo que era. En ese momento sus manos comenzaron a temblar, su cuerpo empezó a paralizarse (como si fuera una de aquellas estatuas) y su respiración se descontroló. Podía oír, mientras bajaba el elevador, que las criaturas andaban por la plaza, unas quince. Si había quince, debía haber más.

«Tenemos que correr», les quiso decir a los ratones. «No tengo mi ropa de baumo puesta y debo ponérmela para por lo menos defenderme». Cuando tuvo la oportunidad de tocar la planta baja, el sonido del botón regresando a su sitio le hizo salir corriendo hasta la salida de la biblioteca. En ese transcurso de tiempo se percató que había cincuenta pasos al umbral, doce fuentes de agua secas al horizonte, quinientas dos baldosas de piedra en el suelo de la plaza y diez bestias en su rango de visión. Vio que había acertado. Las bestias se dieron cuenta de Oda y salieron a por él.

Él tomó el camino más rápido, brincando fuentes, irrumpiendo jardines muertos y haciendo pisadas largas para llegar a su hogar. Cuando lo hizo, sacó la ropa de yarenia de su bolsa y luego su ropa de baumo. Las bestias estaban ahí, haciendo ya ese pitido molesto. Oda cayó y puso las manos en sus orejas. Los ratones saltaron al suelo y comenzaron a chillarle al gnomo. Su cerebro contaba los pasos, ya eran quince bestias que se acercaban a él para abrazarlo, ya eran veintidós chillidos que los ratones le habían dado y ya eran más de mil promesas que había hecho.

«…tú eras el fuerte… papá».

Las manos de Oda empezaban a lastimar su cráneo de la fuerza con la que se lo estaba presionando, las bestias comenzaban a subir a la plataforma techada que había sido el hogar de Oda por años, y los ratones le mordían los pelos de la barba jalándoselos y arrancándoselos por mechones. Sus dedos sentían el pasto húmedo que cubría la parte de atrás del jardín de su casa. Su piel percibía el frío devastador que la fobor enfrente le compartía, a pesar de haber unos rayos de sol quemadores. Sus ojos veían aquella sombra de varios tentáculos abrazando a su mamá. Ella lo miraba con dulzura, pero también con el peor de los terrores. Sus labios decían algo, Oda lo había escuchado una sola vez, pero no quería escucharlo de nuevo. No había querido hacerlo, y por lo tanto, no lo iba a hacer en esa ocasión.

Lo que sí escuchó fue a su padre, o lo que él supuso que le habría dicho su padre, allá en ese departamento donde lo tenían atado. Lo escuchó claro, fuerte, directo y como una orden. Lo escuchó mejor que los chillidos de las bestias con las ventosas y la baba negra. «Oda… ¿me puedes demostrar que tu madre murió por la verdad? ¿Me puedes demostrar que tu madre no nos dejó para arruinar nuestras vidas?»

Y fue ahí, justo ahí, donde Oda dejó que los lamentos de las bestias le dieran de lleno, porque no iba a permitir que su madre hubiera muerto por un cobarde como el que había sido toda su vida.

8

Se levantó con las piernas musculosas que había obtenido durante sus caminatas a lo largo de Norda; mantuvo la postura con el torso rígido y fuerte que había conseguido de la energía vital que los nordianos le habían proporcionado; apretó el puño derecho, el que había cogido las hierbas que brotaban de la tierra del jardín de su casa; soltó un golpe con la fuerza mágica que había adquirido memorizando y practicando el hechizo del libro. La bestia que tenía más cerca fue perforada por una gran cantidad de presión en el aire, las tres que estaban detrás fueron empujadas hacia las cinco a sus espaldas. Y entonces Oda corrió hacia ellas con sólo su ropa incinerable puesta y dio un segundo golpe que terminó en vísceras y sangre negra explotando hacia todas direcciones.

Los dos ratones estaban pasmados con la potencia con la que Oda estaba atacando, mientras éste golpeaba a más y más bestias, creando un reguero de líquido baboso y órganos cubiertos de piel y ventosas. El gnomo acabó de una patada a la última de ellas, a la última fobor. Su cuerpo estaba cubierto de sangre de bestia, su cara estaba sonrojada y sus venas circulaban y circulaban líquido hacia su corazón apuradas por el tiempo.

SALVADOR

1

Con la respiración agitada corrió hacia donde estaba su bolsa. Cogió la gema de calor y le prendió fuego a su ropa incinerable. Ésta ardió con la potencia del viento, y pronto la baba negra empezó a desaparecer de la prenda. Se quitó la sangre que aún le quedaba en el rostro y se sentó a descansar.

«Lo hice», pensaba. «Lo hice». Una sonrisa verdadera se impregnó en su rostro como hacía mucho no lo hacía. De repente, su cuerpo empezó a tener unas energías exorbitantes que tenía que sacar de una vez por todas.

—¡LO HICE! —gritó al cielo. Su garganta, que estaba un poco irritada, le ardió. Pero no le importó en lo absoluto y volvió a gritar—. ¡LO HICE! —Los ratones chillaron. Oda los miró—. Nos tenemos que ir, conozco la ruta para llegar más rápido.

Preparó su mochila, dejó que los dos ratones se subieran a su cabeza y empezó a caminar.

2

La segunda vez que había ido al palacio que conmemoraba la paz de Norda con Jacabaum, había sido justo después de descubrir el hechizo de absorción. No sabía muy bien qué caminos tomar entre tantos edificios que había en la ciudad y se había perdido un par de veces antes de llegar a ver los troncos de los fresnos gigantes.

Había podido descubrir una ruta que involucraba un camino entre los árboles y que llevaba directamente a los palacios. Ese camino duraba tres días, y atravesaba un poblado al que llamaban Hoshi. Le recordaba demasiado al bosque de Jacabaum, pero éste era mucho más verde que el de su hogar y tenía olores diferentes. O por lo menos en ese entonces, ya que había muerto casi toda la flora y la fauna había quedado extinta. A lo mucho, lo único que sobrevivía en todo Norda eran las bestias marinas, que tenían la suficiente agua como para no morir. Eso lo había descubierto cuando había ido al norte, donde estaba el palacio de Halo adornado con un material parecido al algodón. Ahí había podido mirar la orilla del mar, donde el agua estaba mucho más alta que en el puente de Jacabaum y las bestias nadaban alegres y saladas. ·

Al pasar la noche, Oda estaba cansado. Sus energías habían sido completamente extinguidas por la caminata. Los dos ratones encima de su cabeza habían decidido dormir en su cabellera grasosa. Se metió en la cama de una posada del pueblo de Hoshi y durmió.

3

Llegaron al palacio en dos días, en los que los ratones habían iniciado una conversación a base de chillidos que Oda no entendía. El gnomo había tenido la necesidad de absorber la vitalidad de un gnomo de su misma edad. Pero ahora no se sintió arrepentido en lo absoluto porque tenía la esperanza de que su viaje sirviera para volver todo a la normalidad.

Las ramas de los fresnos gigantes estaban ahora en el suelo. Con el paso de los años habían caído y se habían vuelto frágiles y crujientes. Los troncos estaban vencidos y en cualquier momento iban a terminar colapsando. La falaquera ya no olía y con el vencimiento de toda la estructura se había trozado en varios pedazos filosos y peligrosos. El suelo se encontraba tapizado de restos del follaje seco que habían soltado los árboles al empezar a morir. El gnomo se metió dentro del palacio principal y se sentó.

—Denme un momento… —les dijo a los ratones.

Ellos salieron. Respiró hondo y se recostó en el suelo polvoso. El lugar al que estaban a punto de ir era nada más y nada menos que el origen de las fobor. El hechicero comenzó a tener miedo de ello. Había visto cómo las bestias marinas habían ido conquistando los otros cuarteles. Unos gusanos gigantes habían empezado a devorar la corasi del cuartel del este cuando Oda se había querido acercar. Lo habían perseguido y se había tenido que meter en unos arbustos para que no lo encontraran. Y eso había sido el año pasado, cuando se dio cuenta que le iba a ser imposible llegar a tiempo a los otros palacios sin toparse con las bestias marinas en el proceso. Le faltaron dos palacios por revisar, pero ya no importaba, ahora estaba en el palacio que necesitaba estar, de camino a su hogar.

Se miró las manos. La derecha había estado dañada la primera vez que había estado ahí. Recordaba cómo los tendones habían estado frágiles y la piel había estado pudriéndose poco a poco encima de la carne. Recordó el asombroso golpe que había dado hacía tres días, enfrente de la biblioteca. Apretó el puño con todas sus fuerzas. Esa era la fuerza que necesitaba para poder vencer a las bestias que invadían el cuartel, y posiblemente a todo Jacabaum. Soltó la tensión cuando oyó dos chillidos seguidos de unas ventosas reventando.

4

Los ratones llegaron brincando y se sostuvieron ferozmente a su ropa. Y justo detrás de ellos había tres bestias apresuradas. Después, Oda miró a lo lejos. Cincuenta, sesenta, setenta, eran cien por lo menos. Se levantó con los dos ratones encima de su cabeza preparando el salto para escapar de ahí. Miró su mano, la mano derecha, la apretó y lanzó un puñetazo potente. La bestia que recibió todo el impacto fue la que empujó a las otras dos hacia atrás. Oda volvió a embarrarse de sangre.

—Tengo que hacerlo —se dijo, bajito.

Corrió como un demente hacia las otras bestias rodeando el lago rectangular vacío. Pam, pam. Litros y litros de baba negra cubrieron a Oda, puñetazo tras puñetazo, las bestias iban disminuyendo mientras él se iba cansando poco a poco. Había llegado a pensar que su fuerza mágica era infinita, había llegado a pensar que podía vencer a todas esas fobor con toda su voluntad. Pero eso no fue del todo cierto.

Pudo vencer a la mitad de ellas sin problemas, pero el resto, el resto de las fobor ahora amenazaba con consumir a un gnomo cansado y mareado por el chillido que provocaban. Él se dio cuenta y corrió hacia donde estaba Fugaz y el ratón blanco para irse de allí cuanto antes. Tardó unos dos minutos que se le hicieron horas. Sus plantas de los pies estaban sensibles, sus nudillos estaban rojos y la cabeza le palpitaba cada vez más fuerte.

Cogió a los dos ratones con ambas manos y decidió subir por la escalera del centro del palacio. Se colocó a los ratones en el cabello y asió uno de los peldaños de madera vieja. Crack, crack, sonaban. Cada vez que el gnomo cogía el siguiente tronaba como si fuese a romperse, cada vez que ponía sus pies en el peldaño de abajo lograba sentir cómo trozaba un poco la madera. El ratón blanco bajó hasta la pierna de Oda. Él se detuvo.

—¿Qué?

El ratón mordisqueó la mugrosa y negra punta espiral de su zapato de baumo. Oda no se acordaba que había cambiado su ropa en Hoshi, no se acordaba que había tenido en mente que algo así les pudiera a ocurrir.

—Nos acabas de salvar —le dijo.

Y ahí, encima de la crujiente escalera, decidió bajar antes de que colapsara todo. Las bestias estaban rodeándolo. Él, estando al pie de la escalera, les soltó unos patadones. Al tocar su piel gris con los zapatos espiral, las bestias explotaron. Se fue abriendo paso a base de los zapatos morados mientras se ponía la capucha para tener más seguridad. A lo lejos se podían mirar más bestias tratando de subir y bajar las montañas de la cordillera Ronan. Esto era una ventaja para Oda, porque podía ponerse en la punta y esperar a que llegaran las pocas que podían subir. Luego, a reventarlas con su calzado.

Corría y corría escurriendo de baba, pero con la seguridad de que pronto podría descansar. Subió hasta la cima de la primera montaña, matando dos bestias en el camino. Se alejó bastante de las orillas y, luego de quitarse la ropa de baumo para limpiarla, decidió recostarse.

5

Se quedó ahí, descansando, con la fuerza de voluntad que sólo él había logrado generar con todos esos años. El ratón blanco chilló, el gris pareció soltar un suspiro. No había tiempo para tomar descansos en un lugar como ese, los dos ratones lo sabían porque lo empezaron a morder. Oda se levantó, dio un bostezo y decidió seguir.

Temblaba, sus piernas se tambaleaban y su cuerpo se movía lento. Estaba cansado, agotado, pero de una forma extrema. Sin decir palabra miró que uno de aquellos gnomos escaladores era su única salvación. Se acercó a él. Parecía algún extranjero, quizá un gnomo que había ido de viaje a Jacabaum y ahora regresaba a su pueblo. Sus dedos estaban duros, su rostro pasmado y su posición era incómoda y rígida. Oda le robó su vitalidad.

Con esa nueva vitalidad volvió a recuperar sus fuerzas, y con ello, volvió a tener oportunidad para enfrentar a las bestias que se le aparecieran en el camino. Se quedó un momento contemplando el paisaje, sintiendo el viento frío de la montaña e inhalando aire por la boca y la nariz. Sonrió. El ratón blanco se bajó de su cabeza y llegó a sus pies, indicándole que siguiese avanzando. Oda lo volteó a ver.

—Gracias —le dijo—. De no haber sido por ti hubiéramos muerto todos, además, estamos arriesgando nuestras vidas y necesito que tengas un nombre. Él se llama Fugaz porque siempre se va pero siempre vuelve. ¿Tú? —Fugaz movía sus bigotes mientras veía al ratón blanco. El ratón blanco veía la barba de Oda siendo carcomida por la baba negra de las bestias—. Creo que te llamaré Salvador. Tú me has salvado ya dos veces la vida. La primera cuando me estaba muriendo de hambre, y ahora ésta. ¿Qué dices?

Oda le extendió la mano izquierda. El ratón subió por ahí hasta su cabeza.

FOBOR

1

Pasaron tres noches antes de que Oda logrará mirar el cuartel de exploración. En esas tres noches Oda terminó por asesinar más o menos a doscientas veintitrés fobor y a diez gnomos que escalaban las montañas desde hacía varios años. Su barba había sido casi deshecha por el veneno de las fobor y su cara se había puesto un poco rígida por no poder limpiarse al completo los excesos en la piel. Claro que cuando absorbía la energía vital de los gnomos congelados su cuerpo volvía a sentirse bien.

La primera cosa que podía percibir de todo eso era que las bestias habían tenido que recurrir al canibalismo para sobrevivir. Algunas se encontraban tiradas con la piel roída, otras tantas tenías los tentáculos llenos de sangre negra y chillaban trémulamente en busca de ayuda, y unas más eran cascarones de baba abandonados por las irregularidades de las yermas colinas.

Al mirar el cuartel de exploración comenzaba a percibir una enorme cantidad de sonidos de batalla, sonidos como ventosas reventando, chillidos, rugidos y golpes. Probablemente las bestias se habían vuelto locas al estar tan juntas. El olor estaba causándole unas náuseas tremendas. Tantas, que posiblemente había expulsado todos sus jugos gástricos en la cordillera.

En la cima de la última montaña apretó su puño derecho. Estaba preparado, estaba listo para cualquier cosa. Y entonces descendió con los dos ratones encima de su cabeza.

2

Llevaba la ropa incinerable y encima de ésta (con todo y caperuza puesta) estaba la de baumo. La ropa de baumo tenía unos cuantos agujeros que habían sido causados por la ropa experimental hacía unos años, cuando todavía había agua. Sin embargo, eso no importaba, porque ahora tenía la posibilidad de usar más allá de las prendas para defenderse.

Las fobor se dieron cuenta al instante de que una presa estaba cerca. Y como el tropel que siempre generaban, salieron dispuestas a cazar a Oda. Él corrió y, a la vez que con sus dos puños se abría el paso, las pocas bestias que lograban tocarlo explotaban en un instante. Borbotones de sangre regaban el suelo cuando sucedía esto.

Atravesó la entrada de corasi, totalmente expuesta y destrozada por las bestias. Se logró colar por dentro del cuartel e hizo memoria para no perder tiempo caminando por pasillos que no iban directo a la salida hacia el mar. Llegó al otro extremo cubierto de baba, un tanto rígido y exhausto. Empezó a sangrar del cuero cabelludo por las heridas que las garras de los ratoncillos le habían causado. Encima de su cabeza habían apretado fuerte a Oda y empezaban a presentar los síntomas de la exposición al veneno.

Las bestias no paraban de tratar de subir por la orilla del abismo, mientras otras las jalaban hambrientas y las tiraban al agua marina. ¿Serviría de algo la prueba de seguridad que había en los bordes del puente? Oda esperaba que sí, porque si no lo hacían eso podría ser un problema.

Esquivando y golpeando a las fobor como pudo, sintió algo extraño. Mirar el puente de nuevo era nostálgico. No sólo eso, sino que era una sensación de logro. Pensar que volvería a ver ese puente para regresar le dio fuerzas para seguir. Esperaba que la niebla le bloqueara la vista como había hecho cuando llegó por primera vez, pero se dio cuenta que podía mirar a la perfección. Algo había sucedido que la niebla se había disipado y el cielo se había vuelto claro como la amada agua. Las fobor eran lo único que impedía que su vista siguiera mirando más lejos. Caían y subían por la superficie negra del puente, la superficie que ahora tendría que pisar Oda. Durante el trayecto por dentro del cuartel no había encontrado ninguna estatua de hielo. Quizá el veneno ya había corroído todas y no contaba con ese inconveniente.

Si pasaba por el suelo del puente (que estaba cubierto de veneno) lo más seguro era que resbalara y cayera hasta el mar. Porque cuando la sangre de esas bestias marinas se secaba, creaba una cera resbalosa (más resbalosa aún) y brillosa. Se quitó la ropa de baumo y sacó la gema de calor. Después, y mentalizándose para no quemarse, le prendió fuego a la prenda incinerable. Entonces extendió la pierna en llamas sobre uno de los charcos de sangre y el charco poco a poco fue desapareciendo.

Las bestias a los lados se le alejaron, se le alejaron como si fuera el peor de los animales marinos que se pudieran haber encontrado. Con pasos certeros fue andando por el puente. El suelo iba recuperando el gris piedra con el que lo había conocido y la cera negra se iba deshaciendo poco a poco con el calor. Las bestias menos hambrientas solamente se lanzaban del puente hacia el mar, las más hambrientas tomaban distancia y esperaban al acecho la oportunidad para atacar a Oda. Caminó por diez minutos hasta que las llamas de su ropa se apagaron. Tenía hambre y sed y su cuerpo estaba débil y cansado. Si dormía ahí, las bestias lo atacarían en la noche y moriría, si continuaba, corría el riesgo de desmayarse.

No podía prender de nuevo la ropa porque sabía que sólo le quedaban dos usos para que fuera inservible, y si podía guardar esos usos para otra ocasión, qué mejor. ¿De dónde sacaría la energía para seguir? La pierna derecha falseó y cayó de rodillas. Ese fue el momento en el que las bestias que habían estado atentas a sus pasos recibieron la señal.

3

Sus tentáculos iban tan rápido como su necesidad de comer. Los dientes del centro de sus cuerpos se revelaron tras la capa de piel que los cubría. Eso fue lo que le dio a Oda la idea de sobrevivir. Se alejó a la mayor velocidad posible mientras hacía los movimientos y decía las palabras. Señaló el puente como amuleto y, cuando la bestia más cercana estuvo a dos pasos de él, la tocó. Paulatinamente fue drenando su vitalidad. No sabía que tenía tanta, no sabía que una de esas cosas lo iba a dejar lleno de bik como para, se atrevería a decir, todo el camino hasta Jacabaum. Esta vez no explotó la bestia, sino que simplemente su piel se arrugó y cayó vacía en el suelo.

Aprovechó la oportunidad y corrió con la fuerza mágica en sus piernas a través de las fobor hambrientas. Daba puñetazos y recibía sangre negra en el rostro, el pecho y las piernas. Unas horas más tarde, al mismo ritmo veloz, llegó hasta el primer cuartel intermedio. No se miraba como el cuartel que hacía mucho había mirado, sino que las paredes estaban casi deshechas, las camas no eran más que trozos de madera casi desaparecidos y la figura de hielo que descansaba en la última cama ya no existía. Oda tenía fuerzas para llegar al segundo cuartel corriendo. Entonces lo hizo.

Daba pisadas fuertes para trozar el suelo resbaloso y revelar piedra. No necesitaba tanto esfuerzo para ello, ya que la velocidad era un factor que le ayudaba muchísimo. Los ratones se habían cansado a la mitad, y cuando Oda se percató que ya no lo sostenían del cabello con las mismas fuerzas, fue cuando los tuvo que meter a la bolsa de tela. Y como la bolsa de tela había sido expuesta a los venenos, sus asas se habían vuelto a corroer. El gnomo tuvo que llevarla sostenida por su brazo izquierdo el resto del camino.

Más o menos a unos treinta minutos de esto, la cera empezó a desaparecer del suelo de piedra. Luego miró que la estructura de madera que buscaba estaba intacta. El segundo cuartel parecía haberse salvado. Probablemente por ser el más alejado de las orillas las fobor no habían podido crear el suelo de cera y sólo explotaban al contacto con las barreras de madera que lograron no desaparecer. Las paredes del cuartel apenas estaban deshechas y la puerta de la entrada seguía conservándose como si no hubiera pasado gran cosa. Estaba seguro que dentro estaban los gnomos con los que había dormido hace años.

4

El centinela que protegía ese lugar estaba acostado y las otras cinco figuras de hielo se encontraban en la misma posición; el de la leña tratando de prender fuego y los demás sentados en las camas, escuchando atentos lo que fuera que iba a decir. Oda se acercó y se colocó a un lado del líder, el que aún se encontraba de pie. Una ráfaga de escalofríos recorrió todo su cuerpo, como si él mismo hubiera estado dentro de un hielo.

Dejó la bolsa de tela en la cama vacía y sacó a los dos ratones inconscientes. El veneno los había tuzado y los estaba matando. Sacó la gema de calor y trató de prender la madera hecha polvo (que antes era leña) en la chimenea de piedra. No pudo lograr gran cosa. Con las dos manos frotó su cuerpo para darse calor y miró la prenda a la que llamaban incinerable. Arrancó un pedacito de la manga derecha y le prendió fuego para ver si los ratones despertaban. Se sentó en la cama más cercana a los exploradores, donde la bolsa que contenía el diario de Sire Darat seguía yaciendo en la superficie blanda. Alzó la cara y miró a los exploradores más de cerca.

—Estoy casi seguro de que ésta es la respuesta. Yo les prometí que les daría calor.

Y pensó en las familias de cada uno de ellos, en sus gnómidas, en sus hijos y en sus padres. También pensó en la importancia de la carta que llevaban, una carta para el gobernador de Norda. Todo eso necesitaba seguir sucediendo, seguir existiendo. Y esperaba, o más bien, deseaba que cuando despertaran las figuras de hielo no vieran nada raro ni diferente, que tan sólo vieran sus vidas continuar como siempre lo habían hecho. Que sólo acababan de llegar al cuartel para seguir con la misión, que reirían esa noche con bromas y que dormirían a gusto en esas camas.

Al crepitar el fuego unos segundos (por las cenizas que lograba quemar), los ratones fueron liberados del veneno, y al esfumarse por completo, Oda salió de sus pensamientos. Dio una palmada al jefe del escuadrón en la espalda. Sintió frío, sintió más que eso, estaba muerto. Agitó la cabeza en negación y siguió su camino al ritmo que había llevado antes.

5

La zona de felicidad ya no lo era tanto, ya que la cera había vuelto a cubrir el suelo del puente. Ya no podía oír a los peces brincando en el mar, en cambio, las ventosas alertaban a Oda de dar patadas y uno que otro puñetazo. Ni siquiera advirtió que había pasado el último cuartel, el que posiblemente las bestias habían destrozado con su veneno.

A un día para llegar al cuartel de Jacabaum, comenzó a divisar muchas más bestias comiéndose entre ellas, tirándose por el barranco o simplemente rugiendo de dolor. Empezó a mirar la fachada trasera de corasi, esa fachada con la que empezó su verdadero viaje. Y asesinando fobor con sus puños, la atravesó sin problemas. Miró que el cuartel estaba mucho más deteriorado que antes; ya no había puertas, ni ventanas, ni siquiera pinturas. Ahora sólo era una edificación con vestigios de gnomos que alguna vez fueron importantes.

HOGAR

1

Así que salió de ahí, observando cómo el cielo estaba tan claro como el de Norda, observando cómo la idea del ambiente que caracterizaba a Jacabaum poco a poco se iba cristalizando. Cuando atravesó el portón gigante protegido por los centinelas, ese cristal que se había ido creando en su cabeza se comenzó a quebrar, a quebrar por la falta de árboles, plantas, flores y animales. Estaba todo tan pelón que podía divisar las casas de los gnomos del centro con toda seguridad. Y para cuando los chiclosos pasos tronaron en el aire, para cuando el olor a marisco seguía igual de fuerte que en el mar, para cuando los tentáculos de las bestias estaban esparcidos por el yermo suelo, para cuando el ambiente estaba completamente helado, aquel cristal se quebró.

Lo que hizo que el cristal tuviera remanentes en algún lado fue el gran árbol obsequiado por los siete. Allá, en el centro del pueblo, todavía se podía mirar la maravilla de Jacabaum exponiendo su magnitud a los cuatro vientos. Oda sabía que el camino más seguro era pasar por ahí, por el centro. Podía esconderse entre las casas de los baumos y recuperar fuerzas si las necesitaba, podía arrimarse a aquel adantín y protegerse de las bestias que llegaran de todos lados, podía resguardarse en La Posada de los Pétalos Morados para protegerse del frío que golpeaba como un puñetazo cada parte de su cuerpo.

Pero no, no quería ir por el camino seguro, no quería perder más tiempo del que había perdido. Su rostro apuntaba hacia el este del centro del pueblo, donde varias fobor se estrangulaban y daban de mordiscos para sobrevivir, donde el suelo tenía capas de cera negra que contaminarían a Oda si las llegaba a tocar, y donde se encontraba su vida pasada.

Al caminar por los senderos muertos se fue encontrando cadáveres de bestias sumergidas en veneno seco, como si hubieran comido algo en mal estado y hubieran llegado a la decadencia de su especie. También había residuos de madera, de hojas y de huesos de mapaches y otros animales salvajes. Se detuvo frente a donde se suponía que estaría puesto el letrero. Se suponía, porque alguna bestia lo había trozado con su fuerza. Había sido despojado de su grandeza para mirar al cielo desde abajo. Ese letrero que debía de llenar de orgullo a Oda, ese letrero que decía: «Territorios de Jaxi Senner».

La última vez que los había visto había sido una semana antes de irse a la cueva, cuando tuvo que ir a las oficinas de su padre para recoger un recado y su dinero. Había saludado a los guardias, había corrido hasta su oficina y había esperado a que se desocupara. En aquella oficina donde había un mapa elaborado por el gran pintor Cogre Le, donde se mostraba la magnitud del imperio que su padre había estado forjando por más de cincuenta años. Imperio que primero empezó como una humilde granja de árboles de todo tipo, en específico de manzanos, y que con el tiempo y con la habilidad de su padre para hablar con la gente, se fue haciendo más grande.

Tan grande, que se volvió el criadero de adantines oficial de Jacabaum. De este criadero Jaxi Senner abastecía madera a los siete pueblos y a Norda. Poco después de que Oda hubiera nacido, su padre empezó en el negocio de mercader en Jacabaum, donde se dedicaba a la compra y venta de productos extranjeros. Sus territorios adquirieron un enorme espacio, donde se habían adaptado pequeños puestos de madera en los que se podía mirar a los turistas curioseando por ahí. Era una gran atracción para los extranjeros, porque los puestos estaban rodeados de árboles de su criadero que, a su vez, estaban organizados por edad y tamaño con precio de venta al interesado. Al entrar a los negocios de venta de productos extranjeros, podían incluso conseguir objetos antiguos de Halo, el pueblo flotante.

Sin embargo, eso ya no era como él lo recordaba. Los pasos chiclosos habían llegado hasta allá, hasta donde Jaxi Senner había podido obtener. La reja de la entrada estaba completamente destrozada, las paredes que delimitaban la zona hubieran sido un chiste para los ladrones. Y por si fuera poco, Oda podía mirar más allá de la zona comercial, podía mirar más allá de donde los gnomos solían ir. Los miles de árboles que su padre tenía ya no cubrían su vista como lo hacían antes; sus copas frondosas habían perecido y sólo eran unos simples troncos de aserrín a punto de derrumbarse. Por eso podía ver la casa donde había pasado su niñez.

2

Los ratones (que se habían despertado una hora atrás) habían empezado una conversación sobre su cabeza; chillido y chillido decían entre ellos. Y luego, movían sus patitas y su cola por sus cabellos y sus orejas.

Oda no podía despegar la vista de esa casa, una casa lujosa y costosa que su padre había construido a lo largo de los años. Para que se viera diferente a las demás, había llamado a tantos y tantos expertos de otros pueblos y de Norda que probablemente superaban el centenar. Había contratado a uno de los artistas más famosos de Kalos para que lo ayudara a diseñarla y había adquirido madera del gran árbol de la posada para construirla.

Era de tres pisos, cada uno para algo especial: el primero era donde comían y recibían platillos por parte de los empleados de cocina, el segundo era donde su padre podía disfrutar de almacenar recuerdos y demás cosas que sus amigos le traían, y el tercero eran las habitaciones, salidas del cuerpo de la edificación como protuberancias para simular estar volando. En la planta baja era donde se suponía que recibía invitados, pero no era del todo cierto, ya que desde que Oda tenía conciencia, había quedado inútil luego de que su padre se decantara por ir a La Posada de los Pétalos Morados. Entonces esa primera introducción a toda la casa era el lugar donde solían estar su madre y él.

Poco a poco se comenzó a callar el ambiente. Los sonidos de los chiclosos y aparatosos tentáculos fueron disminuyendo, mientras él se iba acercando más a su hogar. De nuevo, el frío fue partícipe de Jacabaum porque empezó a sentir unas ráfagas heladas aún más fuertes cerca de su casa. Y miró aquella reja repleta de elementos de seguridad, por la que había tenido que pasar cada vez que regresaba de la escuela. Era una reja más segura que el propio terreno comercial y tenía unos métodos cuestionables a la hora de querer entrar sin autorización.

Tan sólo de la parte más cercana había gemas de fuego con las que, si no sabías donde estaban enterradas y ocultas, posiblemente acabaras friéndote. Eran de las gemas brutas de las minas, unas gemas de calor no tratadas que la primera vez que se descubrieron causaron un incendio conocido como La Tragedia Caliente.

Por supuesto, Oda recordaba dónde estaban metidas esas gemas. Las cuales no sabían dónde estaban metidas las fobor, y por ello, habían cadáveres regados y esparcidos por los suelos. Y dando unos zigzags por los yermos terrenos, llegó a la reja principal. Ésta tenía otro elemento de seguridad que sólo los gobernantes usaban. Un método que consistía en usar llaves en un orden específico, y si ese orden no era el que se había decidido, el suelo se abría y caían a una jaula para ser llevados a las autoridades.

Recordaba que su madre se había equivocado una vez y los dos habían quedado atrapados por varias horas hasta que su padre volvió de ver a sus amigos. Desde ese día los porteros eran obligación en la casa de los Senner. Si se trataba de forzar o escalar la reja, sucedía exactamente lo mismo, pero del otro lado. Ya que una vez habían intentado robar. Así, los únicos que tenían las llaves eran su padre, su madre y los porteros. Y por suerte, los porteros estaban ahí. Estaba convencido de que su plan funcionaría, así que buscó en el hielo dónde podrían tener las llaves los porteros y trozó ese pedazo.

3

—¿Otra vez saltándote las clases? —le dijo el portero Jonelas a Oda.

Él, despreocupado, no pareció hacerle mucho caso.

—Ábreme la puerta, necesito orinar.

Oda se apretaba la entrepierna con los muslos y las manos.

—Algo has aprendido, ¿no será que estás empezando a ser más inteligente?

—Ya déjeme pasar, que me meo.

El portero hizo una seña a Fusy, el otro, y dejaron pasar al niño que se hacía del baño. Corrió apurado hasta la letrina de porcelana que se encontraba al fondo. «¿A quién se le ocurre poner esa cosa hasta allá?», pensaba Oda. Sus pasos veloces llegaron a vaciar su vejiga. Cuando salió, allí estaba su madre.

—¿No deberías estar en la escuela? —le preguntó.

—Sí, pero… me andaba mucho del baño y no confió en los baños de allá. Dan comezón y no quiero que me pase nada.

—Sabes que necesitas estudiar para poder ser como tu papá. ¿No era eso lo que querías?

—La escuela es aburrida. Yo quiero hacer otra cosa, no sé, ¿has visto a esos exploradores? Me dijo la maestra que salen al mar a conseguir comida. ¿Sabes lo bueno que suena eso?

—Para ser uno como ellos necesitas de mucho estudio y dedicación. —Ella se acercó a su oído puntiagudo—. Yo diría que más de la que hace tu padre.

—Mi papá no sabe lo que es que quieras hacer algo y no se te dé bien.

—Tu papá era como tú. ¿No crees que necesitas ser un poco más exigente contigo?

—No mamá.

Su estómago rugió.

—Le diré a Nod que te prepare algo. Ahora vuelvo.

Oda se sentó en el sofá de invitados. Se quitó los zapatos y se recargó en el respaldo con las manos a la nuca. Miró la colección completa de cuadros de su padre. Y se quedó mirando uno donde un gnomo cargaba un pico con actitud feliz. Aparte, otros tantos detrás parecían hacer lo mismo. Oda pensó que todo sería más fácil si más gnomos ayudaran a sus tareas escolares como los de la pintura lo hacían con la mina. Le llegó su comida y comió.

4

Horas después, cuando Oda leía uno de los cuentos de la biblioteca, su padre llegó. Y supo que llegó furioso porque no había hecho ruido al entrar. A su padre no le gustaba que lo vieran fuera de quicio, así que trataba de ocultar su llegada siempre que algo lo había molestado en el día. Sin embargo, esta vez no era tan importante que lo vieran, porque Oda recibió un grito que causó que tirara el libro que estaba leyendo.

—¡Cómo que volviste a faltar a clases! —le dijo, y luego se quitó el sombrero puntiagudo de color rojo—. No me desvíes la vista y enfréntame.

—Papá, no quiero ir…

Oda se encogió.

—No es de que quieras o no, es de que necesitas ir a clases para poder desenvolverte cuando yo no esté.

—Papá…

—No me digas nada más, estoy muy molesto con tu actitud.

Oda se miraba los pies desnudos. Un pelillo le había salido en el pulgar, su primer pelillo. Su mamá llegó desde el jardín.

—Jaxi, sabes que Oda no es tan bueno como tú.

—¡No te metas! Tú puedes decirle todo lo que quieras, pero él no se va a salvar del castigo que le voy a poner.

Nara miró a su hijo, éste estaba al borde del llanto.

—¡No puedes decirme que no me meta si también es mi hijo! ¿Qué no crees que no sé que quieres que sea como tú? ¿Qué no ves que yo sé lo maldito egoísta que eres?

— ¿Yo? ¿Egoísta? ¡Venga ya! Si yo me he esforzado para poder darles la vida que se merecen. Tú no sabes por lo que estoy pasando. Un estúpido dejó escapar…

—Sí —interrumpió—, yo sé por lo que pasas Jaxi. Mi madre era igual de estúpida que tú. Exigiéndome mantener el negocio allá en mi Kiyu para que mis hermanos no murieran de hambre.

—Eso es diferente, nadie se está muriendo de hambre aquí.

—No, sólo estás matando su espíritu y sus ganas de progresar.

—¿Qué chorradas me estás diciendo? ¿Cuál espíritu?

Oda creía haber visto que sus padres habían hecho eso una sola vez antes de ese día, cuando su abuela había llegado de visita. Ahora veía que la abuela ya no era el problema, sino que ahora él era la razón de que todo se descontrolara. Y la verdad no quería estar ahí, odiaba estar ahí. Tan sólo de pensar que sería una persona tan horrible como su padre, le hacía que le hirviera la sangre. Por ello, y con el corazón a tope, corrió. Corrió por toda la planta baja hasta la puerta del jardín. Corrió lejos hasta que los gritos de sus padres cesaron. Y cuando lo hicieron, soltó en llanto.

5

Unos minutos pasaron en los que Oda se calmó. Ahora simplemente observaba a una hormiguita meterse en el hormiguero de tierra. Sus ojos estaban hinchados, su cara emitía un rojo brillante y sus labios temblaban en su rostro. La luz de la lámpara acababa de ser encendida por el encargado y ahora sentía como si él fuera el foco de atención de todos.

—¿Oda? —dijo su madre. Cuando volteó a verla, ella traía una bandeja con pan de centeno y azúcar. Él cogió uno—. Tu papá no quería decir esas cosas.

—No me gusta que las personas se peleen.

—Yo sé que no te gusta, pero no me podía quedar callada. Tu padre debe de entender que las cosas no son como en su supuesto mundo de fantasía. ¿Quieres que te cuente una historia?

Oda miró el hormiguero, una de las hormigas llevaba a otra en su espalda, una que parecía haberse herido en el viaje por la comida. Y sin despegar la vista asintió con la cabeza. Su madre se sentó de frente a la casa, mientras que Oda estaba de espaldas a ella.

—¿Sabes dónde está Lamat?

—Sí… sí sé.

—Bueno, pues ahí era donde tu padre vivía antes de conocerlo. Él vivía junto con su padre, un gnomo muy descuidado que varias veces lo abandonaba por semanas. ¿Y sabes qué es lo que tu padre hizo? Aprendió a hablar con la gente.

—Pero eso es porque se le daba bien.

—No Oda, él era pésimo con el habla. Tú no lo sabes, pero él antes tartamudeaba. Y tuvo que aprender a controlar esa lengua para conseguir comida y agua. Allá en Lamat hay un sol que quema. Y todo está hecho de algo llamado arena, que es como muchas piedritas diminutas que queman los pies y se pegan a la piel.

—Sí, mi papá tiene una pintura de eso.

—Él se dedicó a hablar con la gente. Consiguió trabajar de conexión para ciertas personas. Ahí fue donde me conoció, en una de esas conexiones cuando tu abuela me obligaba trabajar en la nieve.

Nara tocó la espalda de Oda.

—Yo no le creía cuando me decía que había un lugar donde había árboles morados. Y mira, aquí está. —Señaló el adantín del jardín—. ¿Y quieres saber algo más?

—Sí.

—Yo le dije que plantara de estos árboles. Como me gustaban mucho, le dije que quería que hubieran más para que nunca se acabaran. Y mira, ahora es el dueño de tantos de estos árboles hermosos.

—¿Papá hizo esto por ti?

—Tu papá haría todo por nosotros. Por eso quiere que tú estudies para no tener que sufrir como él lo hizo. Tienes que aprovechar que Jacabaum es un pueblo con escuela y con excelentes gnomos que pueden enseñarte muchas cosas del mundo.

—Pero si no me gusta…

—Y mira, piensa en tu padre como la persona que desea tu bien, y quizá tú no sepas por qué te pide que hagas ciertas cosas, pero te las pide por tu bien. ¿Crees que alguien sería tan malo como para hacer que su hijo sufra? Eres lo más importante para su vida y por eso le molesta que no lo entiendas.

—Pero yo quiero que me entienda también.

Su madre se levantó y le extendió la mano, Oda cogió su mano y se levantó también.

—¿Quieres que te lea otra vez el cuento del hada que espía?

—Sí mamá.

Su madre iba delante de él, mientras Oda trataba de seguirle el paso. Hasta que se detuvo. Oda no sabía por qué, así que la jaló de la manga para preguntarle la razón. Y entonces ella se puso detrás de su hijo mientras una de esas bestias la cogía por el torso.

6

Ella gritó mientras la fobor la abrazaba con sus tentáculos. Oda cayó al suelo, mirando la aterradora escena que presenciaba. Sus manos se agarrotaron en el húmedo pasto, sus brazos no respondían al llamado que su cerebro exigía, hasta que sus pupilas mandaron otra acción a su cuerpo: sálvala. Sin embargo, los gritos de su madre siendo aprisionada le quitaban las fuerzas para siquiera decir una palabra. La bestia levantó su membrana pegajosa y sacó sus dientes picudos. Al niño los ojos se le pusieron vidriosos, no quería estar ahí.

Su madre estaba agitada, apretó el rostro con todas sus fuerzas y esperó a que el mordisco le diera de lleno. No obstante, antes de que sucediera, le gritó algo a Oda. Ese algo fue doloroso, fue penetrante y fue terrorífico. Ese algo fue lo peor que le pudieron haber dicho, pero lo que tenía que cumplir por ser palabra de su madre. Fue entonces la orden que Oda siguió al pie de la letra, o que quería seguir sin ninguna duda.

Una rama se metió en el rango de vista del gnomo asustado, una rama de adantín que golpeó uno de los tentáculos de la fobor. Ésta sin ninguna duda explotó. Su sangre fue a dar a las hierbas, a la cara de Oda y a cubrir al completo el cuerpo inerte de su madre. Oda empezó a llorar, empezó a llorar porque no había podido cumplir lo que ella le había dicho.

«Escapa Oda, sálvate»

7

Oda estaba en el sofá, se le habían quitado las ganas de subir, de bajar o de moverse a algún lado que no fuera ese sitio. No había podido dormir todo ese tiempo y era sorprendente cómo su padre se había largado de ahí unos minutos después de lo sucedido. ¿De verdad era tan insensible como para dejar a su mamá ahí? Estaba tirada y no había hecho nada para ir en su ayuda. No había puesto de su parte en ver que estuviera viva, tan sólo huyó.

Observó el cuadro de los mineros, ese donde había muchos apoyando al principal. No sabía quién era ese principal, pero tiempo después admiraría a la figura que representaba tal minero, admiraría su calva y sus barbas, admiraría su frase y su convicción.

Su papá llegó dos días después. Se miraba cansado, se miraba preocupado y con las manos a punto de caérsele de los nervios. Oda quería apoyo, Oda quería que alguien le dijera que todo iba a estar bien. Y cuando subió a la habitación donde su padre estaba, escuchó cosas, escuchó cosas que lo dejaron pensando y cambiaron radicalmente su forma de ver a Jaxi Senner.

—¡Fyfars!, ¿por qué tenías que llevarte a mi Narita? ¿Acaso es una venganza de los siete por tratar de experimentar con las bestias marinas? ¿Me estás diciendo eso? ¡Qué se joda el cuartel! ¡Que se joda el gobierno y sus tratos! No puede ser, mi Narita.

8

El minero estaba parado frente a su antigua casa, frente a la puerta de su antigua casa. Estaba igualita que como la recordaba; con la madera bien cuidada y encerada, los dormitorios flotando sin soporte a los lados y la puerta de vidrio con llave. Los ratones seguían conversando encima de su cabeza, Oda ya había ignorado esos chillidos desde hacía varios minutos. Ahora lo que le importaba era pasar a su jardín.

Atravesó con cuidado la planta baja y miró el cuadro de Falco Dronon frente al sofá de invitados. Avanzó por la parte del comedor de invitados hasta llegar a la parte de la fogata y las cartas, donde la puerta de la salida al jardín no se había abierto desde ese día. Desde el día que se había ido a la cueva.

Con su fuerza trozó la perilla. Pensaba que se encontraba con seguro, pero no era así. No se esperaba encontrar aquella silueta gnómida a pocos pasos de la puerta, aquella silueta de espaldas que encajaba perfectamente con la de Aita Kass. Y ella, muy oportunamente, parecía estar frente a lo que Oda estaba buscando: el adantín. Éste había perdido todo el encanto que le gustaba a su madre, había quedado triste y agachado, había perdido toda la esencia que pensó que tendría al nacer de la vida de su cadáver. Sin embargo, le hizo feliz el saber que seguía estando ahí.

Se acercó temeroso al árbol, donde las flores que estaban en las muertas ramas estaban deshechas e indistinguibles, donde al parecer estaba Aita Kass observando. La miró al rostro. Era el mismo rostro que tenía su madre: suave, lindo, compasivo, pero con una expresión como las de su padre: seria, adolorida y cansada. Cuando había ido a preguntarle a Roy Peral la primera vez no se dijeron mucho, pero estaba seguro de que de haberlo hecho quizá las cosas hubieran sido diferentes. Quizá el plan de Salvador hubiera sido diferente y quizá ahora estaría viviendo su vida como minero con propuestas.

—No sabes quién soy, pero yo sí sé quién eres.

—Sí. Yo también —respondió, con voz dura. Parecía que tenía flemas en la garganta—. ¿Creíste que no te reconocí cuando fui a hablar con Roy Peral? Te pareces mucho a tu padre, ambos quieren hacer lo correcto al final del camino. Corregir sus errores y ser mejores.

—Pero yo sólo arruiné tu plan… —Oda la miró a los ojos—. Quiero pedirte una disculpa. Te ayudaré con el plan de los trozos cuando acabe con mi problema.

—Si lo haces bien podremos pronto ver a tu padre.

—Sí, podremos hacerlo.

El ratón blanco tomó impulso y brincó hasta el pecho de la gnómida de hielo. Llegó hasta su rostro y subió hasta su cabello rígido y frío. Oda miró el árbol. Le puso la palma y sintió la casi nula vitalidad que éste tenía. Como si representara la vitalidad de toda la vida en ese instante, como si representara el tiempo que le faltaba para morir.

—Mamá… esa vez, cuando me dijiste que escapara, yo no quería hacerlo porque te quería salvar… pero luego me arrepentí. Y lo que hice fueron puras estupideces escapando cuando no debía. Pero mírame ahora, ahora estoy donde nunca pensé que estaría, salvando a toda la vida… —Cerró los ojos y se aguantó lo que iba a salir de ellos—. Te amo mamá.

Se sentó en el sofá unos minutos, los cuales aprovechó para descansar su mente.

PUEBLO SUBTERRÁNEO DE JACABAUM

1

A los pocos minutos de estar pensando en aquel día catastrófico, la pintura del legendario minero hizo que se levantase. Salió al jardín, donde el ratón blanco seguía subido en la cabellera helada de la gnómida de los planes de la secta.

—Nos tenemos que ir —le dijo—. Ya volverá.

Salió por la puerta de cristal, se despidió de Jonelas y Fusy con una mirada compasiva y caminó por el sendero que conectaba los territorios Senner con la entrada a la cueva de Jacabaum.

Al mirar que por ese lado del pueblo no había más cadáveres de bestias contaminando el ambiente, su pequeña esperanza creció. La falta de vegetación sólo hizo que se hiciera más dura, que se hiciera como una roca de aquellas que tardan en romperse y que se hiciera, además de ello, de promesas convertidas en minerales, que ahora él cargaba en su cuerpo como un carro de recolección para llevarlos a donde hacía falta.

La laguna de la que se había abastecido la cueva por años estaba más que muerta, porque ya ni siquiera había una simple mosca tratando de buscar putrefacción. A lo lejos, más allá de los secos árboles grises, estaban las puertas doradas. Se paró frente a ellas, viendo que las bisagras que había roto habían acabado por tirar las puertas luego de no aguantar el peso. Atravesó la explanadita con los inspectores congelados y avanzó sin mirarlos, sin siquiera mostrar indicio de girar la cabeza. Luego se detuvo.

Dio un suspiro largo y profundo y sintió como sus fosas le picaban. Ese aire que tanto disfrutaba en la superficie había desaparecido por completo. Bajó la mirada, en donde los mil escalones de piedra conducían a la otra puerta de vigilancia. Descendió mientras su corazón se aceleraba con cada pisada. Salvador se aferraba ferozmente a sus cabellos, Fugaz había estirado su torso para ver el camino.

2

De nuevo estaba Oda en la casa de Roy Peral. Allí donde la falaquera verde relucía en su techecito costoso, allí donde Oda había gritado a un sabio con la valentía que necesitaba. Abrió la puerta y miró el interior, donde las plantas que antes adornaban la habitación eran menos que crujientes hojas cafés hechas polvo. El librero del que Oda había sacado el libro de hechizos ahora estaba con un hueco, mientras que otros libros habían perdido sus títulos y colores. Éste también era el caso de los dos libros que había dejado en la mesa antes de irse: el de los cantos élficos y el de las condiciones hacia las hadas.

Oda entró a la habitación de Roy Peral. Unos larguiruchos y repugnantes tallos de hoja habían caído sobre el pobre anciano del pueblo. Se habían deshecho en su cuerpo y lo habían percudido de color café. La pipa seguía puesta entre sus labios, junto con el tabaco desaparecido que había puesto como última tarea.

—¿Señor Peral? Soy yo, he vuelto.

—Te has dejado crecer la barba.

—Sí. —Se tocó la barba con la mano derecha y asió unos cuantos pelos que aún le quedaban luego de tanto veneno—. Me he dejado crecer la barba.

—¿Ahora llevas dos amigos?

—Éste es Salvador y éste es Fugaz. Me van a seguir ayudando para resolver mi problema. Ya casi lo logró ¿sabe?

—Adelante, tú eres el único que puede resolver el problema.

Sabía que no podía prender tabaco en la pipa del sabio, así que envolvió un trozo de tela incinerable en la cazoleta de la cachimba. Luego, con la gema de calor, le prendió fuego y se la puso en la boca. Salió de la habitación y anduvo hasta su casa. Fue con calma, pero una calma con paso apresurado.

3

La puerta rota seguía ahí, el olor a excremento de ratón había desaparecido por completo. Las cartas del juego que tanto perdía estaban tiradas. Se agachó y recogió la más cercana.

—El dios de la justicia, Pit —dijo—. La carta más alta que puede salir en tu mano. —Dio dos pasos y cogió otras tres cartas—. El dios del tiempo, Luke, el de la pasión, Anch, y el del egoísmo, Arnie. —Las juntó con la primera que había tomado—. Son los dioses más truculentos. —Se arrastró por el suelo y siguió husmeando, buscando otras cartas. Sacudió las manos hasta que cogió otras tres—. El dios de la lamentación, Konan, el dios de la compasión, Liret, y el dios de los sueños, Ichino. —Las juntó con las otras cuatro—. Los dioses más poderosos. —Abrió la mano como un abanico—. Si pudieras tener estas siete cartas serías el ganador.

Se arrastró por las demás cartas, una a una, hasta tener la baraja completa de cincuenta y seis cartas. Se sentó a su mesa y metió las siete cartas en la baraja. Estiró la mano cerca de su frente y Fugaz se subió en su palma. Oda lo colocó a su derecha. Hizo lo mismo y Salvador estaba a su izquierda. Comenzó a revolver. Sus manos temblaban y estaban duras, el frío que hacía en el subterráneo sobrepasaba lo soportable para cualquiera. A veces se le trababan, pero eso era por su oxidado juego en las cartas. Llegó tiempo de repartir. Cada uno de los tres tenía cuatro cartas.

—Chillen cuando las hayan visto. Mientras veré mi mano.

Oda levantó las cuatro cartas que se había repartido. En ellas tenía a Luke, Konan, Ichino y Jaca, uno de los cuatro mensajeros. Sus labios querían sonreír, era la primera vez que le salía algo tan bueno en mucho tiempo. Cabía la posibilidad que alguno de los dos ratones tuviera a Pit, el más fuerte, o tuviera a Konan e Ichino junto con Liret. Pero eso era casi imposible. En cambio, podían tener mensajeros repetidos, que no les servirían en lo absoluto si no usaban a los dioses.

Chillidos.

Era tiempo de cambiar algunas cartas del centro y decidir defender o atacar. Oda se hubiera quedado con esa mano tan espectacular, pero era la primera vez que tenía una así en mucho tiempo y también la primera vez que tenía la posibilidad de arriesgar. Dejó a Luke y a Jaca en el centro, luego tomó dos cartas. Los ratones movieron dos cartas al centro también y tomaron otras dos cartas.

Oda volteó las dos que había tomado, eran Anch y otro Jaca. Anch era uno de los truculentos, de esos que pueden defender cuando ya atacaron a otro oponente. El Jaca servía de apoyo y podía sacrificarse en vez de un dios.

—Pongo mis cartas al fuego. Chillen si lo hacen.

Ellos chillaron. Y entonces colocaron sus cartas en orden. Oda con la mano y los ratones con el hocico. Llegó el momento de levantar. Primero la número uno: Oda levantó a Konan, Fugaz levantó a otro Konan y Salvador levantó a Pit. Las cartas de Oda y de Fugaz murieron a causa de la de Salvador. Las pusieron horizontales y boca arriba al lado de la baraja en el centro.

Segunda carta: Oda tenía a Ichino, Fugaz a Jaca y Salvador a Wi, un mensajero. Konan y Wi se fueron, Ichino quedó vivo. Después levantaron la tercera carta: Oda tenía a Anch, Fugaz a Ayá (otro mensajero) y Salvador a Liret. Salvador se quedó con Liret como ganador de ese combate. Sin embargo, Oda usó su última carta, la carta de Jaca, para salvar a su Anch, y entonces Liret fue defendido. Por último, Salvador sacó a Konan y Fugaz a Ayá, de nuevo. Salvador ganó a Fugaz. Ahora sólo quedaban Oda y Salvador.

A Oda le quedaban dos cartas: Ichino y Anch. A Fugaz le quedaban Pit, Liret y Konan. Llegaba el momento de tomar cartas. Salvador tomó una y la puso como primera opción. Oda tomó dos y las vio. Eran Pit y Liret. Si los ponía al final, se irían Ichino y Anch antes que nada. Pero si los ponía al inicio podría proteger a su Pit con su Liret. Levantaron cartas.

Primera ronda: Luke y Liret. Ganó Oda.

Segunda ronda: Pit y Pit, ambos se defendieron, un empate.

Tercera ronda: Ichino y Liret, sin embargo, Oda tenía a Konan como última, y por ello pudo hacer la fuerza uniendo a su Liret con su Konan y su Ichino.

Había ganado.

La sonrisa se le marcó de oreja a oreja. Era la primera vez en su vida que ganaba genuinamente. Acomodó las cartas y las dejó encima de la mesa. Se recostó en su cama. Estaba cansadísimo, su energía se había agotado por completo. Y mañana, mañana tendría que ganar otro gran juego de cartas.

4

Dejó su bolsa en casa. Quería estar libre de todo, quería estar sin pesos. Por ello, cuando estuvo parado frente a la Puerta Nueva, decidió hablar con tres personas más. La primera tenía que ser la que miraba acusadoramente lo que sucedía en la mina.

—Creo que podré hacerlo. Estoy convencido de que lo haré. Gracias, Falco Dronon. —Le miró la calva y le tocó la barba de piedra—. ¿Quieres saber algo? Cuando me case quiero usar tu apellido. No ese apellido azaroso que se saca del gran árbol, sino el tuyo, Dronon. Sé que es de un antiguo mensajero, uno que se perdió. Si puedo llevar ese nombre y no perderme, sería increíble.

Oda subió el pedestal y abrazó a la estatua. Había querido hacerlo hacía tiempo, cuando lo necesitaba de verdad. Ahora era un simple capricho por si los siete no querían que viviera. Se bajó y pasó los dedos por la inscripción: «Hay muchas maneras de llegar al lugar, así que no te conformes con sólo una».

—No lo estoy haciendo.

5

Oda avanzó hacia la oficina del jefe. En su trayecto recordó la primera vez que estuvo ahí. Cuando sus piernas temblaban por la grandeza de Yaren y su mente estaba llena de odio hacia su padre. Ese día fue cuando le presentaron a su mentora, cuando le presentaron a Hele Sariana. Recordaba que nunca en su vida había mirado un pico, al menos no de tan cerca, y lo había cogido con mala postura la primera vez. Hele lo ayudó y le dijo cómo, y fue tan dulce que Oda estaba feliz de ello.

Caminó hacia el norte, donde se encontraba la oficina de su jefe. Al llegar ahí ya no olía a hidromiel porque se había secado por completo, y el desastre que había causado seguía tal y como lo había dejado: el agujero en la pared, el letrero partido en dos, los guardias asesinados (o por lo menos sus armaduras congeladas) y los mineros con los que había convivido por muchos años. El cuerpo de Mic Nart había quedado hecho polvo, el de su jefe seguía viéndose igual, como un hielo. Se sentó en el suelo con Tas Yaren a la izquierda y los restos de Mic Nart a la derecha. Tocó al jefe, estaba frío, como lo habían estado su padre, el viajero del puente y Aita Kass.

—A pesar de no serle yo de mucha ayuda a la hora de entregarle una idea brillante, ahora podré hacerlo. Voy a atacar la obscuridad como había escrito en la propuesta. No se lo había dicho, pero ahora se lo digo. Esto va a acabar aquí y ahora.

Oda se dirigió a Mic.

—También por ti. Tú tenías sueños y metas que no pudiste lograr por mi egoísmo. Ahora todo se solucionará. Ahora mismo se solucionará.

Tocó el polvo con su mano derecha. Estaba frío. Sin embargo, pudo reconocer que no le importaba siempre que funcionara su jugada. Se puso en pie y se irguió.

—Trabaja y trabaja —dijo. Estiró el brazo derecho con un puño hacia el frente y se cubrió la oreja con la mano izquierda—. Descansa y descansa.

Salió a través del agujero en la pared. Primero sus pasos fueron lentos, pero poco a poco su ritmo acrecentó, algo le estaba provocando una increíble ansiedad. El aire cortaba como cuchillo, el aire inmovilizaba como cuerdas, el aire hacía temblar su cuerpo como el miedo. No era buena señal que hubiera tanto frío de repente. Por ello, a la mitad ya estaba corriendo mientras la temperatura seguía descendiendo gradualmente.

Y llegó a la entrada de la Zona Negra. Llegó a donde todo había empezado a desmoronársele. La silla en la que se sentaba el señor Barol ya no estaba, y en su lugar había un espacio vacío y carente de vitalidad.

Atravesó la puerta trozada y entró.

LA LUZ QUE APAGA LA OBSCURIDAD

1

El cuartito donde solía coger su armadura estaba aún más helado. Los inspectores congelados con las caretas duras apuntaban hacia la zona de minado. Su cuerpo se estaba volviendo rígido, sus labios se estaban volviendo morados.

Bajó las escaleras dándose calor con las manos, arrepintiéndose de no haber llevado la gema de calor. Una a una, sus pisadas suaves y calmadas lo estaban frenando, pisadas calmadas que no eran a propósito, sino porque ya no podía hacer nada más. Mientras, aprovechaba para repetirse el conjuro en la cabeza. Se lo sabía, lo había estado repitiendo cada hora, pero ahora no podía no hacerlo, ya que no podía no salir bien su jugada.

2

—¿Es-es-están li-li-li-stosss? —le preguntó a Salvador y a Fugaz.

Ellos chillaron.

Avanzó entre los inspectores rígidos; sintió que lo estaban buscando. Uno a uno, les miró el rostro con los ojos medio cerrados, a la vez que su cuerpo trataba de moverse rápido y fluido. Se colocó al borde de la línea que protegía a los mineros y volteó hacia arriba. Una nubecilla blanca salió de sus labios amoratados. Los ratones chillaron sorprendidos, Oda también lo hacía. Desde lejos no se alcanzaba a apreciar, pero ya de cerca podía mirarse que había rayos de luz entre aquella obscuridad, como si algo hubiera estado atacándola desde adentro de sí misma.

Retrocedió unos pasos y se miró las manos. Estaban frías y blancas, y se imaginó siendo una de esas estatuas de hielo. Rezó a los siete para que no lo perdonaran, porque no quería ser perdonado, no quería ser señalado como el bueno a partir de ahora. Así que cerró los ojos y trató de guardar calor.

En su mente sucedían cosas, sucedían momentos que quería borrar para siempre, pero que también quería recordar para no tenerlos que vivir de nuevo. ¿Y si sus seres queridos morían? Si Roy Peral, Tas Yaren, Mic Nart y su padre morían, ¿eso sería suficiente castigo? Por supuesto que no, para que fuera suficiente debían de sufrir, sufrir para que él sufriera, sufrir por él y para él.

Pero es que ya lo estaban haciendo, ya estaban sufriendo desde hacía años, desde que había decidido seguir las enseñanzas de Dronon. O no, desde antes, desde que su madre le había dicho aquellas palabras. ¿Y si ese era su castigo? No. Ese no podía ser, porque no había suficiente castigo para las atrocidades que él había hecho.

«¿Creen que merezco morir?», les preguntó en su cabeza porque sus labios estaban siendo guardados para el conjuro. «Y si muriese ejecutando este hechizo… ¿creen que sufriría? ¿Creen que sufriría por cada uno de mis iguales? ¿Por cada uno de sus iguales y de todos los seres que poblaban el mundo?»

Apretó fuerte los ojos, aún no se relajaba. Sin embargo, tuvo que dejar que las cosas tan sólo fluyeran. Trató de respirar ese denso aire cortante, trató de calentarse con el poco calor que su cuerpo desprendía. Y entonces ejecutó el hechizo. Hizo los movimientos, uno a uno, mientras decía las palabras con el esfuerzo de no tartamudear ni detenerse. Fue lento, pero acabó señalando la obscuridad como amuleto.

Abrió los ojos y se acercó. Se acercó solo, sin Salvador ni Fugaz, ya que ellos permanecían atrás por obvio temor a lo que sucediese. Se acercó tanto que estuvo a punto de caerse. Y tocó la obscuridad.

LOS OCHO

1

Oda se sintió más vivo de repente, más audaz y más cobarde, más triste y más feliz. Era algo interesante, como si siempre hubiera estado soñando, como si algo de lo que alguna vez hubiera vivido fuera simple fantasía de las que su madre le contaba. En su cabeza recuerdos fluyeron como si fueran correteados por el tiempo, eran los recuerdos de Salvador. Pasaron muchas cosas que sólo vio como destellos, sin embargo, esto fue lo que pudo ver con más detalle:

El ratón en una sala enorme y fría, con arquitectura nordiana. En el centro había un gnomo en un trono con una mesa circular que lo rodeaba casi al completo. En ella había dos libros, eran dos libros en lenguaje humano. El ratón estaba escondido detrás de un barril, oyendo la conversación que un sabio tenía con el gobernante. Acto seguido estaba el ratón afuera de la zona prohibida, en el pasillo de cristal, observando los pies de unos sabios. Eran los sabios de la ciudad, unos sabios antiguos, juntando sus libros en lenguaje humano y acomodándolos en los libreros por turnos.

Otro recuerdo, uno donde Salvador había encontrado a Fugaz, el Fugaz con el cuerpo desnutrido, con tres pelos delgados brotando de su espalda, con la nariz manchada de sangre y la cola herida con pequeñas cortadas. Salvador se había acercado y, al tocarlo con sus bigotes, Fugaz se había recuperado. Era como si él hubiera tenido un hechizo de curación y hubiese encontrado la forma de curar a Fugaz.

Ahora ya no estaba en la cabeza de Salvador, sino en la de Fugaz. Él estaba detrás de una maceta, observando a un Roy Peral joven, un Roy Peral que tenía una sonrisa muy agradable. A su lado había alguien, un gnomo con espalda ancha y porte de líder. Fugaz hizo un chillido y los dos gnomos voltearon. Ahora el gnomo con porte de líder estaba con Fugaz. El gnomo con porte de líder era Falco Dronon. Parecía conversar con él sobre Norda, sobre los mapas de los puentes y las rutas obligatorias que había que hacer.

Como último recuerdo, Fugaz observaba que Falco Dronon se desvanecía en la obscuridad, chillando como un demente al increíble minero. Y luego, chillando sólo en lo que sería después la Zona Negra.

Abrió los ojos.

2

Estaba acostado sobre algo suave y cómodo, ¿era una cama? ¿O acaso era una nube? Al lado de él estaba alguien, lo sentía. Oda giró la cabeza, pero le costó como si nunca la hubiera girado en su vida. Le tronó cada vértebra del cuerpo y le dolió muchísimo. Cuando se dio cuenta, no había sonido. ¿Acaso estaba sordo? Pensó que sí, y luego todo el cuerpo le comenzó a hormiguear como si fuera algo nuevo que la sangre pasara a través de sus venas. Estaba todo negro, pero poco a poco se fue aclarando.

Empezó a oír un pitido. Era bajito, pero iba haciéndose más y más doloroso con el paso de los segundos. Estaba respirando muy rápido, como si su cuerpo exigiera gozar de ese sabroso aire que había en el ambiente. Su nariz percibió olor a madera, aunque no sabía de qué tipo, ya que hacía mucho tiempo que no olía madera fresca.

El pitido ahora estaba en su máximo esplendor. Quiso quejarse, pero su voz no salía. El pitido cesó de repente, de golpe, y hubo un momento vacío en sus orejas. Ahora los sonidos eran muy reales, eran muy intensos. Oía aves, oía crepitar una fogata, oía respiraciones aceleradas y nada más que eso. Empezó a ver manchas blancas y grises, su hormigueo evolucionó a pequeñas bolas que trataban de pasar por las delgadas venas y, cuando lo lograban, provocaban golpes sobre toda la piel que rasgaban los músculos desde dentro. Su respiración se volvió agitada. Colores diferentes. Era amarillo, pero no entendía la imagen. Su voz quiso salir de nuevo, pero le dolieron las cuerdas vocales.

«Not… vas», oyó de fondo a lo lejos.

Era un sonido muy grave y muy fuerte. De reojo percibió una gran estructura ¿o era una montaña? No podía distinguirlo. Su corazón comenzó a palpitar como si no aguantara las bolas en su sangre. Los moretones que el hormigueo había dejado se volvieron agonizantes. Oyó sus gritos, hasta que dejó de dolerle cada parte del cuerpo para quedar en un momento de calma.

«Not... vas», dijo otra vez alguien, ahora estaba seguro que cerca suyo. Pasaron unos minutos hasta que su oído oyó más claro aquellas palabras distorsionadas.

—No te muevas. Si me oyes, exhala fuerte.

Oda hizo lo que le pidieron y exhaló. La garganta y la nariz le ardieron.

—Entendido. Primero me voy a presentar y luego procederé a explicarte todo desde el principio. —Su voz era fuerte, como si Tas Yaren gritara en la cueva y el eco le respondiera—. Soy Gin Mac, o como tú me llamaste, soy Salvador. No te muevas hasta que sientas que puedes sin hacerte daño, por favor. Exhala si entiendes.

Oda inhaló, percibió un olor a viejo que le quemó las fosas. Luego, exhaló.

—Yo soy un hechicero como tú. Y también soy humano. —El hechicero alzó la voz y a Oda se le puso la piel erizada—. Formaba parte de un grupo de hechiceros llamados Los Ocho, unos que ya conoces por libros. En este grupo estaba Fugaz, o como se llamaba antes de conocerte, Minorg. Nuestra misión era simple como complicada: debíamos de salvar a los gnomos. Exhala si entiendes.

La respiración de Oda se había calmado, pero al oír esto se descontroló de nuevo. Sus ojos empezaron a distinguir cosas, pero seguía sin saber cuáles. Exhaló.

—Para salvar a los gnomos necesitábamos ir a donde estaban. Y es un poco complicado de explicar, pero estaban viviendo una ilusión colectiva.

Oda se dio cuenta que las manchas que creía que eran una montaña formaban la figura de alguien, de una persona, pero una persona enorme, muy grande.

—La única manera de sacarlos de esa ilusión era destruyéndola por dentro. Así que los ocho nos metimos en esa ilusión que ustedes estaban sufriendo. Para no aburrirte con explicaciones, y para no perder el tiempo, la misión fue un éxito, pero un éxito pequeño. Logramos salvar a un solo gnomo de todos los que había. Ese eres tú. Y por nuestro lado, sólo sobrevivimos Minorg y yo, Gin. No quiero llenar de información tu cabeza, pero necesito que pienses en esta pregunta: ¿arriesgarías tu vida de nuevo? Descansa hasta que puedas ver y hablar. Cuando puedas hacer eso, toca la campana y vendré para explicarte el resto.

3

Pasaron unas cinco horas en las cuales Oda había recuperado la vista casi al completo. Su voz aún no le llegaba, pero sus ojos podían ver sin problemas. Aunque, al parecer, ahora eran ojos normales, ojos que percibían sombras y luz, que miraban borroso a lo lejos y que no distinguían tan bien los detalles.

Estaba desnudo encima de una cama. Era muy suave y cómoda, sin embargo, era una cama gigante. Podría medir lo que medía el comedor de la casa de su niñez. Quizá un mucho más que eso. Al mirar a los lados se había dado cuenta de que ya no estaba más en Jacabaum. Ni siquiera estaba en algún lugar que pudiera reconocer. ¿Era acaso una isla de humanos de las que Tas Yaren hablaba? No sabía. Pero eso significaba que había funcionado el hechizo de alguna forma que no entendía.

«Logramos salvar a un gnomo de los que había. Ese eres tú».

Si esa frase era verdad, todo su plan había servido para nada. Sin embargo, el hecho de que los ratones se hubieran salvado y se hubieran vuelto humanos era muy chocante. ¿Habría sido la obscuridad? Hacía cosas muy raras cuando la tocaba, podía ser que todo eso fuera una cosa en su cabeza. Pero no. Eso no estaba en su cabeza porque se sentía más real de lo que nunca nada se había sentido. Cuando se giró, miró la campana de la que le había hablado Salvador. Era del tamaño de su pecho. Estaba sostenida de un tubo metálico por la parte de hasta arriba que, a su vez, estaba encima de una cómoda. Era una cómoda que encajaba perfectamente con el tamaño de todo, a la que Oda podría subir si estuviera en buenas condiciones.

—Sooo —dijo, pero carraspeó.

Se había hecho daño. Y esperó mientras se preguntaba si arriesgaría su vida una vez más.

4

Se había logrado arrastrar hasta la cómoda, ya que la superficie era tan blanda que le era imposible ponerse en pie. Con mucho esfuerzo asió la base tubular de metal y se jaló hacia la campana con ella. Ahora podía mirar el badajo desde dentro de la cúpula de metal. Le dio un puñetazo que le tronó los nudillos. Ahora su mano estaba inhabilitada. El badajo se balanceó suavemente y rozó la cara interna. Provocó un fuerte sonido a oídos del gnomo.

Pasaron dos minutos y se abrió la puerta que estaba a la derecha de la cama. En ella, una persona alargada y desnutrida estaba ahí: tenía la piel pálida y arrugada; sus cachetes no eran redondos como los suyos, sino que eran hundidos y del color de su piel; su cabello, sus cejas y su larga barba eran grises; llevaba puesta una ropa que no conocía, una especie de sábana color negro que cubría su espalda, se arrastraba detrás suyo al caminar y llegaba casi a cerrarse por su pecho; tenía un sombrero puntiagudo como el tradicional de los gnomos, no obstante, éste tenía la punta doblada hacia abajo, un cincho grueso por el medio con la hebilla cuadrada y un ala circular y pequeña que rozaba con sus cabellos grises. Se sentó en la silla de madera que estaba frente a la cómoda y la cama y lo miró con sus ojos azules y un tanto rasgados.

—Así que ya despertaste —le dijo.

Se dio cuenta que era la voz de Salvador. Le hablaba en lenguaje gnomil tan fluido que no podía ser verdad que no fuera un gnomo.

—¿Eres humano?

—Sí, soy humano. Sé que debes tener muchas preguntas, lo entiendo. —Tenía las manos puestas sobre las rodillas y pronunciaba cada palabra clara y ordenada con una calma que tranquilizó a Oda—. Pero es una historia larga la que hay que explicar.

—Tenemos tiempo —dijo Oda.

Le costó que esas palabras no se quedaran atoradas en su garganta.

—¿Lo tenemos? —preguntó Salvador— No. No tenemos tiempo. Así que seré lo más breve que pueda.

—Está bien.

—¿Conoces a los elfos, verdad?

Oda se sentó bajo la campana. Cruzó las piernas y observó al humano. A pesar de no llevar nada puesto, el frío era muy poco como para incomodarle.

—Sí, son seres de los cuentos que son hermosos y viven mucho.

—Esos mismos son la culpa del caos que vivimos ahora.

Oda lo miró, confundido, su nariz brillaba a la luz del fuego de la chimenea detrás del humano.

—Mira, la cosa va así. Los elfos blancos siempre han sido problemáticos, mucho más cuando se trata de relacionarse con los elfos negros, pero desde que su nuevo líder logró mejorar su ejército… —Salvador inhaló y exhaló. Las cosas han ido empeorando… Comenzaron a atacar zonas con las que no habían habido grandes problemas, esclavizaron y capturaron a muchos sin importar su raza, y a muchos otros los están llevando a la extinción. Así fue como sólo quedamos cuatro razas que aún no han sido quebrantadas en cuanto al espíritu: los humanos, los gnomos, las hadas y los elfos negros.

—¿Los elfos blancos hicieron que ustedes fueran ratones?

—No. La cosa es que los gnomos por naturaleza son los más fuertes hechiceros que hay. Y no podían permitir que ustedes les hicieran frente. No podían matarlos porque son una mitad del núcleo de la vida. Como solución, decidieron meterlos en una ilusión. En esta ilusión ustedes creerían ser los únicos seres, encerrados en sus pueblos como si fueran los únicos.

—¿Como Jacabaum?

—Sí, como Jacabaum. Ese pueblo existe, pero no es el que conoces… Bueno, por donde iba, los humanos habíamos hecho una alianza política con los gnomos y las hadas para vencerlos. Cuando los encerraron en la ilusión, pensamos que hubiera sido bueno destruir el amuleto, sólo que no sabíamos dónde estaba. Y aún si lo supiéramos, tendría que haber estado protegido por muchos elfos poderosos. Y no íbamos a morir tan fácil. Así que decidimos entrar a la ilusión. Sin embargo, ellos habían hecho una ilusión muy fuerte que necesitó de los ocho hechiceros y de la vida de muchas hadas. El plan era rescatarlos rompiendo la ilusión en un lapso de cinco años, o cinco mil años en su ilusión… Y para ello debían de recordar o nosotros debíamos de corromper la ilusión con realidad. Y entre los ocho decidimos introducir a la ilusión información en libros, bajo la condición de que aparecieran regados por el tiempo y en donde hubiera más libros, como las bibliotecas. Esto para garantizar que fueran a ser leídos o por lo menos llamaran la atención.

—¿Los trozos de fuente?

—Exacto. Si ustedes no recordaban, nosotros haríamos lo imposible por juntar los trozos y romper la ilusión con realidad. Juntamos nuestras energías en una sola para garantizar el éxito de la misión. Lo que sucedió fue fatal, ya que poco a poco fueron muriendo los hechiceros hasta que toda su energía nos fue repartida a Minorg y a mí.

—¿Y por qué eran ratones?

—Meterse en una ilusión consume mucho bik, así que mientras más pequeño el individuo, más duradero es todo. El ratón es chiquito y ágil. Pensamos que sería buena opción.

—¿Y entonces qué pasó cuando me encontraron?

—Sólo te diré que tú jodiste el plan original, pero encontraste uno nuevo. Rompiste la realidad con hechicería desde adentro. Y ahora necesitamos de tu ayuda. Tú eres una pieza clave que puede ayudarnos a hacerle frente a los elfos. ¿Recuerdas la pregunta que te hice hace rato? ¿La arriesgarías de nuevo?

Oda miró el suelo en el que estaba sentado, pensativo. Se miró la mano derecha, la que tenía los nudillos probablemente rotos. Salvador le estaba dando la oportunidad de perdonar sus errores. Él y Fugaz parecían confiar en él y él quería confiar en ellos. Tal vez, si con hechicería se perdió su mundo, con hechicería podría recuperarlo. Volvió la mirada al rostro de Gin Mac.

—Acepto.

Fin Del Primer Libro

CONTENIDO

ACERCA DEL AUTOR

A. Fuentes V. cursó la licenciatura de Literatura Dramática y Teatro en la Facultad de Filosofía y Letras. Motivado por la estructura del drama trágico y de pieza, y por supuesto la fantasía y la ciencia ficción, además de su gusto e interés por las historias de aventuras como One Piece, Hunter X Hunter, La Torre Obscura, Las Crónicas de Narnia o Harry Potter, crea esta novela indagando en la búsqueda del propósito de la vida y la redención de los grandes errores que pueda cometer un individuo.

Redes Sociales:

Instagram: @afuentesvescritor
Goodreads: A. Fuentes V.
MyAnimeList: AFuentesV